Depois que tudo acabou

JENNIFER BROWN

Depois que tudo acabou

Tradução: Carol Christo

Copyright © 2014 Jennifer Brown

Título original: *Torn Away*

Esta edição foi publicada mediante acordo com a Little, Brown and Company, New York, USA. Todos os direitos reservados.

Todos os direitos reservados pela Editora Gutenberg. Nenhuma parte desta publicação poderá ser reproduzida, seja por meios mecânicos, eletrônicos, seja via cópia xerográfica, sem a autorização prévia da Editora.

EDITORA RESPONSÁVEL
Flavia Lago

EDITORA ASSISTENTE
Carol Christo

PREPARAÇÃO
Andresa Vidal Vilchenski
Samira Vilela

REVISÃO
Júlia Sousa
Mariana Faria

CAPA
Diogo Droschi (sobre imagem de Frame Harirak/ Unsplash)

DIAGRAMAÇÃO
Larissa Carvalho Mazzoni

Dados Internacionais de Catalogação na Publicação (CIP)
(Câmara Brasileira do Livro, SP, Brasil)

Brown, Jennifer
  Depois que tudo acabou / Jennifer Brown ; tradução Carol Christo. -- 1. ed. -- Belo Horizonte : Gutenberg, 2020.

  Título original: Torn Away.
  ISBN 978-85-8235-599-2

  1. Ficção norte-americana I. Título.

19-28593   CDD-813

Índices para catálogo sistemático:
1. Ficção : Literatura norte-americana 813

Maria Paula C. Riyuzo - Bibliotecária - CRB-8/7639

A **GUTENBERG** É UMA EDITORA DO **GRUPO AUTÊNTICA**

São Paulo
Av. Paulista, 2.073, Conjunto Nacional, Horsa I
23º andar . Conj. 2310-2312
Cerqueira César . 01311-940 São Paulo . SP
Tel.: (55 11) 3034 4468

Belo Horizonte
Rua Carlos Turner, 420
Silveira . 31140-520
Belo Horizonte . MG
Tel.: (55 31) 3465 4500

www.editoragutenberg.com.br

*Para Scott e Pranston,
vocês são o meu lar.*

Marin queria me ensinar os passos de *swing*. Era basicamente seu único objetivo de vida. Ela estava sempre puxando meus braços, ou em pé em frente à TV, as mãos na cintura, o esmalte cintilante brilhando, balançando o surrado tutu cor-de-rosa.

– Vamos, Jersey, é divertido. Você vai gostar, Jersey! – Ela bateu o pé no chão. – Está me ouvindo? Jerseeey!

Marin aprendeu a dançar *swing* na aula de dança da Srta. Janice. Tecnicamente, não era parte da grade curricular, mas certa noite a professora, que estava meio nostálgica, colocou um CD de *swing* e as ensinou a dançar. Marin achou aquela a melhor coreografia do mundo.

Estava sempre marcando o ritmo, os braços gordinhos de criança de 5 anos em volta de um parceiro de dança imaginário, os cachos castanhos balançando numa batida que só ela podia ouvir, enquanto cantarolava o que se lembrava da música que haviam dançado na aula.

Mas Marin queria mesmo que eu fosse sua parceira de dança. Provavelmente me imaginou segurando seus braços, puxando-a entre as pernas, jogando-a no ar e, em seguida, segurando-a. Imaginou nós duas com roupas combinando, impressionando a plateia.

– Agora não, Marin – eu dizia a ela repetidamente, muito ocupada assistindo à TV, fazendo a lição de casa ou falando pelo celular com as minhas melhores amigas, Jane e Dani, sobre como irmãs caçulas podem ser chatas. Especialmente irmãzinhas que pensam que o mundo inteiro se resume a *swing*.

Marin só usava *collants*. Tinha alguns com lantejoulas, outros de veludo, alguns que pareciam ternos e outros simples, um de cada cor do arco-íris. Ela os usava até ficarem tão pequenos que sua bunda aparecia, e os tutus tinham buracos do tamanho de um punho. Ainda assim, nossa mãe tinha que jogá-los fora quando Marin não estava olhando e comprar novos para compensar aqueles que haviam sido descartados no lixo.

Passamos a nos perguntar se ela insistiria em usar *collants* quando as aulas começassem, no outono, e o que exatamente aconteceria quando a professora a proibisse. Previmos ataques de birra, brigas épicas todas as manhãs e vários ultimatos, porque Marin usava seus *collants* de dança em todos os lugares: dentro de casa, para ir ao supermercado, para dormir. E, é claro, para as aulas de dança.

Ela estava usando um *collant* no dia do tornado. Era de uma cor alaranjada, com faixas de veludo preto nas laterais e uma fileira de pedrinhas de *strass* marcando a gola. Eu me lembrei disso porque era o que ela estava vestindo quando me pediu para dançarmos os passos de *swing* antes de ir para a aula de dança naquele dia.

– Posso te ensinar – Marin disse, esperançosa, pulando na ponta dos pés perto do sofá, onde eu estava esparramada sem fazer nada além de assistir a um comercial de carro na TV. Como se algum dia eu fosse ter dinheiro para comprar um.

– Não – respondi. – Sai da frente, não consigo enxergar a TV.

Ela se virou para olhar a TV, e pude ver alguma coisa pegajosa grudada em sua bochecha. Os cachos que contornavam seu rosto pareciam grudentos também. Deve ter sido um picolé. Era final de maio e já estava quente o suficiente para tomar sorvete. As férias de verão começariam em menos de uma semana, e, então, eu estaria oficialmente no terceiro ano. Marin se inclinou mais para perto e cutucou meu ombro com os dedinhos gorduchos e grudentos.

– É um comercial. Levanta, vou te mostrar.

– Não, Marin – resmunguei, começando a ficar irritada, limpando minha blusa onde seus dedos haviam tocado. E, quando ela começou a pular na minha frente, repetindo "Por favor, por favor!", gritei: – Não! Não quero! Sai daqui!

Ela parou de pular e fez bico, mostrando o lábio inferior do jeito que as crianças fazem quando estão prestes a chorar. Mas Marin não disse nada. Não chorou. Não fez birra. Apenas piscou para mim, o lábio tremendo, e então se afastou, as pedrinhas em seu *collant* refletindo a luz da TV. Eu a ouvi entrar no quarto da mamãe e escutei as duas conversando. Quando saíram para a aula de dança, me senti aliviada por finalmente ter sido deixada em paz.

Eu amava Marin.

Amava minha irmãzinha.

Mas, depois daquele dia, escutaria a mim mesma, de novo e de novo, gritando: "Sai daqui!". Gritaria com ela nos meus sonhos. Veria seu lábio tremendo. Me lembraria dos seus olhos grandes e brilhantes piscando lentamente. Eu a veria indo embora na ponta dos pés, como sempre fazia, o brilho das pedrinhas de *strass* do *collant* me cegando.

UM

O dia do tornado começou cinzento e monótono – um daqueles dias em que você não quer fazer nada além de relaxar e dormir, enquanto lá fora há névoa, garoa e chuva. Todas as salas de aula pareciam escuras, sombrias e imundas, e o prédio estava sem luz. Os professores estavam praticamente implorando para que alguém, qualquer um, respondesse a algumas das questões, mas, quando davam as costas para escrever no quadro, abafavam os próprios bocejos, porque também sentiam aquele clima no ar.

A primavera é assim na cidade de Elizabeth, em Missouri. Enquanto um dia amanhece lindo e ensolarado, com os pássaros cantando alto nas janelas, no dia seguinte há frio e ventania, e dá para ouvir as rajadas de vento pela casa, zumbindo na lavanderia contra as janelas que nunca foram vedadas direito. E no próximo dia não há nada além de chuva e minhocas nas calçadas, que se enrugam com o sol e o vento dos dias que se seguem.

– Bem-vindo ao centro-oeste – mamãe costumava dizer –, onde o clima é uma incógnita e você quase sempre irá odiá-lo.

Em Elizabeth, fazemos da reclamação sobre o clima um trabalho em tempo integral. É a única justificativa para nossas enxaquecas e nosso mau humor, e a razão pela qual dormimos demais e nosso cabelo nunca está num dia bom. O clima imprevisível pode atrapalhar até mesmo o melhor dos dias.

Quando o sinal tocou naquela tarde, a Srta. Sopor, minha professora de inglês, gritou:

– Prova amanhã sobre o livro *Abençoai as feras e as crianças*, pessoal! Vai ter tempestade hoje à noite. Clima perfeito para uma leitura. Superdica!

E, de fato, quando saímos para pegar o ônibus, as nuvens estavam ficando mais baixas, mais espessas, fazendo parecer muito mais tarde do que 15h15.

– As provas da Sopor são uma droga – desabafou Dani, sua cintura encostando na minha enquanto entrávamos na fila do ônibus. – Nunca estudei para elas e sempre tiro dez.

– Prova amanhã! *Abençoai as feras*, pessoal! Superdica! – repeti, fazendo minha melhor imitação da Srta. Sopor, e nós duas rimos. – De toda forma, já li a maior parte.

Olhei por cima do ombro. Kolby, meu vizinho, estava vários passos atrás de mim, carregando seu *skate* como de costume. Acenei para ele, que acenou de volta.

– Onde está a Jane? – perguntei para Dani.

– Teve que ficar para o ensaio da orquestra. Antes ela do que eu. Estou pronta para ir embora desde o almoço. Não posso nem imaginar ter que ficar nessa prisão por mais três horas. Mas você conhece Jane e seu violino. Ela gosta daquilo.

– Vai morrer com aquele violino preso na mão – acrescentei.

Jane era superdedicada ao seu instrumento, e Dani e eu enchíamos o saco dela, sem piedade, por conta disso. Mas sabíamos que, sem Jane, nosso trio nunca estaria completo. Ela amava música e tinha uma personalidade forte, e seu cabelo conseguia fazer até o *frizz* parecer legal. Éramos amigas desde a apresentação do musical do sétimo ano. Jane fazia parte da orquestra, Dani era a protagonista e eu estava feliz no breu da cabine de iluminação, com minha prancheta e meu ponto de ouvido.

Quando pensei sobre isso, percebi que se tratava de uma espécie de metáfora para nossas vidas juntas. Dani era a beleza, a atração principal, brilhando sob os holofotes e os aplausos. Eu era o ponto de apoio, escondendo, meio constrangida, minhas gordurinhas e minha timidez debaixo de uma camiseta larga. E, sem Jane, nenhuma de nós tinha qualquer razão para estar no palco.

Entramos no ônibus e fomos sacudindo pelo caminho até chegar em casa. Como vinha acontecendo ao longo do dia, todos pareciam sonolentos e exaustos. O céu continuou a escurecer, e o vento aumentou, soprando algumas das flores que haviam acabado de desabrochar e amassando-as contra o chão. Dani e eu nos sentamos em silêncio, cansadas, ela trocando mensagens com algum cara do seu curso extra de Economia, e eu observando os vizinhos passarem. As janelas estavam abertas, e a brisa morna que batia no meu rosto era agradável.

Nas noites de quinta-feira, eu tinha exatamente uma hora entre o momento em que descia do ônibus e o horário em que mamãe chegava em casa com Marin. Era o suficiente para preparar um lanche e assistir à TV, mas longe de ser o bastante para relaxar e conseguir aguentar a energia exagerada da Marin. Algo sobre a pré-escola a deixara empolgada, fazendo com que sua voz soasse alta e estridente, ecoando por toda a sala. O período da tarde que eu menos gostava era esse intervalo entre o momento em que mamãe e Marin entravam em casa como um furacão e o instante em que saíam para a aula de dança, deixando para mim a tarefa de preparar o jantar.

Naquele dia, Marin se exaltou na sala de estar, já vestindo o *collant* laranja e preto com a gola de *strass*, o rosto pegajoso por conta de um picolé ou seja lá o que havia ganhado na escola. Pulou para o sofá e imediatamente começou a me encher com a história de dançar *swing*. Mamãe, ainda vestindo seu uniforme de trabalho e seus gastos sapatos de salto baixo, passou por nós apressada, murmurando coisas sobre a sala de estar ser "uma maldita caverna" enquanto acendia as luzes, me fazendo piscar e apertar os olhos.

– Não! Não quero! Sai daqui! – gritei para Marin, que correu para o quarto da mamãe. Pude ouvi-la tagarelando incessantemente e revirando as coisas enquanto nossa mãe tentava trocar de roupa. Ignorei as duas, satisfeita com a calmaria e por finalmente poder assistir à TV em paz.

– Jersey? – mamãe chamou do seu quarto, e fingi não ouvir para não ter que me levantar.

Ela entrou na sala de estar segundos depois, tirando os brincos, a meia-calça jogada sobre um braço, os dedos dos pés parecendo vermelhos contra o tapete.

– Jersey.

– O quê?

– Não me ouviu te chamando?

– Não.

Uma expressão de aborrecimento percorreu seu rosto enquanto tentava tirar o brinco da outra orelha.

– Colocou as toalhas para lavar?

– Não, esqueci – eu disse. – Vou fazer isso daqui a pouco.

Dessa vez, o aborrecimento tomou conta do seu rosto com força total.

– Isso precisa ser feito. Quero ver as toalhas na secadora antes de voltar.

– Ok – murmurei.

– E comece a fazer o jantar – ela continuou, virando-se em direção ao quarto.

– Pode deixar.

– E tire os pratos da lava-louças! – minha mãe gritou do quarto.

– Eu já vou! Meu Deus! – gritei de volta.

Eu tinha 10 anos quando minha mãe se casou com Ronnie. Até então, sempre havia sido só ela e eu. Meu pai alcoólatra foi embora logo que completei 1 ano. Segundo minha mãe, ele estava sempre entrando e saindo da prisão por crimes que geralmente terminavam com a palavra "embriagado". Ele não agia como um pai, para início de conversa, e, na maioria das vezes, minha mãe sentia como se estivesse criando dois filhos em vez de um. Ela aguentou mesmo assim, pois achava que eram apaixonados. Certa noite, porém, ele saiu e nunca mais voltou. Ela conta que tentou encontrá-lo, mas era como se ele tivesse desaparecido da face da Terra. Toda vez que eu perguntava sobre meu pai, mamãe dizia que, se ele ainda estivesse vivo, não queria ser encontrado. Pelo menos não por nós.

Eu não o via desde que era um bebê. Não conseguia me lembrar do seu rosto.

Também nunca conheci meus avós, que eram controladores e cortaram relações com a minha mãe quando ela engravidou de mim. Não sabia nem mesmo onde eles moravam. Só sabia que não viviam em Elizabeth.

Dez anos sendo a dupla da minha mãe fizeram com que muitas tarefas caíssem sobre meus ombros. Ela precisava de ajuda, e, na maior parte do tempo, eu não ligava de ajudá-la. Afinal, ela trabalhava duro, e apesar de nem sempre ter tido as melhores coisas ou viajado para os lugares mais luxuosos, eu tinha tudo de que precisava. E eu a amava.

Mas, depois que ela se casou com Ronnie e teve Marin, as tarefas para duas se transformaram em tarefas para quatro, o que ficou cansativo. Às vezes, eu sentia que minha mãe estava sempre me lembrando das coisas que eu precisava fazer.

Mamãe e Marin continuaram correndo, Marin saltitando para dentro e para fora da sala, cantarolando. Eu apertei a cabeça contra o travesseiro com mais força, desejando que elas saíssem logo e me deixassem em paz.

Eventualmente mamãe entrou na sala de estar, gritando para Marin ir ao banheiro e enfiando os pés nos sapatos pretos que havia deixado ao lado da porta da frente. Estava usando calça jeans, camiseta e vasculhava sua bolsa.

– Ok, estamos indo para a aula de dança – disse, distraída. – Volto em uma hora, mais ou menos.

– Ok – respondi, entediada. Desinteressada. Ansiosa para que saíssem.

Marin correu para a sala, sua própria bolsa jogada por cima do ombro, parecendo uma versão em miniatura da mamãe. Na verdade, era uma bolsa velha, preta e feia, que ela tinha dado para Marin quando não queria mais. Minha irmã a adorava, carregava para todos os lugares, enchendo-a com suas coisas mais valiosas.

– Não, deixe isso aqui – disse mamãe, abrindo a porta com o ombro.

– Mas eu quero levar! – protestou Marin.

– Não. Você vai esquecer, como da última vez, e não quero ter que voltar na Srta. Janice. Deixe isso aqui.

– Nãaao! – Marin gritou, fazendo sua voz de birra.

Mamãe lançou a ela seu olhar de "pare já com isso", que eu conhecia muito bem.

– Você vai se atrasar, e aí vai perder a dança de boas-vindas – ela advertiu.

De cabeça baixa e ombros caídos, Marin colocou a bolsa no chão, ao lado da porta, e seguiu mamãe até a saída, seus sapatinhos reluzentes parecendo opacos e sem vida sob o céu nublado.

– Não se esqueça das toalhas – minha mãe me disse ao sair.

– Eu sei – cantarolei de volta, sarcástica, revirando os olhos.

Eu pensava que sabia de tudo. Sabia que havia roupa para ser lavada, sabia quando mamãe e Marin voltariam para casa, sabia como seria o resto da noite.

Mas eu não sabia de nada.

Não fazia ideia.

DOIS

Depois que mamãe e Marin saíram, me levantei e coloquei as toalhas na máquina de lavar. Tinha ficado tão escuro que precisei acender a luz para enxergar o que estava fazendo. O céu totalmente nublado dava a impressão de que era quase noite.

Colocando o sabão sobre as toalhas, pensei, mais uma vez, em como tudo tinha mudado depois que mamãe se casou com Ronnie. Deixei de ser a coisa mais importante da vida dela e passei a ser apenas uma das coisas mais importantes da vida dela. Parece a mesma coisa, mas não é. Os holofotes ficam meio concorridos às vezes, e é difícil dividi-los. Especialmente quando você estava acostumada a ter tanto espaço.

Quando mamãe engravidou, fiquei animada. Ser filha única podia ser bastante solitário, e sempre invejei meus amigos que tinham irmãos. Não achava que dez anos fizessem tanta diferença. Pensei que Marin me admiraria, que poderia ensiná-la um monte de coisas, que eu seria sua heroína ou algo do tipo. Mas o que eu não sabia era que, por muitos anos, ela seria um bebê. *O bebê*. O centro de tudo.

Mesmo sabendo que eu também já havia sido "o bebê" um dia, foi uma droga na vez dela. E isso fez com que eu me sentisse uma babaca. Que tipo de pessoa horrível se ressentia com a irmã mais nova por algo que ela nem podia controlar?

Depois de colocar a roupa para lavar, fui até a cozinha e peguei os hambúrgueres. Coloquei os bifes na frigideira, liguei o fogão e voltei à sala para assistir mais TV enquanto esperava que ficassem prontos. No caminho, peguei a mochila que estava em cima da mesa da cozinha, tirei minha lição de casa – *superdica, senhoras e senhores!* – e a levei para o sofá.

Mas, no instante que acendi o abajur e me sentei, o programa de TV mudou para o telejornal. Havia um meteorologista de pé, em frente a um mapa gigante que mostrava a imagem de um radar, uma mancha vermelha brilhante movendo-se através da tela aos saltos e tremidas.

Peguei meu livro e comecei a ler, esperando que ele terminasse de falar e que o programa voltasse ao ar. Toda vez que uma gota de chuva ou um floco de neve caía em qualquer lugar perto de Elizabeth, os meteorologistas pareciam agir como se o fim do mundo estivesse chegando.

Continuei a ler, de vez em quando prestando atenção no que ele estava dizendo, pegando fragmentos de sua fala.

"...o sistema que está produzindo tornados no condado de Clay está se movendo para o leste a aproximadamente... Parece estar ficando mais rápido... Foram reportados dois tornados... Dirigiu-se para... Vai chegar a Elizabeth às 17h16..."

Ouvi o barulho da carne começando a fritar na cozinha e larguei meu livro. Fizesse chuva ou sol, ainda precisávamos comer.

Assim que peguei a espátula, as sirenes começaram.

Parei, com a mão no ar, e escutei. Uma das sirenes ficava em um campo atrás da minha antiga escola primária, a dois quarteirões da nossa casa, então o barulho era estrondoso. Quando eu era criança, as sirenes de tornado costumavam me assustar. Assustavam todos nós, e os professores sempre precisavam nos acalmar. Crianças choravam com as mãos sobre as orelhas, chamando por suas mães, e os professores, de pé na frente da sala, as mãos erguidas, gritavam para serem ouvidos sobre as vozes dos alunos e o barulho das sirenes, lembrando-nos de que era apenas a simulação mensal e que não havia perigo. Na quinta série, já estávamos tranquilos quanto a isso – *Ah, são só as sirenes de tornado, não é nada de mais –*, e, no fim do ensino fundamental, mal as notávamos.

Me inclinei para trás e olhei para a TV, onde o meteorologista continuava de pé em frente à imagem do radar, ainda apontando e falando enquanto segurava um monte de papéis. Suspirei, voltando o olhar para a carne quase pronta. Não queria desligar o fogão porque poderia ser apenas outro alarme falso, o que estragaria o jantar e deixaria mamãe brava. Mas, tecnicamente, estávamos sob um aviso de tornado. E mesmo que houvesse um aviso a cada três semanas em Elizabeth, deveríamos levar isso a sério todas as vezes e ir para o porão.

Mas era difícil alguém agir assim. Afinal, o clima do centro-oeste era louco demais para ser realmente previsto. Todos nós aprendemos a ignorar os avisos. A maioria deles acabava não sendo nada.

Fui até a pia da cozinha e espiei pela janela. Podia ver o vento empurrando o balanço no quintal do vizinho. As correntes dançavam alegremente, e o escorregador tremia. Kolby, que morava ali desde que éramos crianças, estava do lado de fora da varanda dos fundos, as mãos nos bolsos, o olhar fixo no céu, seus cabelos balançando de modo que eu podia ver seu couro cabeludo a cada rajada de vento. Kolby sempre fazia isso quando o tempo ficava ruim. Muita gente fazia, na verdade. Queriam ter a chance de ver uma nuvem em formato de ciclone, caso uma delas aparecesse um dia. Estendi a mão e bati na janela. Ele não me ouviu. Bati de novo, mais alto, e ele se virou, tirou uma mão do bolso e acenou. Eu acenei de volta.

Ele estava espiando por cima da rua Church, onde muitos carros se arrastavam com os faróis acesos. A hora do *rush* estava começando, e todo mundo estava voltando para casa, tudo normal. Não estava nem chovendo.

Voltei para o fogão, ainda segurando a espátula, e decidi esperar até começar a chover ou algo mais sério acontecer além de o céu apenas parecer assustador.

Mas mal tive tempo de tocar a carne. As luzes se apagaram de repente, me envolvendo na escuridão e no soar das sirenes de emergência, que continuavam tão altas que eu sequer ouvia o zumbido das persianas na lavanderia enquanto o vento batia contra a casa, cada vez mais forte.

– Ótimo – eu disse, em voz alta. – Vamos jantar McDonald's, então.

Guardei a espátula e desliguei o fogão. Em seguida, peguei minha mochila, coloquei meu livro ali dentro e fui para o porão, também conhecido como a "sala" do Ronnie.

O porão não era um mau lugar para se passar o tempo, especialmente depois que Ronnie o equipou com uma mesa de sinuca, um sofá e um frigobar. De vez em quando, ele recebia alguns amigos em casa, e eles desapareciam lá embaixo. Tudo que conseguíamos ouvir eram as bolas de sinuca batendo umas nas outras e o cheiro de cigarro, cuja fumaça subia pelo carpete até a sala de estar. Ele não gostava que a gente ficasse na "sala" dele, mas, naquela noite, eu não tinha escolha.

Vasculhei a mesa de trabalho do Ronnie e encontrei uma lanterna; ao testá-la, vi que funcionava. Depois de espiar rapidamente pela pequena janela – ainda estava escuro e ventando –, desabei no sofá e abri meu livro.

Foi então que meu telefone tocou, e eu o tirei do bolso para atender.

– Ei, Dani. Acho que esse é um bom momento para estudar para a prova de amanhã – eu disse, fazendo minha imitação da Srta. Sopor.

– Você está no porão? – A voz dela, aguda, soou preocupada.

– Sim. Perda de tempo, mas, já que a luz acabou, acho que não tenho nada melhor para fazer.

– Minha mãe disse que há um tornado na rodovia M. Está vindo na nossa direção. Queria ter certeza de que você sabia.

A rodovia M ficava mais perto do que eu gostaria, e aquela notícia me assustara um pouco, mas lá ainda era zona rural. Até onde eu sabia, tornados desciam em áreas rurais o tempo todo.

– Sim, ouvi as sirenes. Estou bem – respondi, percebendo que minha voz também soara um pouco estridente.

– Jane ainda está na escola? – Dani perguntou.

– Não tive notícias dela. Posso mandar uma mensagem.

– Já mandei. Ela não respondeu.

– Eles devem estar tocando, e ela não ouviu o celular. – "Além disso", acrescentei a mim mesma, "a sala da orquestra fica num porão. Jane está bem". – Vou tentar ligar para ela. Kolby está lá fora agora.

Dani bufou ao telefone.

– Não me surpreende. Ele é doido, não vai ficar satisfeito até ser levado por um tornado.

– Não está nem chovendo lá fora.

– Ainda assim, ele é doido. Um tornado já chegou à rodovia M.

– Eu sei.

– Me liga se conseguir falar com a Jane?

– Ok.

Desliguei e mandei uma mensagem curta para Jane. As sirenes pararam por um minuto e pensei que talvez a tempestade estivesse passando, mas lá fora ficava cada vez mais escuro. Então, elas começaram de novo.

Mordi o lábio, segurando o celular no colo por alguns segundos, e decidi ligar para mamãe.

– Jersey? – ela gritou ao telefone. O barulho onde ela estava parecia ainda mais alto. Buzinas de emergência, sirenes de polícia, pessoas gritando e crianças aos prantos. – Jersey?

– A mãe da Dani disse que há um tornado na rodovia M – eu disse.

– Não consigo te ouvir – escutei minha mãe dizer, e uma mulher ao fundo disse mais alguma coisa sobre o tornado. – Jersey? – mamãe repetiu.

– Estou aqui! – gritei. – Oi! Está me ouvindo?

– Jersey? Não consigo te ouvir. Se estiver me ouvindo, vá para o porão, ok? – ela gritou.

– Eu estou aqui – respondi, mas sabia que ela não podia me ouvir. Foi aí que o medo realmente começou a crescer dentro de mim. Mamãe parecia assustada. Ela nunca demonstrava estar com medo. Nunca. Ela nunca vacilou; sempre foi forte. Mesmo no segundo ano, quando caí de cabeça nas barras de metal do trepa-trepa no parquinho e tive que ir de ambulância para o hospital. Mamãe simplesmente sentou-se ao meu lado, conversando comigo com uma voz baixa e firme, o que me acalmou.

– Mãe? Alô? Você está aí?

– Todo mundo, por aqui! – ela gritou, sua voz parecendo mais longe, como se tivesse deixado o telefone de lado e se esquecido de que estava ligado. Houve um barulho tumultuado, e o choro e as conversas foram ficando mais altos, mais confusos, até serem abafados por um estrondo.

– Mãe? – chamei, mas ela não respondeu.

Pude ouvi-la gritando: "Abaixem as cabeças, abaixem as cabeças!", seguido de muitos gritos e choro. Pensei ter ouvido o barulho de vidro sendo estilhaçado.

Então, não ouvi mais nada além do zumbido das sirenes do lado de fora da minha janela.

– Mãe? Mãe! – continuei gritando ao telefone, mesmo sabendo que não havia sinal. Tentei ligar novamente, mas a chamada não completava. Percebi que minhas mãos estavam tremendo e que meus dedos não clicavam mais na tela do celular. Depois de deixar o aparelho cair duas vezes no chão, tentei ligar para Ronnie, mas a chamada também não completava.

As sirenes bradaram uma última vez e então pararam abruptamente. Ouvi um estalo forte contra a janela – granizo e alguma outra coisa. Algo mais alto. Batidas, e baques e arranhões contra as paredes da casa, como se objetos grandes estivessem sendo arremessados nelas. Sons metálicos e de coisas quebrando.

Fiquei sentada ali por um momento, congelada no sofá. Pensei ter ouvido o que me soou como um trem sendo arrastado pela rua, e me lembrei de uma vez, no quarto ano, quando nosso professor leu um livro que descrevia o som de um tornado como algo parecido com o de uma locomotiva. Não acreditei nisso na época; não fazia sentido que um tornado pudesse soar como qualquer coisa além de ventania. Mas lá estava aquele barulho de trem. Prendi a respiração, assustada.

O momento pareceu se estender à minha volta, o som ficando mais alto, então silenciando, enquanto meus ouvidos pareciam prestes a estourar. Agarrei o celular como se estivesse segurando a beirada de um penhasco. Tentei ficar quieta para conseguir ouvir. Talvez estivesse enganada. Talvez tivesse sido minha imaginação e não houvesse o som de um trem lá fora. Eu devia estar ouvindo o que estava com medo de ouvir.

Então, algo realmente grande atingiu a casa. Ouvi o estampido do vidro estourando no andar de cima, do outro lado da casa, onde ficava o quarto da Marin. Em seguida, um ruído alto, de algo metálico se arrastando pelo chão, cortou o ar do lado de fora enquanto alguma outra coisa era empurrada rua abaixo. Tive apenas alguns segundos para pensar em Kolby, para me perguntar se ele ainda estaria lá fora, quando a janela do porão se estilhaçou de repente, causando um estrondo enorme.

Gritei, minha voz se perdendo no barulho. Cobri a cabeça instintivamente e corri para debaixo da mesa de bilhar, levando a mochila e o celular comigo.

O estrondo chegou mais perto, e eu me encolhi como uma bola, a cabeça presa entre os braços. Fechei bem os olhos. Houve rangidos e estouros graves, altos. Vidros quebrando e quebrando e quebrando. Objetos girando, voando e atingindo as paredes. Madeira estalando ao mesmo tempo em que as paredes desabavam, arremessando os tijolos. Tudo se estilhaçando à medida que materiais de construção pesados atingiam o chão.

Ouvi todos os sons, mas não sabia dizer exatamente de onde eles vinham. Era do porão? Do andar de cima? Da rua? O espaço e o tempo ficaram distorcidos, e até mesmo conceitos básicos, como direção, não faziam mais sentido.

O vento fez minha camisa e meu cabelo balançarem, e, de repente, me senti ao ar livre. Era como se o tornado tivesse, de alguma forma, chegado ao porão.

Pequenos objetos explodiam no chão e me atingiam. Abri os olhos e vi uma das botas do Ronnie cair ao meu lado. Papéis voavam ao meu redor, chocando-se contra meus braços. Um calendário de parede passou voando bem rápido. Uma caixa de leite vazia, que provavelmente teve seu conteúdo derramado no caminho, bateu contra os meus tornozelos. Um cinzeiro acertou a parte de trás da minha cabeça, me fazendo gritar e estancar o local onde havia sido atingida. Ao sentir o calor e a umidade em minhas mãos, tive certeza de que estava sangrando. A mesa de bilhar girou 180 graus e parou.

Parecia um interminável fluxo de caos. Era como se todo o meu mundo estivesse sendo chacoalhado, quebrado e dilacerado. Como se aquilo nunca fosse acabar. Como se eu fosse ficar presa naquele terror para sempre.

Estava confusa, e meu corpo todo doía. Eu me abracei, cobrindo a cabeça, e chorei e chorei, meio soluçando, meio gritando. Não sei por quanto tempo fiquei assim, até que percebi que havia acabado.

QUATRO

Quando abri os olhos, continuei em posição de segurança. Podia ouvir a chuva caindo no chão, só que o chão parecia muito perto. Ainda estava escuro, ainda ventava, mas um pouco menos desde que o tornado havia passado.

Finalmente, me forcei a mexer a cabeça e fui procurar meu celular. Estava caído entre a minha mochila e a minha barriga, então o puxei, meus dedos pálidos e trêmulos ao segurá-lo. Tentei ligar para mamãe.

Sem sinal.

Tentei Ronnie.

Mesma coisa.

911.

Nada.

Tentei Jane. Dani. Todo mundo que eu consegui pensar.

Não havia sinal. Nenhum serviço de celular.

Fiquei lá por mais alguns minutos, tentando recuperar o fôlego e controlar meus soluços de pânico. Meus braços e pernas estavam dormentes devido à adrenalina e ao medo. Podia ouvir pessoas falando, choros altos e alarmes de carro. Uma sirene da polícia. Um pedido de ajuda. E, ao longe, talvez, o rosnado da nuvem em forma de funil seguindo em frente.

Enquanto crescíamos, nos ensinavam repetidamente quais passos seguir no caso de um tornado estar se aproximando. Escute as sirenes, vá para o porão ou para um closet no centro da sua casa, agache-se e proteja- se enquanto espera. Na escola, tínhamos simulações uma vez por semestre, todos os anos. Conversávamos sobre isso nas aulas. Conversávamos sobre isso em casa. Os apresentadores de jornal nos lembravam. Íamos para o porão. Treinávamos, treinávamos e treinávamos.

Mas nunca, nem uma vez, discutimos o que fazer *depois*.

Acho que nunca pensamos que haveria um *depois* como aquele.

A chuva e o vento pareceram durar uma eternidade. Depois que tudo acabou, ainda estava cinza ao meu redor, mas o céu havia se iluminado o suficiente para que eu enxergasse bem sem a lanterna, que deixei cair enquanto corria para debaixo da mesa de sinuca.

Kolby. Iria pedir ajuda a Kolby. Pedir para ligar para mamãe do telefone dele. Devagar, saí da posição de segurança e, após um momento de hesitação, deslizei para fora da mesa e me levantei.

No extremo oposto do porão, onde a escrivaninha do Ronnie costumava ficar, não havia teto. O chão onde eu estivera enquanto procurava por uma lanterna, apenas quinze minutos antes, estava agora soterrado por uma pilha de entulho e poeira – era a nossa cozinha, só que a mesa e as paredes tinham ido embora, e os pratos tinham caído dos armários, que também já não existiam, formando uma pilha sobre o piso de concreto do porão.

E o pior: dava para ver o céu de onde a cozinha costumava ficar. Fios e canos quebrados se projetavam de todos os lados. Água jorrava de algum lugar.

– Meu Deus! – exclamei, ficando de pé, sem ter certeza se minhas pernas bambas me sustentariam. – Ai, meu Deus.

Dei alguns passos em direção aos escombros. Quanto mais perto eu chegava, mais céu podia ver. As paredes da cozinha tinham desaparecido. Completa e totalmente.

Eu poderia ter andado até a pilha de escombros que dava para o lado de fora se quisesse, mas a visão da minha cozinha destruída era tão estranha, os fios à mostra tão assustadores, que não consegui me aproximar. As escadas do porão continuavam de pé, e, por algum motivo, subir por elas para entrar em casa parecia a coisa certa a se fazer. Fui até lá, uma parte de mim esperando que, talvez, se subisse as escadas, o resto da casa não estivesse tão ruim quanto a cozinha.

O sofá foi puxado para os escombros e estava de lado. Havia roupas espalhadas por toda parte.

Olhei para as minhas mãos, os dedos manchados de sangue seco, o celular inútil segurado por uma delas. Coloquei-o no bolso e levei a mão ao machucado da cabeça novamente. Estava pegajoso e senti meu cabelo meio emaranhado no local, mas não estava dolorido nem nada, e não estava jorrando sangue, então resolvi ignorar aquilo, tentando manter o foco em coisas mais importantes. Era apenas um corte. Poderia esperar até mamãe chegar em casa. Tudo ficaria bem quando ela chegasse.

Segui em frente, me esgueirando pelo caminho, contornando coisas que não nos pertenciam. Um pedaço de veneziana. Um DVD. Um tapete de papéis molhados. Uma coleira de cachorro. Um balanço do parquinho da irmã mais nova de Kolby, cujas correntes estavam torcidas e quebradas nas extremidades, como se tivessem sido mastigadas por um monstro gigante.

Devagar, subi as escadas e empurrei a porta, que, travada por algo do outro lado, só se abria um pouco. Tentei empurrar com mais força, mas vendo que ela não cedia, murchei a barriga e me espremi pela fresta.

Quando consegui entrar, levei à boca minhas mãos sujas de sangue. Se eu não soubesse que estava de pé na minha sala de estar, nunca teria imaginado que aquela era a minha casa. Não havia telhado em parte alguma. Nenhum teto. Não estou falando de buracos ou rachaduras; não havia absolutamente nada. Algumas das paredes externas haviam caído, e as que restaram estavam em péssimas condições. Uma delas estava inclinada para fora, a janela faltando e a armação pendurada em um canto. Mais adiante, onde normalmente a sala e a cozinha se encontravam, a casa apenas... terminava. Eu sabia, pelo que vi no andar de baixo, que muitas coisas haviam caído umas sobre as outras, mas não estava preparada para aquele nível de destruição. Até o fogão havia sumido. Não mudado de lugar, mas desaparecido completamente. Sem deixar pistas.

Não consegui chegar ao meu quarto. Não conseguia nem dizer onde ele estava. Por alguns minutos, fiquei parada feito boba na porta do porão tentando absorver tudo aquilo, a mão sobre a boca, os olhos arregalados, o coração batendo tão rápido que pensei que iria vomitar. Já tinha visto fotos de casas destruídas por tornados, mas nunca tinha visto algo assim na vida real. A destruição era completa. E terrível.

Lá fora. Precisava ir sair para ver se a casa de mais alguém havia sido atingida. Precisava encontrar ajuda. Encontrar minha mãe. Alguém que pudesse me levar até ela para que eu dissesse o quanto nossa casa estava danificada, para que eu dissesse que estava bem.

Segui até a porta da frente, que, estranhamente, ainda estava lá, ainda nas dobradiças, embora presa à meia parede. Levei vários minutos rastejando por pedaços de madeira e escalando os escombros até chegar à porta, pisando cuidadosamente com os pés descalços, desejando estar usando sapatos quando o tornado chegou, ou pelo menos ter levado um par para o porão comigo. Cortei a mão no vidro duas vezes, mais sangue escorrendo e se misturando ao sangue e à sujeira já existentes. Limpei a mão na calça e continuei, tentando conter o desespero que me invadiu quando ouvi choro e vozes do lado de fora.

Ao dar o último passo em direção à porta, meu pé afundou em algo macio e frio. Era a bolsa da Marin, a que mamãe a havia feito deixar em casa. Eu a retirei do entulho e a analisei. Apesar de estar suja, empoeirada e um pouco molhada, parecia inteira. Coloquei-a ao meu lado, em cima de uma cadeira amassada da cozinha, para guardá-la – Marin iria querer sua bolsa quando voltasse.

Quando finalmente abri a porta, perdi o fôlego imediatamente, como se o vento o tivesse arrancado de mim. Vi luzinhas dançando diante dos meus olhos e senti meus lábios formigarem. Por um momento, pensei que fosse desmaiar.

Não tinha sido apenas a nossa casa.

Foram as casas de todo mundo.

Não havia rua, apenas pilhas e pilhas de entulho, vidro, móveis quebrados, madeira e lixo. Apoiei-me contra a parede que restava da minha casa, mas ela rangeu sob o meu peso e me levantei de novo, rapidamente. Não conseguia respirar.

Queria minha mãe. Ou Ronnie. Alguém para me abraçar.

Vários vizinhos estavam na rua, parecendo arrasados. O Sr. Klingbeil estava com as mãos nos quadris, olhando para o que costumava ser sua casa e balançando a cabeça. A Sra. Fay estava abraçada com a Sra. Chamberlain, ambas chorando alto. Algumas crianças pequenas estavam agachadas na rua, seus rostos parecendo não só curiosos e meio excitados enquanto pegavam galhos, brinquedos e tijolos, mas também muito sombrios, como se até mesmo elas entendessem que o que tinha acontecido era ruim, muito ruim. Algumas pessoas vasculhavam os escombros de suas casas, pegando pequenos pedaços quebrados disso e daquilo só para descartá-los novamente.

Eu podia ver algum movimento onde nossa rua costumava encontrar a rua Church. Um monte de gente parecendo em choque, perdida, se arrastava em direção ao cruzamento. À distância, podia-se ouvir o barulho de sirenes de ambulâncias, mas não havia nenhuma por perto. *Como conseguirão chegar até nós?*, eu me perguntei. Não havia rua por onde dirigir. Era impossível enxergá-la sob todos os escombros.

Um homem desmaiou e uma mulher se abaixou para acudi-lo, sacudindo seus ombros e gritando "Socorro! Alguém! Por favor!", mas as pessoas passavam por eles parecendo atordoadas e feridas. Finalmente, um homem parou e ajudou a colocá-lo de pé. Os dois se arrastaram, levando a vítima entre eles, seus braços pendurados nos ombros dos ajudantes.

– Puta merda! – ouvi Kolby dizer. Ele estava pulando a janela do porão, que parecia ser a única saída que restava de sua casa.

Ao contrário da minha, que ainda tinha uma parede em pé, a casa de Kolby tinha sido completamente destruída. "Puta merda!", pensei. E então ele gritou:

– Puta merda!

Sua irmãzinha subiu pela janela atrás dele, processando tudo aquilo em silêncio, como eu fiz, os pés descalços, as pernas e os pés manchados de sujeira.

– Você está bem, Jersey? – ele perguntou, e pude sentir minha cabeça balançando, mas ainda não tinha certeza se iria desmaiar, então o movimento pareceu muito lento e fluido.

Kolby se virou e, de joelhos, enfiou a cabeça de volta na janela, saindo logo em seguida com a mãe debaixo dos braços. Sentada exatamente onde ele a deixou, ela levou as mãos ao rosto.

– Oh, meu Deus! – eu a ouvi dizer, e então começou a rezar: – Obrigada, Jesus, por nos manter vivos. Obrigada, querido Jesus, por nos salvar.

Kolby veio em minha direção.

– Fique longe daquela parede – disse, subindo pelas tábuas para chegar até mim. Ele pisou em um chocalho de bebê, quebrando-o. Olhei para o brinquedo, imaginando de onde viera e o que teria acontecido com o bebê a quem ele pertencia. – Jersey? Ei, Jersey? Você tá bem?

Balancei a cabeça novamente, mas a imagem de um bebê voando pelos ares, preso no olho de um tornado monstruoso, era mais do que eu conseguia lidar. Senti meu corpo começar a cair.

– Opa! Opa! – Kolby exclamou, pulando para a varanda para agarrar meus ombros e me manter em pé. – Uma ajudinha aqui? – ele ofereceu.

– Estou bem – murmurei. – Só preciso me sentar.

– Você está sangrando – disse ele, fazendo uma manobra para conseguir ficar ao meu lado, seu braço ao redor dos meus ombros. Ele me tirou da varanda e foi em direção aonde nosso quintal costumava ficar. Kolby e eu tínhamos jogado beisebol ali inúmeras vezes. Agora, isso parecia ter acontecido há muito tempo.

– Estou bem – murmurei novamente. Mas, quando Kolby me colocou apoiada em um bloco de concreto no chão, fiquei feliz por estar sentada.

– Está sangrando – ele repetiu. – Onde machucou?

Toquei a parte de trás da minha cabeça novamente. Parecia seco agora.

– Um cinzeiro me acertou – eu disse. – Mas acho que é só um corte.

Ouvi a mãe dele chamando alguém, perguntando se havia pessoas feridas. Kolby se agachou na minha frente, seu rosto a apenas alguns centímetros do meu.

– Onde está todo mundo? – ele perguntou. Diante do meu silêncio, insistiu: – Sua mãe e Ronnie? Marin?

Fechei os olhos. Era mais fácil me concentrar quando não estava olhando para o bairro destruído.

– Mamãe e Marin estavam na aula de dança. Eu não sei onde Ronnie estava. Não sei se ele estava a caminho de casa, do trabalho ou...

Parei no meio da frase e vi o Sr. Fay acenar para a Sra. Fay, mostrando uma viga de madeira que tinha atravessado a lateral da casa deles e estava com uma parte para fora, como um dardo. A Sra. Fay tirou uma foto com o celular.

– A rua inteira foi destruída – eu disse.

Kolby se levantou e olhou para a rua Church, onde havia um grupo de sobreviventes se afastando dos destroços.

– Eu sei – disse ele. – É que... Minha nossa!

– Até onde você acha que foi? – perguntei.

Ele balançou a cabeça, mas não respondeu.

– Kolby? Até onde você acha que foi?

– Não sei – ele disse, sua voz soando séria e rouca. – Parece que bem longe.

– Você acha que... – comecei, mas parei, com medo de terminar minha pergunta, com medo de que a resposta fosse não.

Você acha que minha mãe vai conseguir me encontrar?

CINCO

As horas seguintes passaram como um borrão. Alguns homens estavam indo de casa em casa, inclinando a cabeça e tentando escutar pedidos de socorro sob os escombros. Toda vez que ouviam até mesmo o menor ruído – o miado de um gato ou o rangido de uma placa de madeira, ou qualquer coisa que parecesse um gemido –, eles se punham de joelhos e começavam a cavar os escombros com as mãos, seus rostos determinados pingando suor. Ouviam-se gritos toda vez que encontravam um buraco para um porão, com um rosto grato e cheio de esperança olhando através dele.

E então encontraram a Sra. Dempsey.

Muito frágil para chegar ao porão, a velha senhora havia se encolhido na banheira para enfrentar a tempestade. Tinha levado até alguns travesseiros. Eles a encontraram lá, travesseiros ainda ao seu redor, mas o ar-condicionado central estava esmagando a metade superior do seu corpo.

Tiraram o aparelho de cima dela. A Sra. Fay encontrou uma cortina de plástico, e eles a colocaram sobre o corpo da Sra. Dempsey.

O clima ficou muito sombrio depois disso, e as pessoas começaram a questionar quando as ambulâncias viriam nos socorrer. Ainda podíamos ouvir os sons a distância, mas elas não estavam se aproximando. Até pensamos ter ouvido alguns ruídos, como chiados de alguém falando por rádio ou megafone, mas ninguém conseguia entender as palavras. Tudo estava muito abafado e distante. Por que estavam tão longe?

Os esforços de resgate ficaram mais lentos. As pessoas começaram a reclamar de sede e cansaço, passando mais tempo sentadas ou mexendo em suas próprias coisas, sem muito entusiasmo. Não havia dúvidas de que, depois de toda aquela escavação, os homens estavam com sede. Mas eu tinha a teoria de que aquela pausa para prevenir a desidratação era, na verdade, uma maneira de não admitir que eles estavam com medo de encontrar outro corpo – afinal, da próxima vez poderia ser uma criança ou um adolescente, ou alguém com quem haviam almoçado na semana anterior.

Fiquei observando-os do meu bloco de concreto. De vez em quando, eu tentava usar meu celular novamente. Esperava que a ligação completasse, o que nunca acontecia. Olhava para a rua em busca do carro da mamãe, que nunca virava a esquina. A sombra de Kolby pairou sobre mim.

– Vamos dar uma volta. Quer vir? – ele perguntou, tocando de leve o meu ombro.

Balancei a cabeça negativamente, sem olhar para cima.

Ele esperou um momento.

– Tem certeza? Queremos ver o nível do estrago e descobrir para onde todo mundo está indo.

Vi sua sombra fazer um gesto em direção à rua Church, mas novamente neguei com a cabeça.

– Vai ficar bem sozinha? – ele insistiu, arrastando, meio sem jeito, a ponta do sapato contra o bloco de concreto onde eu estava sentada. – Posso ficar com você.

– Não – respondi. – Pode ir. Estou bem. É que, se eu não estiver aqui quando mamãe voltar, ela vai surtar.

Mas nem eu tinha certeza se essa afirmação era verdadeira. Parte de mim sabia que eu queria ficar porque estava com medo de descobrir a extensão dos danos. Não queria saber por que um fluxo constante de pessoas continuava a descer pela rua Church.

Depois que Kolby saiu, tentei não deixar minha mente vagar. Tentei não pensar nas pequenas coisas que havia perdido no tornado, especialmente na Sra. Dempsey coberta por uma cortina de plástico algumas casas abaixo. Mas não podia controlar. Minhas roupas, meus brincos, minhas músicas. Eu não tinha roupas da moda nem brincos caros, mas, se tudo tivesse sido destruído... eu não teria nada. Até bugigangas baratas são melhores que nada.

Quanto das coisas da mamãe haviam sido destruídas? Quanto de todas as nossas coisas? E quanto tempo demoraria até conseguirmos de volta?

Olhei para baixo e notei que estava pisando em uma foto. Eu a tirei do chão, limpei e analisei. Então me perguntei para onde nossas fotos teriam ido, se nosso passado acabaria sob os pés de um estranho, se seria jogado no lixo.

Aquele pensamento me deu calafrios. Parecia impossível ter um passado se suas memórias estivessem descansando sob cascas de banana em um aterro qualquer.

Olhei para a foto por muito, muito tempo. Havia uma família, de camisetas e jeans combinando, parada junto a uma árvore.

O garotinho na frente posava para a câmera. Estava tão sorridente, mostrando os dois buracos onde deveriam estar seus dentes da frente, que seus olhos estavam quase fechados. As mãos de sua mãe pousavam em seus ombros de forma protetora. A irmã mais velha, com cabelos longos e lisos, sorria docemente com o braço do pai em volta de sua cintura. Uma família completa e feliz. Eu me perguntei se o tornado também os atingira. Se tinha feito com a casa deles o que havia feito com a minha. Eu me perguntei onde ficava a rua deles. Onde aquela árvore estava.

Uma espécie de choque percorreu meu corpo e eu me levantei. As árvores.

Pela primeira vez, notei que elas não estavam mais ali. Não havia algumas caídas, nem outras levadas pelo vento aqui e ali, o que acontecia com frequência durante as tempestades de primavera em Elizabeth. Elas tinham *sumido*, deixando apenas grandes buracos onde costumavam ficar. Troncos arrancados. Galhos destruídos. Nossa rua, que costumava ser arborizada, tinha perdido todo o seu verde. Olhei em volta, esticando o pescoço para ver ao longe e acima dos montes de entulho e casas arruinadas. Não consegui enxergar nenhuma árvore.

Coloquei a foto de volta no monte de lixo e me sentei novamente. A tarde parecia ter se prolongado, mas então a noite começou a cair. Minha barriga doeu de fome e pensei no hambúrguer que tinha deixado no fogão quando a tempestade chegou. Eu me perguntei o que faríamos para o jantar, e o pensamento me levou a pegar o celular novamente. Ainda sem sinal. Ainda sem notícias da mamãe.

Kolby, sua irmã e sua mãe voltaram, suas expressões sombrias sob o céu acinzentado da noite, somado ao que parecia ser outro temporal se aproximando. Lentamente, as pessoas que haviam ficado começaram a sair dos escombros para encontrá-los, largando tijolos, placas ou aparelhos antigos que estavam segurando, a curiosidade estampando seus rostos. Também me levantei e caminhei em direção a eles.

– Destruído – ouvi Kolby dizer quando cheguei até eles. Estava sem fôlego, os olhos cheios de lágrimas e o maxilar travado. – Destruído – ele repetiu, balançando a cabeça. Sua irmã agarrava a barra da camisa da mãe.

– Andamos por pelo menos um quilômetro e meio – sua mãe falou em voz alta, assumindo o comando. As sirenes de emergência finalmente haviam parado, deixando-nos sob um estranho manto de silêncio. – Todos os lugares estão como aqui. E tem pessoas... – Ela fez uma pausa, sua mandíbula tremendo. – Querido Jesus, por favor, esteja com essas pessoas – sussurrou.

– As ambulâncias...? – começou a Sra. Fay, desistindo de completar a pergunta quando viu que Kolby negava com a cabeça.

– Elas não têm como chegar até nós. As ruas estão atulhadas, assim como a nossa. As casas sumiram, e parece que está assim por muitos quilômetros. Não consigo nem ver a escola Bending Oaks. Ela também desapareceu. Uma escola inteira.

Bending Oaks era a escola primária onde eu e Kolby havíamos estudado. Ficava a uns bons cinco quilômetros de distância, mas, construída no topo de uma colina, era visível de quase qualquer lugar em Elizabeth. Tive dificuldade de imaginar a colina sem o contorno daquela grande construção ao sol.

Quando dei por mim, Kolby estava dizendo:

– ...uma viga atravessou a perna dele. Estava tentando se arrastar para fora de casa, e seu vizinho encontrou um carrinho de mão. Mas disseram que o hospital também fora atingido, então ninguém sabe para onde ir. Ninguém nunca viu algo assim.

Pensei em todas as pessoas que vi andando pela rua Church. No homem que desmaiou. Estavam tentando encontrar ajuda, mas e se não houvesse ajuda? Até onde eles teriam que ir para encontrá-la?

– Querido Jesus, por favor, esteja conosco nesse momento de tristeza e necessidade... – A mãe de Kolby havia começado de novo, os olhos bem fechados, as palmas das mãos voltadas para cima. Kolby olhou para ela e pareceu considerar dizer mais alguma coisa, mas pensou melhor e abaixou a cabeça. Algumas pessoas se reuniram em torno dela, murmurando "amém" uma vez ou outra, ouvindo enquanto a oração ressoava pelos quarteirões devastados da nossa rua.

O hospital ficava a pelo menos oito quilômetros na direção oposta. Se ele tivesse sido atingido, e se Bending Oaks tivesse sido atingida, aquele tornado teria varrido um pedaço enorme de Elizabeth.

Então, o estúdio de dança da Marin também estaria bem no caminho do tornado.

Ninguém sabia o que fazer. Permanecemos reunidos ao redor de Kolby e sua família por um longo tempo, e, aos poucos, outros vizinhos começaram a se juntar a nós.

O filho de alguém havia sido sugado para fora do quarto enquanto procurava um rádio de emergência. Alguém não teve notícias do marido, que estava dirigindo do trabalho para casa. Alguém se perguntava se a esposa, uma enfermeira de plantão no CTI de um hospital pediátrico, estaria bem. Alguém tinha ouvido batidas e gritos vindos de debaixo de um carro e tinha certeza de que ainda havia vizinhos presos dentro de suas casas. E, falando em casas... ninguém mais tinha uma. Para onde iríamos? O que faríamos? Isso virou nosso mantra: *O que vamos fazer?*

Então o céu se abriu, e pingos de chuva caíram sobre nossos braços e rostos, remexendo as placas sobre as quais estávamos em pé e liberando um cheiro de terra. Não tínhamos árvores para nos proteger. Não tínhamos guarda-chuvas. Nossa única cortina de plástico estava cobrindo a pobre Sra. Dempsey. Então ficamos na chuva, piscando os olhos contra ela, nossos ombros curvados, pelo tempo que pudemos aguentar, acrescentando ao nosso mantra: *Está chovendo agora e não temos para onde ir. O que vamos fazer?*

Dois homens conseguiram abrir a porta de um carro e algumas pessoas entraram. As janelas embaçaram; era como se eles tivessem ido embora. Salvos.

Então, o vento ficou mais forte e a chuva começou a cair de lado, entrando em nossos ouvidos e fazendo nossos cabelos pingarem. Eu me senti bem, mas também senti frio, e não podíamos deixar de pensar no que viria em seguida, especialmente depois que a mãe de Kolby começou a rezar:

– Querido Deus, por favor, não deixe que haja outro tornado a caminho. – Não ficou claro se ela estava realmente rezando por isso ou apenas afirmando o mesmo medo que tinha começado a surgir na mente de todos.

Alguns vizinhos trabalharam juntos para erguer uma placa de madeira e proteger a lateral do que havia sobrado de sua casa, amontoando-se embaixo dela, as roupas encharcadas e os pés afundando nos escombros. As lágrimas começavam a cair com a chuva à medida que nos dávamos conta do que havia acontecido.

A mãe e a irmã de Kolby se juntaram a eles, e logo ficamos apenas Kolby e eu parados na rua, sozinhos, piscando um para o outro através de pingos de chuva presos em nossos cílios.

– Tinha um cara... – ele começou, agora que estávamos apenas nós dois. Piscou, olhando para longe, respirou fundo e voltou a olhar para mim. – Foi como... como se ele tivesse sido atingido por uma bomba. Restava apenas metade dele, Jersey. Eu nem vi para onde as pernas dele tinham ido. Acho que foram soterradas.

– Ai, meu Deus. E a Tracy?

– Ela não viu. Mamãe continuou andando com ela. Mas não consigo parar de ver, sabe? Acho que nunca vou esquecer.

Toquei seu ombro de leve. Então, envergonhada, puxei minha mão de volta.

– Eu vomitei – Kolby disse. – E me sinto um frouxo por vomitar. É... – Ele balançou a cabeça. – Esquece.

A chuva ficou entre nós. Não sabia o que dizer para ele sobre o homem dilacerado ou sobre vomitar. Não sabia o que ele queria de mim. Nossa amizade sempre se baseou em jogar beisebol ou pega-pega, ou em construir cabaninhas e andar de bicicleta. Não conversávamos sobre vomitar, chorar ou sentir medo.

E eu sentia. Sentia tanto, tanto medo.

– Vou lá para dentro – eu disse, como havia dito a ele um milhão de vezes antes. Como se eu estivesse cansada de brincar de esconde-esconde ou quisesse assistir à TV ou jantar ou qualquer outra coisa rotineira.

– Para dentro de onde?

Apontei para o que restava da minha casa.

– Porão. No caso... – *No caso de outro tornado.* – Caso minha mãe venha para casa.

Ele balançou a cabeça.

– Você não deveria voltar lá. Não é seguro. Olhe como está inclinado. E o teto foi arrancado.

– Vai ficar tudo bem. Está melhor do lado de dentro. – O que era uma grande mentira, mas quanto mais os trovões rugiam acima de nós, mais os olhos assombrados de Kolby transferiam a imagem do homem partido ao meio para dentro da minha alma, e quanto mais sua mãe rezava aos quatro ventos, mais assustada eu ficava. *Por favor, Deus, não me faça passar por outro tornado. De novo, não. Não sozinha.*

Meu coração disparou e comecei a respirar com dificuldade. Sabia que precisava voltar para o porão, para onde estaria segura, imediatamente.

– Vou sair quando a chuva parar.

Ele segurou meu braço, e eu me afastei gentilmente. Sorri. Ou pelo menos tentei.

– Vou ficar bem, Kolby. Você deveria ficar com sua mãe e com Tracy agora.

Um raio caiu, e nós dois pulamos.

– Quer que eu vá com você? – ele perguntou, embora eu pudesse ver, pela forma como olhou ansiosamente para a casa, que ele preferia que a resposta fosse não. Dava para perceber que Kolby se sentia dividido entre me proteger e proteger sua família.

Eu não queria ele lá. Kolby era um grande amigo, e parte de mim queria grudar nele e torcer para que me mantivesse segura. Mas, por alguma razão, a devastação por trás daquela meia parede inclinada da minha casa parecia muito pessoal, muito constrangedora. Era a vida da minha família, toda amontoada, estilhaçada e jogada em pilhas. E eu não queria que ele visse, mesmo sabendo que a maioria das nossas coisas provavelmente estava na rua naquele momento, sendo transformada em mingau pela chuva – e a maioria das coisas dele também.

– Está tudo bem. Vou ficar bem – eu disse. – Quando minha mãe chegar, diga que estou lá dentro, ok?

– Ok – ele respondeu, com relutância. – Mas se precisar de qualquer coisa...

Ele parou de falar, provavelmente pensando o mesmo que eu: *O quê? Se eu precisar de alguma coisa, o quê? O que você pode fazer? Você também perdeu tudo.*

Assenti com a cabeça e voltei para a minha casa, minhas pernas tremendo.

Houve mais trovões, e meu coração disparou quando subi os degraus e entrei pela porta da frente.

Meu cérebro esperava encontrar o cenário do outro lado da porta como sempre havia sido: o tapete marrom, ainda com as marcas de aspirador da faxina de segunda-feira. A TV ligada. A parede de espelhos da sala de jantar – uma lembrança de quando a casa foi construída, na década de 1970 – refletindo sobre a mesa e as cadeiras, que foram compradas em brechós e não combinavam umas com as outras. O papel de parede branco, com suas flores de um tom azul pálido, que se estendia até a cozinha. A luz da lava-louças piscando para indicar que os pratos estavam limpos. O zumbido da geladeira e do ar-condicionado.

Em vez disso, estava chovendo... dentro da minha casa. O gesso molhado das paredes caídas cheirava a calcário. O único som era o estrondo do céu.

Tentei encontrar algo familiar e enfim consegui. O suporte da televisão não estava lá, mas ela continuava no lugar de sempre. Como se alguém a tivesse pegado, tirado o suporte e colocado-a de volta. Mas para que servia uma TV se não havia uma tomada para ligá-la?

A bolsa da Marin ainda estava na cadeira onde eu a havia deixado. Abri e olhei o interior, inclinando a cabeça para tentar impedir que a chuva caísse lá dentro.

Tinha três embalagens de chicletes e um batom rosa que mamãe havia dado para ela. Os tesouros da Marin.

Coloquei a bolsa no braço e segui a trilha que havia aberto mais cedo, tentando não pisar em nada afiado ou perigoso, levantando os pés para o alto a cada passo e colocando-os no chão com cuidado. Havia muito vidro quebrado.

Quando finalmente cheguei ao último degrau, já estava fora do alcance da chuva. Então permaneci ali e observei, torcendo a água do cabelo e enxugando meu rosto com as mãos enquanto ponderava sobre o que faria em seguida. Enquanto pensava em como iria sobreviver até mamãe e Ronnie voltarem para casa.

SEIS

Havia uma dúzia de garrafas de água no frigobar do Ronnie, além de algumas cervejas, um pote com um pouco de queijo e um pacote de salsichas. Tive que cavar através de tábuas quebradas e entulho para alcançar a geladeira. Quando consegui, já estava com tanta sede que derrubei uma das garrafas ao tentar me sentar no pequeno espaço limpo que havia ali, meus dedos machucados e doloridos.

Minha barriga roncou alto quando vi o queijo, mas tive medo de comer, sem saber o que faríamos em relação à comida quando mamãe, Ronnie e Marin chegassem em casa. Queria ter certeza de que haveria o suficiente para todos nós. Eu me perguntava quando a nossa rua seria socorrida, e se os socorristas teriam comida. Me perguntava se a nossa geladeira ainda estava lá em cima em algum lugar, e se ainda havia comida nela, e tentei afastar um pensamento de pânico de que a geladeira no andar de cima poderia, a qualquer minuto, fazer o teto ceder sobre mim e me soterrar. Corri de volta para a área onde a cozinha havia se espalhado pelo porão, no canto oposto. Aquela parte do chão parecia sólida.

Sentei no concreto e bebi a água, ouvindo a tempestade e olhando repetidas vezes para a chuva, que aumentava e diminuía, banhando o porão com sombras, que ficavam mais e mais escuras à medida que a noite caía. Não ouvi mais nada lá fora. Nada de vozes, nada de sirenes, nada de carros. Apenas o som das gotas de chuva e o estrondo do trovão.

Por fim, levantei-me e caminhei até o sofá tombado no chão; estava molhado atrás, mas as almofadas por baixo estavam secas. Eu as tirei e levei para a mesa de sinuca, que havia empurrado para mais perto do canto seguro. Coloquei as almofadas sob a mesa juntamente com a minha mochila, a bolsa da Marin, a lanterna e o meu celular. Vasculhei uma cômoda antiga que mamãe havia colocado no canto mais distante do porão e encontrei uma toalha que usávamos para piqueniques, ou para ir ao parque assistir aos fogos de artifício no feriado de 4 de julho, além de algumas cangas de praia e um baralho de cartas com a data, em alto-relevo, da lua de mel da mamãe e do Ronnie em Las Vegas. Peguei tudo, juntando as cangas como um travesseiro e me cobrindo com a toalha. Enfiei a caixa de baralho na bolsa da Marin, junto com os chicletes e o batom, liguei a lanterna e me deitei sobre as almofadas, de barriga para baixo. Me senti mais segura, como se estivesse pronta para esperar por todos ali até de manhã, se necessário. Não queria, mas, se fosse o caso, ficaria bem.

O livro que eu estava lendo antes do tornado, o que parecia ter sido séculos atrás, estava um pouco úmido, e uma das páginas tinha sido rasgada. Mas a maior parte dele estava lá, então decidi terminar de ler para passar o tempo. Eu me perguntei se a casa da Srta. Sopor também havia sido destruída, e se a escola ainda estava de pé.

Com certeza estava. Tinha que estar. Jane devia estar lá dentro.

Imaginei todo mundo voltando para a escola, cheios de histórias para contar sobre como resistiram à tempestade, sobre como suas casas foram danificadas ou seus carros amassados. *E quanto à Jersey Cameron e Kolby Combs?*, eu os imaginei perguntando. *Não estão aqui. Ouvi falar que perderam tudo.* Não queria que fizessem isso. Não queria que todos falassem sobre como Jersey Cameron, a garota do clube de teatro, não tinha mais nada. Gemi e virei de costas, olhando para a parte inferior da mesa de sinuca, mal segurando o livro nas mãos. Tirei o celular do bolso e tentei ligar para mamãe novamente. Nada ainda. *Onde você está, mamãe? Quando vai me encontrar?*

Abri a tela de mensagens e escrevi para a Dani:

ESTOU NO PORÃO. ESTOU BEM, MAS TUDO FOI DESTRUÍDO. E VOCÊ?

Em seguida, digitei uma parecida para Jane:

SOBREVIVI AO TORNADO. VOCÊ TÁ BEM?

Olhei para a tela do celular, esperando que as mensagens fossem enviadas, mas, alguns segundos depois, um aviso de erro apareceu.

Minha barriga roncou de novo, então me virei e abri a bolsa da Marin. Uma baforada de canela e hortelã soprou no meu rosto, junto com o cheiro familiar da maquiagem da minha mãe e do xampu da minha irmã.

Procurei até encontrar um pacote fechado de chiclete, desembrulhei um pedaço e o coloquei na boca para enganar a fome. Mastiguei, ouvindo a chuva continuar a cair, e torci o papel nos dedos. Pensei na minha irmã. Marin odiava tempestades. Provavelmente estava tendo um treco agora, especialmente se estivesse apertada em um armário escuro com as colegas de dança, a pele de seus braços suando uma contra a outra. Mamãe estaria tentando acalmá-la, fazendo carinho nos seus cachos melequentos, conversando e talvez cantando para ela. Tentando encontrar uma saída.

Esperava que estivessem bem. Esperava que estivessem na delegacia de polícia ou em um supermercado, ou outro lugar seguro, tentando me ligar e descobrir como chegar de carro até a nossa casa. Para me salvar.

Tirei uma caneta da mochila e me inclinei sobre o pequeno papel de chiclete. Desenhei uma figura na ponta dos pés, braços abertos e pernas flexionadas com linhas curvas ao redor, indicando movimento. Dei grandes olhos à boneca de palitinho, cílios longos e um sorriso. Então, acrescentei uma coroa de princesa no topo da cabeça, só para fazer graça.

MARIN DANÇANDO *SWING*, escrevi embaixo do desenho. Quando levantei o papel e olhei para ele, um sorriso curvou meus lábios. Marin ia adorar quando visse.

Dobrei a imagem em quadrados menores, depois enfiei-a no bolso com zíper dentro da bolsa.

* * *

Quando a manhã chegou, a chuva havia parado, dando lugar a uma luz forte que emoldurava tudo com sua nitidez. Eu me desenrolei do cobertor e saí de debaixo da mesa, abrindo os olhos devagar, os eventos do dia anterior vindo à mente.

Não foi um sonho, pensei, decepcionada. *O tornado realmente aconteceu.*

Puxei o celular do bolso e olhei as horas. Eram 11h da manhã, e eu não tinha recebido mensagens. Tentei ligar para mamãe de novo, e não fiquei surpresa quando ouvi, em resposta, uma mensagem automática dizendo que minha ligação não podia ser completada.

Fazia calor. Meu cabelo, que estava preso, havia grudado no pescoço, e senti uma gota de suor descer lentamente pelas minhas costas. Minhas pernas estavam arrepiadas no local onde a toalha havia se enrolado e mantido o calor do meu corpo a noite toda. Os destroços no lado exposto do porão que tinham ficado encharcados, agora assavam sob o sol de maio. Eu já estava começando a feder.

E estava com fome.

E com sede.

E, o pior de tudo, precisava ir ao banheiro.

Meus olhos pousaram em um balde de tinta em que o Ronnie costumava guardar panos velhos. Que vergonha. Iria segurar.

Para manter meus pensamentos longe da minha bexiga, fui até a geladeira e comi duas salsichas, que já não estavam mais tão frias assim. Eu me perguntei quanto tempo ainda durariam. Depois de comer, peguei uma garrafa de água, fechando a porta o mais rápido possível para conservar o máximo de ar frio lá dentro. Então, me apoiei na geladeira e escutei os ruídos lá fora.

Ouvi palavras soltas como "lá dentro" e "destruído" e "mantenha pressionado" e "ambulância" e "sobrecarregado". Em algum lugar ao longe, também ouvi o zumbido de uma motosserra.

Tentei escutar a voz da mamãe. A do Ronnie. A da Marin. Tentei escutar meu nome em gritos de esperança.

Não ouvi nada disso.

Quando a dor na minha bexiga se tornou insuportável, finalmente reuni coragem e caminhei até o balde, me sentindo boba e envergonhada, esperando que ninguém descesse para "me resgatar" naquele momento.

Ao lado do balde havia um velho par de botas de trabalho do Ronnie. Eram feias e estavam imundas, cheias de tufos de grama morta e manchas de tinta seca encrustadas. Mas sapatos velhos ainda eram melhores do que sapato nenhum.

Uma a uma, virei-as de cabeça para baixo e bati contra o chão, para o caso de haver insetos lá dentro. Em seguida, enfiei um pedaço de pano no fundo de cada e calcei, amarrando-as bem apertado ao redor dos tornozelos.

Eu me senti o Frankenstein pisando no chão do porão, e tropecei algumas vezes. Meus pés estavam quentes, o que fazia com que eu me sentisse mais suada do que já estava, e desejei poder me sentar em frente ao ar-condicionado, ou ficar debaixo do chuveiro. Mas, em vez disso, tinha o ar úmido do Missouri soprando contra o meu corpo, mantendo o suor pregado na pele.

Com a luz entrando, era mais fácil ver aonde eu estava indo, e fui capaz de encontrar algumas das nossas coisas enterradas sob a mobília e as telhas derrubadas. Segui para o andar de cima, onde costumava ficar a nossa sala de estar, e tentei resgatar os itens que mamãe poderia se interessar em guardar. Seu roupão de banho, encharcado, fedorento e quente, manchado de lama, que coloquei sobre uma mesa virada. DVDs, ainda nas capas, que empilhei no chão. Lençóis, que entrelaçaram as pernas dos móveis e se transformaram em cordas.

Eu me perguntei como essas coisas ficaram enquanto o tornado passava. Será que haviam alcançado o céu, como grandes bandeiras brancas de rendição?

Limpei o máximo que pude, o que não foi muito, e fui lá fora procurar por Kolby. Encontrei-o sentado em um pedaço de grama estranhamente perto de onde o vira de pé, pela janela da minha cozinha, no dia anterior. Estava segurando um pano contra o braço. Fui até ele.

– Você sobreviveu à noite – disse quando me viu chegando.

– O que aconteceu? – apontei para o braço dele enquanto me sentava ao seu lado.

Ele encolheu os ombros.

– Me cortei em uma janela.

Dava para ver o sangue se infiltrando na bandagem improvisada, que parecia ser uma bandana roxa e úmida.

– Foi muito fundo?

Ele olhou para o céu, pressionando o pano com mais força.

– Provavelmente precisa de uns pontos, mas onde eu conseguiria isso?

Estendi a mão. Quando levantei a beirada da bandana, perdi o fôlego. Um corte profundo, de aproximadamente doze centímetros, atravessava sua pele, jorrando sangue.

– Isso tá muito feio. Você precisa... – Eu não soube como terminar a frase. Ele precisava de um médico, sim, mas onde encontraríamos um?

– Vou ficar bem – Kolby respondeu. – Só preciso encontrar algo que sirva para amarrar isso no meu braço.

Olhei em volta do que um dia havia sido nosso quintal, tentando entender o que estava vendo, tentando escolher coisas que pudessem ser úteis. Era difícil enxergar qualquer coisa além de enormes pilhas de lixo.

– Ali – eu disse, e comecei a afastar alguns tijolos de onde o varal da mãe de Kolby costumava ficar. A haste ainda estava lá, mas o varal havia arrebentado e estava enrolado em torno da base. Desenrolei-o e levei para Kolby. Então, me sentei ao lado dele e comecei a enrolar o fio em seu braço, tentando apertar o suficiente para que ficasse firme, mas não muito apertado.

– Há quanto tempo você está acordado? – perguntei.

– A maior parte da noite, na verdade – ele disse, seu corpo tremendo toda vez que eu puxava o fio. – Lembramos que a Sra. Donnelly tinha uma antiga adega subterrânea. Levamos algumas horas para tirar tudo lá de dentro, e acho que ninguém dormiu. Minha mãe está lá embaixo agora. Ficou acordada durante quase toda a noite, rezando pelas pessoas. Eu deveria ter vindo ficar com você.

Balancei a cabeça.

– Improvisei uma cama debaixo da mesa de sinuca. Fiquei bem.

Cheguei ao final do fio e o amarrei, prendendo bem a ponta solta. Kolby alisou o curativo sobre o antebraço. O sangue já estava aparecendo do lado de fora. Dava para ver mais manchas escuras crescendo sob a corda.

– Alguns caminhões conseguiram passar esta manhã – disse ele, olhando para o nada. Segui seu olhar, e ele se virou para encontrar o meu. – É grave, Jersey. Soube que muitas pessoas morreram.

Eu o encarei por alguns segundos e olhei para trás, para a paisagem de casas destruídas. Algumas crianças estavam escalando um carro. O para-choque havia sido perfurado, o para-brisa, amassado.

– Não consigo acreditar que agora somos todos... sem-teto. Para onde devemos ir? – indaguei.

Kolby pegou uma placa lascada e a jogou para o lado, desenterrando um pedaço de ferro. Então pegou ferro e observou com desinteresse.

– Estamos indo para Milton ficar com a minha tia. Acho que algumas pessoas ficarão em pousadas em Prairie Valley. As pessoas estão indo... para onde conseguem ir. – Ele se levantou, soltando um gemido, e começou a voltar em direção ao que restava de sua casa. Quando chegou perto, pegou uma parte do tapume e a jogou para longe. – Estou tentando achar a bolsa da minha mãe para termos pelo menos algum dinheiro. Mas quem garante que ainda está aqui? Pode estar a dez quilômetros de distância, pelo que sei.

Levantei-me e o segui, pisando nas coisas com as botas do Ronnie, me curvando para pegar um tijolo aqui, uma placa ali, um monte de roupas encharcadas ou um livro amassado.

– Cuidado – Kolby continuou murmurando. – Não sei se isso é estável.

– Vou ficar bem – eu continuava repetindo, suor escorrendo pelas minhas costas e pela minha testa.

Procuramos até ficarmos imundos e sedentos. Um dos caminhões que conseguiram entrar havia depositado engradados de água mineral na rua, e fizemos uma pausa para nos hidratarmos um pouco.

– Não acho que vamos encontrar – disse Kolby, finalmente.

– Quem sabe – respondi. – A bolsa da Marin ainda estava na porta.

Ele tomou um longo gole de água e não respondeu. Observei enquanto o Sr. Fay jogava pequenos objetos e destroços em uma pilha da altura do meu quadril.

– Onde você acha que eles estão? – finalmente perguntei, dando voz ao pensamento que não saía da minha cabeça desde que Kolby dissera que os caminhões tinham conseguido passar.

Kolby olhou para baixo. Ele sabia de quem eu estava falando sem que eu precisasse dizer.

– Não sei. Onde eles estavam quando o tornado passou?

– Mamãe e Marin estavam na aula de dança. Não sei onde Ronnie estava. Mas... – Parei, incapaz de dizer o que pensava. Se eles pudessem chegar até mim, já teriam feito isso. Mamãe teria vindo me buscar. Estaria morrendo de preocupação.

Se não estavam ali, era porque algo os impedia.

– Podemos ir até lá – disse Kolby. – Não é tão longe.

Minhas mãos tremeram, a água na garrafa ondulando com o movimento.

– São apenas alguns quilômetros.

Ele apontou para as nossas casas.

– Não é como se houvesse algo de bom passando na TV agora – Kolby continuou, e embora estivesse brincando, nenhum de nós riu. Nada sobre aquilo era engraçado. – Deixa eu avisar a Tracy, para a minha mãe não se preocupar quando acordar – disse ele.

E antes que eu pudesse protestar, Kolby foi em direção à adega da Sra. Donnelly.

Parte de mim estava realmente pronta para fazer aquilo. Sair e encontrar minha mãe, Marin e Ronnie. Se não conseguiam chegar até mim, eu chegaria até eles.

Mas parte de mim estava com medo.

E se eu não os encontrasse?

E se eles não estivessem lá para serem encontrados?

SETE

Quando começamos a caminhar, vimos mais e mais veículos se arrastando pela rua Church, um atrás do outro. Alguns paravam para pegar pessoas que estavam caminhando até a cidade em busca de ajuda. Alguns ofereciam garrafas de água e kits de primeiros socorros. Outros passavam com câmeras, tirando fotos e tagarelando sobre a devastação como se aquilo estivesse ali para o entretenimento deles.

Por outro lado, todos que estavam a pé pareciam imundos e sombrios. Alguns tinham expressões severas e distantes, como se não tivessem ideia de onde estavam ou para onde seguiam. Alguns carregavam crianças. Alguns estavam cobertos de sangue seco. Alguns contavam histórias, e todas elas eram semelhantes – a casa desmoronou, o vento as puxou, alguma coisa as atingiu, os lares se foram, os carros se foram, as ruas se foram. A vida, como a conhecíamos, se foi.

– Andando cerca de meio quilômetro nessa direção, você sairá do curso do tornado – uma mulher disse para Kolby, apontando para o leste. – A tempestade foi rumo ao norte e ao sul, então, se você for para o leste, em breve encontrará ruas pavimentadas.

Assim, caminhamos para o leste, na rua Kentucky, observando a devastação enquanto buscávamos a normalidade.

– Está sentindo esse cheiro? – perguntou Kolby, franzindo o nariz. – Que fedor.

Pensei no hambúrguer que eu tinha colocado na frigideira logo antes da tempestade chegar. Quem sabe para onde teria sido arremessado?

Onde quer que fosse, certamente estava apodrecendo ao sol agora, junto com os jantares e os restos de comida das geladeiras de centenas de outras casas.

– Cheira como a máquina de lavar quando eu me esqueço de tirar as roupas molhadas – respondi.

– E só vai piorar, sabe – disse ele. – Esse cheiro. Todas essas coisas molhadas e o calor.

– Comida apodrecendo – acrescentei.

– E pessoas – Kolby completou.

Ele disse isso com tanta naturalidade que parei de andar e o encarei.

– O quê? – perguntou ele, virando-se para mim e dando de ombros. – Há pessoas mortas sob esses escombros. E animais também. É a realidade.

Comecei a andar novamente.

– Sim, mas não precisa falar desse jeito. Como se não fosse nada de mais.

– Também não gosto disso – ele murmurou, me seguindo.

Subimos uma colina e conseguimos ver até onde ia a destruição, não muitos metros à frente. Foi estranho ver como as casas foram de totalmente arrasadas para danificadas e quebradas, depois para levemente danificadas, até completamente inteiras. Literalmente, enquanto uma casa havia sido completamente destruída, o vizinho três casas abaixo só precisaria repor algumas telhas.

Era no final dessa rua que a maioria das pessoas estava se reunindo. Motosserras zumbiam e multidões inteiras garimpavam pelos destroços, enquanto pessoas chamavam umas pelas outras para oferecer ajuda e água. Um trabalho muito mais organizado do que na nossa rua. Alguém havia montado barracas e mesas dobráveis cobertas com alimentos, bebidas, ferramentas e suprimentos. Duas das tendas protegiam uma variedade de cadeiras de jardim, e algumas mulheres estavam sentadas ali com bebês. Crianças pequenas agachadas no chão, comendo uvas, observavam enquanto Kolby e eu passávamos.

– Vocês estão bem? – uma mulher gritou para nós de uma das cadeiras. – Precisam de ajuda?

– Estamos bem! – gritei de volta, sorrindo como se estivéssemos dando um simples passeio ao meio-dia.

– Precisam de algo para comer? – ela insistiu. – Temos bastante comida. Nenhum de nós tem eletricidade, então temos que comer enquanto ainda está bom.

Meu estômago roncou, e Kolby e eu nos encaramos. Desviamos para a tenda, onde imediatamente peguei uma banana, e Kolby, um sanduíche. Deu uma grande mordida, fechando os olhos enquanto mastigava.

– Você está ferido – a mulher disse, mais suave agora que se aproximava de nós. – Temos curativos. Foi profundo?

– Está tudo bem – disse Kolby, mas eu o ignorei.

– Bem profundo. De que tamanho são os curativos?

Ela vasculhou o kit de primeiros socorros, então desapareceu dentro da casa. Kolby e eu comemos enquanto esperávamos, enfiando biscoitos e cubos de queijo na boca com voracidade. Ela voltou com um rolo de gaze e esparadrapo.

– Está meio velho, mas será melhor do que isso – disse, me entregando a gaze.

Fomos até as cadeiras, e Kolby tirou a bandana e a corda de varal do seu braço. Estremeci quando olhei para o corte, a pele inchada ao redor, de um vermelho forte.

– Tem que manter isso limpo – disse a mulher, fazendo uma expressão de dor. – Está bem ruim. Como você se cortou?

– Vidro – respondeu Kolby.

– Bom, pelo menos não era metal enferrujado. Mesmo assim, provavelmente precisará de uma vacina antitetânica, embora eu não saiba onde você pode conseguir isso agora – disse ela. – Suponho que a Clínica Elizabeth tenha sido poupada ontem, mas deve estar lotada. E ninguém tem eletricidade.

– Tenho certeza de que vai ficar tudo bem – disse Kolby enquanto eu envolvia a gaze em torno de seu braço, prendendo-a com uma tira de esparadrapo. – Até onde o tornado foi, você sabe? – ele perguntou.

– Meu marido dirigiu por aí esta manhã – ela respondeu. – Cerca de sete quilômetros ou mais. Atingiu algumas escolas, a biblioteca, o hospital, a delegacia de polícia, o posto de bombeiros. Tudo. Vocês dois precisam de carona para algum lugar? Tenho certeza de que o Jerry pode levá-los.

– Vamos ao estúdio de dança da Srta. Janice – eu disse. – É onde minha mãe estava. Ela ainda não chegou em casa, estou tentando encontrá-la.

O rosto da mulher empalideceu.

– Na rua Seis?

Eu assenti.

– Oh, querida, ele não vai conseguir te levar lá. Essa rua foi seriamente atingida.

– Oh. Ok – respondi, tentando ignorar o caroço que havia se formado na minha garganta de repente. – Vamos andando.

A mulher esboçou um sorriso que não se sustentou em sua boca.

– Ouvi dizer que estão montando tendas em algumas igrejas – disse ela. Então, olhou para Kolby e baixou a voz, como se eu não estivesse ali, de pé. – Eles vão começar a compilar listas. Há uma igreja luterana virando a esquina da avenida Munsee.

Kolby assentiu e segurou meu cotovelo, puxando-me de volta para a rua.

– Que tipo de listas? – perguntei quando avançamos um pouco mais na estrada.

Ele demorou muito para responder.

– De pessoas desaparecidas – disse, finalmente. – E... você sabe...

Meu coração congelou.

– Sei o quê?

Ele parou, ainda segurando meu cotovelo, seus dedos encostando na minha cintura. Normalmente, eu morreria de vergonha se um garoto tocasse minha cintura, com medo de que ele sentisse a pele flácida ali. Mas eu estava aflita demais esperando o que ele ia dizer – que estavam listando os desaparecidos e os mortos – para me preocupar com algo tão idiota quanto ser magra ou não.

– Vamos, Jersey. Não importa – ele disse. – Vamos até a Srta. Janice ver o que aconteceu antes de nos preocuparmos com as listas que estão fazendo nas igrejas. Só porque aquela mulher disse isso, não quer dizer que é verdade.

Quando entramos na rua Seis, seguimos de volta na direção de onde havíamos chegado, abrindo caminho pelos destroços. Em circunstâncias normais, eu conheceria essa parte da cidade como a palma da minha mão, mas, quanto mais seguíamos a oeste, mais difícil era reconhecer qualquer coisa. A mulher tinha razão: a rua Seis havia sido gravemente atingida, a maioria das construções arrancada de suas fundações. Nada de paredes inclinadas ali. Não havia sinalização, nem placas com os nomes das ruas, nem com os pontos de referência. Não havia ninguém além de um pequeno grupo de pessoas que cavavam, com determinação, os destroços de onde ficava o supermercado Fenderman.

– Acho que era aqui – eu disse, parando e encarando um retângulo de concreto. Em volta dele havia lama; até a grama havia sido arrancada. Era quase como se o tornado tivesse tentado cavar o chão com seus dedos de ciclone, arrancando o estúdio de dança da Srta. Janice do chão.

Kolby foi até o pedaço de concreto e se inclinou para pegar alguma coisa. Era uma pequena sapatilha de balé. Pequena demais para ser a de Marin. Ainda assim, aquela imagem trouxe lágrimas aos meus olhos.

– Elas não estão aqui – falei, e Kolby largou a sapatilha. Tentei me lembrar de onde ficava o vestiário. Fazia tempo que eu não ia ao estúdio com mamãe e Marin, e estava assustada com o fato de que tudo havia sido destruído. Cambaleei pelo concreto até o outro lado. No lugar onde um dia as paredes tinham sido ancoradas no chão, agora havia apenas algumas tábuas lascadas. Um par de bolsas de ginástica vazias estava preso a um pedaço de madeira, mas, fora isso, não havia nada.

– Elas não estão aqui – repeti.

– Eu sei – respondeu Kolby. – Sinto muito.

Caí no chão de joelhos. Será que mamãe estava ali quando liguei para ela? Seria ali o lugar onde ela gritou para as pessoas se abaixarem, onde me mandou ir para o porão, onde não conseguiu me ouvir? Pressionei minhas mãos no chão arenoso. Uma impressão digital se formou na sujeira que secava.

– Não sei o que fazer – falei, mas Kolby não disse nada, o que me deixou na dúvida se eu havia falado em voz alta. – Kolby, o que eu faço?

Ele afastou o vidro quebrado do caminho com o pé e foi até onde eu estava ajoelhada.

– Eu não sei – disse.

Olhei para ele.

– E se elas estiverem mortas? – perguntei. – E se todos eles tiverem morrido? – A pergunta pareceu um soco no meu estômago.

Kolby se ajoelhou ao meu lado. Ele não tentou me dizer que ninguém havia morrido. Acho que era porque ele sabia que aquilo poderia ser tão ruim quanto eu estava imaginando. Eles podiam estar mortos, feridos, em coma ou sabe lá Deus o que mais. Dizer qualquer outra coisa seria uma mentira, e nós dois sabíamos disso. Se estivessem vivos e bem, teriam voltado para casa. Mamãe teria vindo atrás de mim.

Enquanto o silêncio de Kolby me envolvia, tudo que eu havia comido naquele dia se revirou no meu estômago. Me levantei desajeitadamente e corri o máximo que pude para longe dele antes de vomitar em um buraco. Ouvi sons agitados quando ele se levantou.

– Desculpe – continuei dizendo. – Desculpe.

– Tudo bem – ele respondeu, dando tapinhas desajeitados nas minhas costas quando voltei para onde estávamos. – Vamos até a igreja. Talvez eles saibam de alguma coisa.

Nos arrastamos para longe do estúdio de dança em direção à igreja luterana. A mulher com quem havíamos conversado estava certa mais uma vez: eles tinham montado uma tenda cheia de suprimentos. Kolby e eu encontramos um balde de gelo e pegamos garrafas de água assim que chegamos. Abri a minha e comecei a beber enquanto Kolby terminava a dele. A tenda estava cheia de pessoas que pareciam tão desabrigadas e confusas quanto a gente.

– Posso ajudá-los? – uma mulher de sandálias, colete marrom e um chapéu de safari perguntou, apressando-se para nos cumprimentar.

– Vocês têm listas? – disparei, indo direto ao ponto antes que eu pudesse me convencer do contrário.

– Que tipo de lista você está procurando, querida? – perguntou ela, colocando a mão no meu ombro e me guiando até uma mesa, onde me acomodou em uma cadeira dobrável.

– Não consigo encontrar minha mãe nem minha irmã – respondi.
– Elas estavam no estúdio de dança da Srta. Janice? – A última frase saiu como uma pergunta, como se parte de mim estivesse esperando que a mulher dissesse que eu estava errada, que minha mãe e minha irmã nunca estiveram no estúdio, que elas tinham dirigido para longe do alcance da tempestade, que estavam sãs e salvas no porão de alguém.

A mulher pareceu triste por um momento, mas se recuperou rapidamente. Curvando-se para o lado, pegou uma prancheta.

– Você quer adicioná-las à lista de desaparecidos? – ela perguntou.

– Tem... outra lista...? – perguntei. – De pessoas que não sobreviveram? Ela balançou a cabeça.

– É muito cedo para dizer, e não tenho recebido muitas atualizações sobre isso. A cidade inteira está sem energia, o que dificulta a comunicação. Mas estamos organizando uma lista de desaparecidos. Assim, familiares que não estão em contato podem pelo menos saber que tem alguém procurando por eles.

– O nome dela está aí? – Kolby perguntou, apontando para a lista.
– Jersey Cameron? – Ele olhou para mim, ansioso. – Talvez estejam procurando por você também.

A mulher examinou a lista, passando o dedo pelos nomes, seus lábios se movendo. Quando finalmente terminou, ela olhou para cima e balançou a cabeça com pesar.

– Não, querida, sinto muito. Mas vamos adicionar sua mãe e sua irmã nessa lista...

– E meu padrasto – interrompi, me sentindo péssima, meu queixo tremendo. – Todo mundo.

– Ok, vamos colocar esses nomes na lista. Dessa forma, quando eles se informarem e vierem procurar você, saberão que está bem – disse a mulher.

Dei a ela os meus dados e os da mamãe, do Ronnie e da Marin, minha voz falhando, e as lágrimas brotando em meus olhos enquanto falava.

A mulher largou a caneta e me olhou com empatia.

– Querida, você tem algum lugar para ir? Alguém com quem entrar em contato? Temos algumas camas lá em cima, no santuário, e no porão. Podemos te ajudar a entrar em contato com qualquer parente fora de Elizabeth, ou com o Serviço de Proteção a Crianças e Adolescentes.

Tremi de medo. Não podia dormir no porão de uma igreja enquanto esperava um assistente social aparecer para me enviar a um lar temporário. Não sabia o que ia fazer, mas sabia que não seria aquilo. Olhei para Kolby, sentado em outra mesa, onde uma mulher passava água oxigenada em seu corte.

– Estou com a família dele. Até encontrarmos a minha. – Tentei sorrir, embora parecesse forçado. Kolby havia me dito que sairiam da cidade para ficar na casa de uma tia. Ele não ia cuidar de mim. A mãe dele não ia cuidar de mim. Eles não tinham oferecido, e, mesmo se tivessem, eu não poderia aceitar. E se mamãe voltasse depois que eu fosse embora?

– Tudo bem – disse a mulher. – Mas nossas portas estarão sempre abertas. Recebemos doações de roupas todas as manhãs. Pode ir até aquelas caixas e escolher algumas peças. E sinta-se à vontade para levar qualquer alimento e suprimento que precisar. Esperamos receber mais doações até amanhã, muitas pessoas estão chegando com caminhões cheios de coisas.

– Obrigada – disse, mas não aceitei nada. Meu estômago ainda estava queimando de nervoso e de cansaço, e a última coisa com a qual eu me importava era com as minhas roupas. Ainda havia água no frigobar do porão. Queria sair logo dali, antes que eu acabasse tendo que ficar.

A mulher que estava cuidando do braço de Kolby passou um pouco de pomada no corte e refez o curativo. Ela também contou a ele sobre as camas, as roupas e a comida.

– Você vai ficar? – ele perguntou quando ficamos sozinhos novamente.

– Não, vou voltar. Se eles derem um jeito de chegar em casa, não quero que surtem achando que eu sumi.

Minhas palavras soavam vazias. Como algo no qual eu não acreditava de verdade.

Mas Kolby devia saber o quanto eu precisava dizê-las, pois não me questionou. Apenas começou a andar por onde tínhamos vindo.

Pegamos carona de volta à nossa rua com Jerry, marido da mulher na tenda da rua Kentucky. Ele nos atualizou sobre o que os radialistas estavam dizendo a respeito do tornado. Havia pelo menos cem mortos, e muitos outros feridos.

Kolby respondeu apenas com grunhidos e resmungos, sem adicionar nenhuma informação nova. Eu também não respondi. Fiquei olhando pela janela enquanto a destruição se revelava tanto aos meus olhos quanto aos meus pensamentos. *Casa. Essa é a minha casa.*

E me perguntei se três daqueles cem mortos pertenceriam à minha família.

E em quanto tempo eu teria certeza disso.

OITO

Choveu de novo naquela noite.

Sentei-me do lado de fora, no que costumava ser a minha varanda, e assisti à chuva cair. Deixei que molhasse meus braços e pingasse nas orelhas. Tirei as botas do Ronnie e mexi os dedos do pé na água – era o mais próximo que eu chegaria de me sentir limpa.

A mãe de Kolby insistiu várias vezes para que eu me juntasse a eles na adega da Sra. Donnelly.

– Querida, sua mãe vai te encontrar lá – ela prometeu. – Você pode deixar um bilhete para ela.

Olhei para as gotas de chuva, que aterrissavam em baques pesados nas botas do Ronnie, lavando a sujeira e a poeira que havia se juntado nela durante a nossa caminhada.

– Você tem que se cuidar. A última coisa de que precisa é ficar doente. Venha aqui e se seque. Coma alguma coisa. Temos picles enlatados e pêssegos lá embaixo. A Sra. Fay trouxe algumas bolachas também.

Pisquei lentamente e balancei a cabeça.

– Querida, ninguém vai ficar na cidade por muito tempo. Você também precisa de um lugar para ir. Não é seguro nem saudável aqui.

Uma gota de chuva deslizou pelo meu nariz. Por fim, a mãe de Kolby fez uma rápida oração, que eu estava prostrada demais para ouvir, e voltou para a adega da Sra. Donnelly, seu enorme quadril sacudindo a cada passo.

Assisti à chuva. Assisti às pessoas desaparecerem dentro dos porões e dos carros noite afora. Alguns vizinhos já haviam fugido para pousadas próximas. Kolby iria para Milton logo pela manhã. Em pouco tempo, eu seria a única ali. Se mamãe não aparecesse, logo não haveria mais opções. Alguém me encontraria e me forçaria a ir para o abrigo da igreja, ou para o Serviço de Proteção a Crianças e Adolescentes, que me encaminharia para um lar temporário.

Eu não estava disposta a abrir mão da minha liberdade antes disso. Querendo ou não, o controle sobre onde eu dormia e o que eu comia era tudo o que me restava, e talvez não por muito tempo. Me prenderia a isso o máximo que pudesse.

Depois de um tempo, um arrepio percorreu meus braços, e quando um trovão explodiu à distância, comecei a tremer, embora não estivesse com frio. Não queria entrar. Não queria sentir medo. Queria ser quem eu sempre havia sido: o tipo de garota que não presta atenção na previsão do tempo, que às vezes sai e dança na chuva, que coloca os pés descalços sobre a calha para limpar os tufos de grama. O tipo de garota cuja mãe fica na varanda da frente, com uma lata de refrigerante na mão, sorrindo e observando enquanto a filha deixa o céu choroso encharcá-la até que sua blusa e seus shorts grudem nela como uma segunda pele.

Em vez disso, eu estava tremendo, o coração disparado, meus olhos observando o céu com preocupação, tentando me lembrar de como ele era antes do tornado, se era parecido com o jeito que estava agora. Desejei ter prestado mais atenção antes.

No segundo trovão, não pude mais aguentar. Entrei em casa, dessa vez sem nem mesmo me incomodar em parar para procurar nossos pertences, e fui em direção ao porão e à segurança da mesa de sinuca, com as botas do Ronnie nas mãos.

Uma vez lá embaixo, larguei as botas e fui para debaixo da mesa. Me cobri com uma das toalhas que tinha encontrado e abracei meus joelhos junto ao peito meu queixo tremendo. Sentada ao lado da almofada do sofá, me inclinei para a frente, tentando evitar que a minha cabeça batesse na parte de baixo da mesa, e pensei no que faria em seguida. Meu corpo estava cansado devido à caminhada, mas minha mente estava a mil. O pouco de comida que eu tinha estragaria logo, e as garrafas de água também não durariam muito. Eu estava imunda. O chão da sala poderia desmoronar sobre mim a qualquer momento. A água da chuva começava a se acumular no solo, avançando em minha direção. Logo eu não teria escolha a não ser sair.

Desejei, mais do que tudo, uma TV. Ou um rádio. Qualquer coisa para quebrar o silêncio. Qualquer coisa para encobrir o barulho da chuva, implacável, e o som estranho que fazia na nossa casa agora que ela não estava mais de pé. Eu ansiava por vozes, música, risadas, cantos – qualquer coisa capaz de quebrar a monotonia. Qualquer coisa para me lembrar de que eu ainda estava ali, viva.

Eu daria tudo para ouvir Marin tagarelar, para vê-la na minha frente, me implorando para dançar com ela. A vida com Marin nunca era sossegada. Sem ela, no entanto, parecia tão parada. Era enlouquecedor.

Enfiei a mão embaixo da toalha e abri a bolsa dela. Peguei o batom e tirei a tampa. Então, fechei os olhos e o cheirei, deixando o aroma da mamãe passar por mim, me envolver. Sentia tanta falta dela.

– Por favor, mãe – eu disse em voz alta –, esteja lá fora em algum lugar. Esteja viva. Venha me encontrar.

Fechei o batom e o coloquei de volta na bolsa. Em seguida, coloquei um chiclete na boca. Outro trovão estrepitou, e eu pulei, pensando na Marin e em como ela odiava tempestades. Quando chovia forte em Elizabeth, ela andava pela casa na ponta dos pés, as mãos sobre as orelhas, os olhos arregalados, marejados e cheios de preocupação. Perguntava o tempo todo: "Acabou? Hein? Hein, Jersey? Já passou?".

Certa vez, algumas semanas antes, quando mamãe havia saído, eu não aguentei. Os olhos da Marin tinham ido de úmidos a encharcados, e sua voz ficava cada vez mais fina: "Já passou, Jersey? O barulho acabou?". Ela estava prestes a ter um ataque, e eu sabia que precisava fazer algo para distraí-la.

Durante o acampamento de verão do quinto ano, descobri que aparentemente eu era algum tipo de gênio do baralho. Escolhi uma disciplina eletiva de jogos e fiz dupla com um orientador chamado Jon – "sem H", como ele sempre dizia às pessoas, a ponto de todos o chamarem de Jonsem-agá, tudo em uma só palavra, como se esse realmente fosse seu nome. Jon passou as quatro semanas seguintes me ensinando jogos de baralho para, em seguida, tentar me vencer neles. Foi em vão. Ele não conseguiu me derrotar. Ninguém conseguia. Acho que todo mundo tem um talento natural para alguma coisa. Se eu não tinha o dom da música, dos esportes, do teatro ou da química, ou de algo que valesse a pena, acho que ser boa no baralho não era tão ruim assim.

Fazia muito tempo desde que eu havia praticado pela última vez, mas ainda me lembrava de todos os jogos. Então, naquela tarde, decidi que Marin tinha idade suficiente para jogar comigo.

– O barulho acabou, Jersey? Terminou?

– Vem aqui, Mar – chamei, puxando, da gaveta de cima da cômoda, um baralho gasto que Jon-sem-agá tinha me dado como presente de despedida ao fim do acampamento de verão. – Vou te ensinar a jogar 66.

Ela me seguiu até o quarto, tirou as mãos das orelhas lentamente e subiu na minha cama. Sentei-me de frente para ela, com as pernas cruzadas, e embaralhei as cartas.

– Então, você lembra como os príncipes e as princesas sempre se casam nos filmes que você gosta?

Marin assentiu, já empolgada.

– Esse jogo é basicamente sobre isso. Você quer que os reis e as rainhas se casem.

A tempestade diminuía enquanto Marin e eu jogávamos 66, seguido de Mau-mau. Quando começamos a jogar Paciência, eu disse a ela que, tecnicamente, aquele era um jogo para uma pessoa, não duas. Ela argumentou que tínhamos criado nosso próprio tipo de Paciência, em que duas pessoas jogam, então o chamei de Paciência de Casal, e continuamos a jogar. O vento que batia contra a casa passou despercebido pela minha irmã. O granizo que caiu por alguns segundos foi totalmente ignorado. Ela não se abalou nem mesmo com os trovões, dando apenas umas olhadas preocupadas enquanto segurava as cartas com as mãos gordinhas.

Aquilo era tudo o que Marin precisava. Apenas algum tempo juntas. Só um pouco de atenção. Eu podia fazê-la ganhar o dia apenas dizendo "olá". Poderia tê-la feito tão feliz se eu tivesse, pelo menos uma vez, saído do sofá e dançado com ela.

Acendi a lanterna e alisei o papel do chiclete. Então, desenhei uma boneca de palitinho com as mãos nas orelhas e uma janela respingada de chuva ao fundo.

MARIN ODEIA TEMPESTADES, escrevi.

No centro do papel, desenhei uma linha vertical e uma mão segurando cartas de baralho. Colori as pequenas unhas. Marin estava sempre com as unhas pintadas.

MARIN ÀS VEZES GOSTA DE TEMPESTADES, escrevi embaixo.

Analisei minha obra, apreciando-a. Depois, dobrei o papel em um pequeno quadrado e o enfiei no bolso com zíper junto com o outro desenho.

Trovejou de novo, e um clarão de relâmpago iluminou o porão. Dei um pulo.

Peguei o baralho que havia encontrado ao lado das toalhas, na gaveta da cômoda. Abri a caixa e tirei as cartas, sem saber se o meu baralho, que ganhei do Jon-sem-agá, tinha sido enterrado sob os escombros no andar de cima ou levado para longe. Sem saber se a cômoda tinha se perdido completamente ou se continuava lá, intacta e intocada entre os entulhos, como a bolsa da Marin. Contei as cartas, tirando os coringas, e, satisfeita por ter um baralho completo, embaralhei e as posicionei em uma fileira.

Para você, Marin, pensei, começando o jogo. *E para o Paciência de Casal.*

Joguei uma partida atrás da outra, ganhando umas, perdendo outras, roubando algumas vezes para não ter que redistribuir as cartas. Joguei até meus olhos e mãos se cansarem e a luz da lanterna começar a falhar, fazendo com que eu me esforçasse para enxergar os números.

Larguei as cartas no chão, me perguntando incessantemente o que o dia seguinte reservaria para mim. Kolby teria ido embora. Meu celular provavelmente continuaria inútil, isso se ainda tivesse bateria. Eu estaria suja, com fome e com sede. Passaria algum tempo cavando entre coisas quebradas que costumavam ser nossos pertences, nossos tesouros. Iria me preocupar, divagar e esperar pela mamãe.

Por fim, a tempestade chegou, a chuva martelando contra o solo, o vento avançando cada vez mais para dentro do porão. Cansei do jogo e guardei as cartas na caixa, colocando-a de volta na bolsa da Marin. Quando os relâmpagos começaram a se aproximar, me enrolei na toalha e deitei sobre as almofadas do sofá, tentando afastar da mente as preocupações sobre o dia seguinte.

Adormeci quase que imediatamente.

Esperava por um milagre.

NOVE

Acordei com uma voz.

– Meu Deus! – exclamei, abrindo os olhos sem saber onde estava.

Tinha sonhado com a escola. Estava na mesa do refeitório com Dani e Jane, mas nenhuma de nós conseguia encontrar comida, e eu estava com muita sede. Por alguns segundos, me esqueci do tornado. Então, a voz angustiada se aproximou novamente:

– Jersey?

Acordei completamente. No começo, pensei que fosse Kolby, vindo para dizer adeus. Mas era uma voz mais madura, mais rouca.

– Ronnie? – murmurei, sentando e deixando a toalha que me cobria cair. Havia parado de chover, mas ainda estava cinza lá fora. Eu não sabia se era porque estava nublado ou ainda era cedo.

– Meu Deus! – exclamou Ronnie, sua respiração expulsando as palavras como um jato. – Oh, Deus!

Deslizei de debaixo da mesa de sinuca e corri até ele, abraçando sua cintura, coisa que nunca tinha feito antes. Marin escalava o pai constantemente, mas eu sempre senti uma barreira entre Ronnie e eu. Ele não era meu pai, então abraçá-lo era estranho e constrangedor. Íntimo demais.

Agora, parte de mim precisava abraçá-lo apenas para provar a mim mesma que ele estava ali. Não era minha imaginação. Ronnie era real e estava de pé no porão. O tornado não o atingiu.

Enterrei o rosto em seu peito e solucei de alívio. Ronnie pousou as mãos nos meus ombros, meio sem jeito, e, no começo, fez sons de conforto, como costumava fazer quando Marin era um bebê irritadiço. Mas, depois de um tempo, tive certeza de que ele estava chorando também.

Finalmente me afastei, esfregando os olhos embaçados. Ronnie se virou e, com as mãos nos quadris, examinou o porão, respirando e fungando profundamente.

– Acabou – disse ele. – Tudo.

– Onde você estava? – Eu tinha tantas coisas para perguntar e dizer que não sabia por onde começar. – Teve notícias da mamãe? Seu telefone está funcionando? Onde elas estão? O que vamos fazer?

Ele se arrastou em direção à sua mesa de trabalho – ou para onde ela costumava ficar, já que agora estava coberta com a maior parte do que antes era a cozinha – e chutou algo metálico. Seus palavrões ecoaram para além do barulho do metal, e então ele chutou outra coisa.

Dei um passo à frente, timidamente. O que uma vez havia sido poças de água da chuva espalhadas pelo chão, agora formava uma grande piscina, e Ronnie estava bem no meio dela.

– Merda, está tudo destruído! – ele gritou, pisando em uma pilha de pratos quebrados. – Tudo!

– Ronnie – repeti –, você teve notícias da mamãe? Ela está bem?

Ele se virou, e foi só então que eu percebi que estava péssimo. Pelo menos tão mal quanto eu. Sujo, suado, a barba por fazer cobrindo o queixo, o cabelo oleoso. O rosto estava vermelho, e o nariz escorria sobre o lábio superior. Os olhos estavam vermelhos como se ele não dormisse há dias ou tivesse chorado muito. Ele me encarou como se não me reconhecesse.

– Não – respondeu, finalmente.

– Não, você não teve notícias dela, ou não, ela não está bem? Onde você esteve?

– Oh, Deus! – ele exclamou, virando o rosto para o chão e respirando fundo. Então, olhou para mim novamente: – Você ficou aqui sozinha esse tempo todo?

– Aqui e na Srta. Janice – eu disse. – Mas estou bem. Kolby ficou comigo.

Aquele não era o Ronnie de verdade. Meu padrasto costumava ser firme, equilibrado e calmo. Aquele era vago, frenético e parecia prestes a explodir.

– Tem alguma coisa que valha a pena salvar? – ele perguntou. – Você já olhou?

– Na verdade, não. Apenas algumas coisas. – Não contei sobre a bolsa da Marin. Ele provavelmente pensaria que não era importante. – Não fui para o outro lado, onde estão os quartos.

Ele esfregou uma mão no queixo.

– Não consigo... não consigo... – repetiu para si mesmo algumas vezes. – Você quer procurar roupas ou qualquer outra coisa?

Pensei em toda a chuva que havia caído. No cheiro que sentira na tarde anterior, enquanto o sol de maio assava e apodrecia tudo. Não conseguia imaginar nada que valesse a pena salvar. Mesmo assim, assenti.

Segui Ronnie até lá fora, levando minha mochila com a bolsa da Marin dentro. Juntos, caminhamos ao redor da parede inclinada da frente da casa, ao lado de onde nossos quartos costumavam ficar. Para minha surpresa, duas paredes internas permaneciam de pé, uma no quarto da Marin e outra no meu. As paredes externas tinham sumido, é claro, então a maioria das nossas coisas foi arremessada, torcida, arrancada e rasgada. Escalei um monte de entulho para entrar no meu quarto, e Ronnie contornou a parede interna em direção ao quarto dele e da mamãe. Ouvi gritos abafados, ruídos e baques, como se ele estivesse empurrando, chutando ou jogando as coisas para fora do caminho.

Puxei algumas tábuas e as arremessei para longe, como havia feito com Kolby no dia anterior. Encontrei alguns CDs antigos, algumas roupas que tinham parado na parte de trás da minha penteadeira e – graças a Deus – o carregador do meu celular. Também encontrei medalhas de competições do ensino fundamental, mas elas já não eram importantes para mim, ou pelo menos não o suficiente para serem guardadas. Na verdade, quase nada no meu quarto parecia ter importância. Não depois de tudo que aconteceu.

Mas, quando pisei nos restos da minha estante, que tinha sido derrubada, meus livros espalhados por toda parte, algo brilhante chamou minha atenção. Me abaixei para pegar.

Era um gatinho de porcelana – preto e branco, com grandes olhos azuis e um "6" curvilíneo no peito. Limpei a sujeira e o analisei. Estava em perfeitas condições, o que parecia impossível.

Havia dezesseis deles, um para cada aniversário. Cada gatinho era diferente do outro, mas todos eram frágeis e brilhantes, com um número bem grande estampado no peito. Eles chegavam pelo correio, sempre alguns dias antes do meu aniversário, em um pacote pardo simples, embrulhados com a seção de quadrinhos de um jornal velho e sem endereço do remetente.

Marin nunca ganhou um.

A boca da mamãe se retorcia numa careta toda vez que um deles chegava, sua expressão tornando-se amarga. Presumi que fossem do meu pai. Pensava neles como presentes de alguém que sente culpa. Era sua maneira de fingir que não havia me abandonado.

No fundo, eu amava aqueles gatinhos e me agarrava a uma esperança calorosa de que talvez eles significassem que meu pai se importava um pouco comigo. Talvez fossem uma forma de ele dizer, secretamente, que ainda queria fazer parte da minha vida. Que só quis abandonar a mamãe, e não eu. Às vezes, os gatinhos pareciam a única conexão que eu tinha com a outra metade de mim mesma.

– Eu quero um gatinho! – Marin gritou quando o último havia chegado. – Quero um de verdade. Cinza e branco, com olhos azuis. Posso ganhar um, mamãe?

Pelos dois meses que se seguiram, minha mãe revirava os olhos toda vez que Marin implorava exaustivamente por um gato.

– Não podemos ter um gato – mamãe sempre dizia. – Ronnie é alérgico, e eles vomitam na casa. Quem vai limpar as bolas de pelo e a caixa de areia? Eu não vou, e certamente vocês também não, garotas.

Podia entender porque Marin queria um gatinho para chamar de seu. Eu tinha uma coleção inteira deles. Cuidadosamente, coloquei o gatinho junto com os CDs. Então, usei as mãos para endireitar a estante de livros, na esperança de encontrar os outros. Mas tudo que encontrei foi porcelana quebrada. Pedaços brilhantes de lixo. O 6 foi o único sobrevivente.

Pude ouvir o barulho de tábuas sendo jogadas umas sobre as outras onde Ronnie estava, e decidi que havia procurado por tempo suficiente. Estava cansada, com sede e queria sair dali. Tropecei em um tênis, o que me fez buscar freneticamente por seu par. Encontrei-o a poucos metros de distância, sob uma prateleira de metal branca que costumava ficar no banheiro do corredor. Envolvi os sapatos nos braços e esperei ansiosa para que secassem; assim eu poderia parar de usar as botas do Ronnie. Juntei as roupas e o carregador de celular, coloquei o gatinho no bolso e fui até Ronnie.

– Estou pronta – disse enquanto contornava a parede. – Não encontrei muita coisa...

Minha voz sumiu quando vi meu padrasto agachado ao lado da cama – que, curiosamente, não parecia ter se movido um centímetro –, seu rosto pressionado contra o colchão, suas mãos segurando alguma coisa. Estava chorando, seu corpo inteiro tremia.

Dei um passo à frente e vi que ele segurava um retrato emoldurado do casamento dele e da mamãe.

– Ronnie? – chamei, mas meu coração havia murchado, deixando um vazio no meu peito. Eu sabia. Sabia que o meu único milagre havia sido acordar naquela manhã. Sabia que não haveria outra boa notícia.

Sabia que mamãe e Marin tinham morrido.

DEZ

No dia do tornado, Ronnie demorou a sair do trabalho por conta de uma cliente irritada que se recusava a ir embora sem dar a última palavra, não importava o quão sinistro o céu estivesse. Normalmente, isso não teria incomodado muito Ronnie, pois ele sabia que, quando você gerencia uma rede de lojas de material de construção, nunca sai na hora certa. Sempre há clientes bravos, ou caras que atrasam para devolver os caminhões alugados, ou pessoas indecisas que ficam perambulando pela loja minutos antes de fechar, encarando a seção de caixas de correio por horas.

Mas, vendo o céu tão ameaçador, ele estava ansioso para se livrar da cliente e voltar para casa. Uma tempestade estava chegando, e a rádio meteorológica já havia avisado que a possibilidade de tornados era grande.

Ronnie, como todo mundo em Elizabeth, não se preocupava muito com tempestades. Aquele dia, no entanto, parecia diferente. Ele não conseguia explicar; apenas se sentiu ansioso, como se precisasse chegar em casa para nos encontrar antes que o temporal começasse.

Mas ele se atrasou. E, quando alcançou a estrada, já era tarde demais.

– Eu podia vê-lo da estrada – ele contou, nós dois sentados na penumbra do quarto da pousada. Nenhum de nós tinha se preocupado em acender a luz. Nenhum de nós se preocuparia em acendê-la durante todo o dia seguinte também.

Acho que estávamos com medo de ver um ao outro, com medo de que nossa tristeza se tornasse contagiosa se nos encarássemos sob a luz.

– Eu já tinha visto vídeos de tornados antes, mas nada parecido com aquilo, Jersey. Era imenso. E tinha todos aqueles pequenos tornados ao redor dele também. A coisa era tão grande que parecia querer engolir o mundo inteiro.

E engoliu, pensei. *Engoliu meu mundo inteiro.* Mas eu não disse nada. Em vez disso, sentei-me na cama, olhando para o papel de parede do outro lado da sala, em dúvida se o desenho retratava abacaxis ou diamantes, e escutei.

– Tentei chegar em casa antes dele, tentei mesmo – Ronnie continuou. – Mas o tornado meio que se desviou para a minha direção, então tive que parar a caminhonete. Todo mundo estava parando os carros na estrada e correndo o mais rápido possível para a passagem subterrânea. Foi para lá que eu fui também. – Ele mudou de posição, inclinando-se para a frente e apoiando os cotovelos nos joelhos, de modo que suas palavras caíssem diretamente no chão. – Mas o tornado nunca foi em nossa direção. Mesmo assim, pude senti-lo. O vento, quero dizer. Era tão forte. E tinha... não sei... um cheiro. Como eletricidade ou algo assim.

Fui levada imediatamente de volta ao meu canto debaixo da mesa de sinuca, o vento rugindo ao meu redor, repuxando minhas roupas, meu cabelo. Como se estivesse vivo.

– Continuo pensando na sua mãe – disse ele. – E na Marin. – E mais uma vez ele foi sufocado por soluços angustiados, como vinha acontecendo desde que o encontrei no que restava do seu quarto. – Elas devem ter ficado tão assustadas.

Os socorristas as encontraram no dia anterior, não muito longe de onde Kolby e eu estivemos. Aparentemente, quando a tempestade começou a atingir o prédio, Janice concluiu que o lugar tinha janelas demais para ser seguro. Como não havia porão, todos correram pela rua até o supermercado Fenderman. Ronnie achava que tinham pensado em se esconder no refrigerador de leite.

Mas não conseguiram chegar a tempo.

Janice e outras três pessoas sobreviveram. Três das mães rastejaram para fora dos destroços do prédio, gritando, fracas, por ajuda. A dona do estúdio ainda não havia recuperado a consciência. Nenhuma das garotinhas da turma da Marin sobreviveu. Nenhuma.

De acordo com Ronnie, as equipes de resgate correram para o supermercado Fenderman imediatamente. Vasculharam os escombros em meio à chuva até ouvirem o sinal da última sirene de emergência, do outro lado da cidade – longe demais para ouvirmos do nosso lado. Foi disparado um novo aviso de tornado que os forçava a se abrigar. De manhã, depois que o sol nasceu – e só algumas horas antes de Kolby e eu nos dirigirmos à rua Seis –, um grupo de ajudantes, incluindo meu padrasto, foi ao Fenderman novamente. Encontraram onze funcionários vivos e bem, espremidos em um armário. E nos corredores, indo em direção aos armários, estavam todos os outros, incluindo mamãe e Marin, que foram soterradas por uma enorme estante de enlatados.

– As mãos da Marin estavam sobre as orelhas – Ronnie contou. Mamãe havia se deitado sobre ela, tentando protegê-la. Pensei em todas as vezes em que eu disse a Marin para não se preocupar com tempestades. Que eram apenas barulhos. Que não poderiam machucá-la, contanto que ela ficasse dentro de casa.

Eu me perguntei se ela havia se lembrado dessas coisas. Se tinha morrido achando que eu menti para ela.

Acabou o barulho, Jersey? Acabou?

Sim, Marin, você vai ficar bem. É só barulho.

Dança swing comigo, Jersey! A Srta. Janice nos ensinou. É divertido!

Não! Sai daqui! Você tá na frente da TV!

Mas o barulho...

Está tudo bem! Sai!

Três mães conseguiram escapar. Mas nenhuma delas era a minha. Era inacreditável que o mesmo vento que poupou meu frágil gatinho de porcelana tivesse destruído a carne e os ossos da minha mãe.

– Onde elas estão agora? – perguntei a Ronnie, fechando os olhos. O desenho daquele papel de parede estúpido estava estampado nas minhas retinas. Bolhas roxas em contraste com o preto.

– No necrotério – respondeu ele. – Fui ao hospital, estava um caos lá dentro. Tantas pessoas. E muitas ainda estão desaparecidas. Então fui para casa, mas não te encontrei lá. Não tinha ideia de onde você estava, pensei que talvez tivesse ido com sua mãe e sua irmã para a aula de dança, então voltei para o Fenderman para tentar te encontrar. Não sabia mais o que fazer.

– Eu estava procurando por elas também – eu disse, as lágrimas descendo pela minha bochecha. Milhares de imagens passaram pela minha cabeça. Imagens da minha mãe e eu, de todas as coisas divertidas que fizemos, das vezes em que ela fez com que eu me sentisse especial, amada e feliz. Imagens da Marin, tão doce e inocente, e de quem me ressenti por ser o bebê da casa, mesmo sabendo que não era culpa dela. Ela me admirava e queria que eu a aceitasse como pessoa. Que a achasse divertida. Ela queria que eu a admirasse também.

Percebi que a pior parte de perder alguém que você ama de repente não é não conseguir dizer adeus. É a dúvida se eles sabiam o quanto você os amava. De que você fez e disse coisas boas o suficiente para compensar as coisas ruins. É a certeza de que não há segundas chances, não há volta, e não haverá outras oportunidades de dizer a eles como você se sente.

Em algum momento eu adormeci e, ainda que tenha acordado algumas vezes com os soluços altos do meu padrasto na cama ao lado, dormi melhor do que nos últimos dois dias. Tinha tomado banho e vestido as roupas que havia pegado em casa. Tinha ido ao banheiro e comido um hambúrguer que Ronnie comprara para mim. E parecia uma eternidade desde a última vez em que estive em uma cama.

Mas de manhã, quando acordei, não me senti confusa sobre onde eu estava. Não havia mais aquele breve momento feliz em que eu me esquecia do tornado. Estava ciente daquilo desde o momento em que abri os olhos. Era tudo no que conseguia pensar.

No terceiro dia, Ronnie já tinha saído quando acordei. Deixou um bilhete, junto com uma caixa de donuts, dizendo que iria à nossa casa e depois ao hospital.

Uma parte de mim queria que ele tivesse perguntado se eu gostaria de ir também, mas depois decidi que não queria voltar lá. Nunca mais. Havia muitas lembranças e memórias de coisas que eu sabia que nunca voltariam. Nunca mais escutaria mamãe cantando junto ao rádio enquanto lavava a louça, nem ouviria Marin rir de alguma palhaçada dos seus desenhos favoritos. Nunca mais colocaria toalhas na secadora, nem fritaria hambúrgueres para que o jantar estivesse pronto quando elas chagassem da aula de dança. Essas coisas tinham acabado, e eu não queria relembrá-las.

Mas havia o hospital. Ronnie também estava indo ao hospital. Por que ele não perguntou se eu queria ir? Deixariam que eu visse mamãe e Marin? E eu seria capaz de olhar se deixassem? Queria tanto vê-las, ainda que a ideia de identificar seus corpos me assustasse, fazendo meu corpo formigar de medo.

Quando meu celular terminou de carregar, mandei uma mensagem para Kolby.

VOCÊ CHEGOU EM MILTON?

Ele respondeu imediatamente:

SIM. ONDE VOCÊ ESTÁ? ESTÁ SEGURA?

ESTOU NUMA POUSADA EM PRAIRIE VALLEY COM RONNIE.

E SUA MÃE?

Segurei o telefone contra o peito, sem saber se meus dedos poderiam digitar as palavras. Resolvi escrever apenas um **NÃO**.

Houve um longo momento antes de o celular vibrar com a resposta.

MEU DEUS. EU SINTO MUITO.

OBRIGADA. EU TAMBÉM, escrevi de volta.

O QUE VAI FAZER?, ele perguntou.

Foi a minha vez de fazer uma pausa. Ainda não havia conseguido parar para pensar em como seria a minha vida apenas com Ronnie. Parecia tão silenciosa, deprimente e improvável.

NÃO SEI, digitei.

ME DÊ NOTÍCIAS, OK? E ME DIGA SE PRECISAR DE ALGUMA COISA.

SIM, respondi, e sabia que podia mesmo contar com ele. O tornado havia levado muitas coisas de mim, mas me deixou Kolby. E eu estava grata por ter pelo menos isso, por ter alguém em quem confiar.

Ronnie não voltou até o anoitecer. Passei o dia inteiro na cama, alternando entre assistir às notícias sobre o tornado na TV e cochilar. Quando dormia, sonhava com meus amigos, todos ensanguentados e machucados, e me perguntava por que eu não tinha morrido junto com eles.

Foi muito mais fácil entender o caminho do tornado depois de assistir à cobertura aérea. Segundo os jornais, ele tinha quase treze quilômetros de comprimento e quatro de largura. O centro da cidade, onde ficavam o supermercado Fenderman, a loja de ferramentas Mace e o estúdio de dança da Srta. Janice, foi o local mais atingido e onde a maioria das vítimas foi encontrada. Estimaram mais de 120 mortos, e muitas pessoas ainda estavam desaparecidas. A cada minuto que se passava sem que alguém fosse encontrado, o prognóstico era pior. E se aqueles que ainda estavam presos não morressem devido aos ferimentos, poderiam morrer de desidratação.

As vítimas não paravam de aparecer em frente às câmeras, contando o que haviam passado. Algumas ainda estavam em choque, enquanto outras não pareciam estar levando aquilo muito a sério. Quase todas, no entanto, haviam perdido praticamente tudo que tinham.

Apesar do cenário, analisei as pessoas na TV esperando por um vislumbre da minha mãe ou da minha irmã. Sabia que Ronnie havia encontrado as duas no Fenderman, que ele mesmo as puxara para fora dos escombros, mas uma parte de mim ainda queria acreditar que elas podiam ter sobrevivido.

Que Ronnie estava em choque e confuso sobre o que tinha visto. Talvez tivesse encontrado duas outras pessoas que, por acaso, se pareciam com mamãe e Marin. Sósias. Acontecia o tempo todo.

Também analisei os rostos em busca de Jane e Dani, especialmente quando o jornal mostrou imagens da escola, que tinha sido quase partida em duas. Os repórteres disseram que o tornado parecia ter entrado bem no meio do ginásio. As pessoas deixaram flores, ursos de pelúcia e bilhetes no gramado da frente, mas ninguém disse quem havia sobrevivido ou morrido.

Deus, o que eu faria se Jane e Dani estivessem mortas também?

Afastei o pensamento e tentei me concentrar na reprise de um antigo seriado de TV. Mas, depois de alguns minutos, minha mente tornou a vagar pela tragédia que se tornou a nossa cidade, e coloquei no canal de notícias novamente.

Quando Ronnie voltou, não disse uma palavra. Escancarou a porta, que bateu atrás dele, e foi direto para o banheiro.

– Você as viu? – perguntei quando passou por mim, mas ele não respondeu. Desapareceu para dentro do banheiro, e, segundos depois, ouvi o chiar do chuveiro. – Você as viu? – perguntei de novo quando ele saiu do banho, vestindo um short que não reconheci, mas ele só caiu de cara na cama e puxou os cobertores até cobrir os ouvidos. Em poucos minutos, estava roncando.

Encarei a TV, me perguntando se deveria desligá-la. Não tinha comido nada desde os donuts que ele deixara para o café da manhã, e minha barriga estava roncando.

– Ronnie? – chamei algumas vezes, minha voz soando muito alta naquele pequeno quarto, embora parecesse que eu estava sussurrando. Ele parecia exausto. Física e emocionalmente. Eu entendi, ou pelo menos tentei. Porque, se eu me permitisse pensar sobre o quão física e emocionalmente cansada eu estava, se me permitisse sentir, talvez apagasse também. Dormiria por dias.

Juntei o troco que ele havia deixado na mesa de cabeceira e peguei alguns salgadinhos de uma máquina de venda automática para o jantar. Depois, caí no sono também.

No dia seguinte, Ronnie não saiu da cama. Grunhiu e se virou quando chamei seu nome, depois puxou o cobertor surrado e cobriu a cabeça. Estava ficando sem dinheiro, então tirei a carteira da calça que ele havia deixado no chão do banheiro e usei o cartão de crédito para pedir uma pizza. Deixei metade para ele, mas ele nunca se levantou para comer.

Durante a maior parte da tarde, assisti à cobertura do desastre pela TV, mas as notícias começaram a ficar mais fragmentadas à medida que as equipes de reportagem encontravam novas tragédias nas quais manter o foco. Decidi ligar para Jane e Dani. Desci para o *hall* da pousada e me afundei no sofá velho para poder falar sem me preocupar em acordar Ronnie.

Tentei o celular da Jane, mas só chamou. Ou a ligação não completou, ou ela não estava atendendo. Me recusei a pensar na terceira opção – a de que talvez ele estivesse enterrado com ela debaixo da nossa escola destruída.

Desisti e liguei para Dani. Ela atendeu no segundo toque.

– Ai meu Deus, Jersey! – ela gritou. – Você está bem? Onde você está?

Meu estômago revirou de alívio, e imediatamente lágrimas escorreram pelo meu rosto.

– Você está bem – respirei, sabendo que não havia respondido a nenhuma das perguntas, mas essas foram as únicas palavras que consegui dizer.

– Sim, estou bem. Minha casa não foi atingida. Em compensação, todas as janelas do carro do meu irmão estão quebradas. Onde você está?

– Em uma pousada com Ronnie. Você viu a escola?

– Sim. Está destruída. Disseram que não haverá mais aulas este ano. Obviamente. Então, é férias de verão agora. E que péssimo jeito de começá-las. Você teve notícias da Jane?

– Não. E você?

– Também não. Muitas pessoas ainda não conseguiram sinal de celular. Tentei ligar para você, aliás, mas a chamada não completava. Todos de quem ouvi falar estão mais ou menos do mesmo jeito. Assustados. Sem nada. Fico feliz que vocês estejam bem.

Fiquei imóvel, piscando rapidamente. Quando tentei abrir a boca, minha voz não saiu. *Nós não estamos bem. Não estamos nada bem.*

– E quanto ao Kolby?

Respirei fundo, tentando me controlar.

– Ele está bem. Foi para Milton. Mas, Dani... Tenho que te contar uma coisa. – Parei novamente, sem saber como dizer aquilo. Nunca tive que dar más notícias a alguém antes, pelo menos não desse jeito, e não tinha certeza de como dizer. Então, falei de uma vez, minha boca trabalhando mais rápido que o meu cérebro: – Minha mãe morreu. E Marin também.

Houve um silêncio tão absoluto no outro lado da linha que eu pude me ouvir respirando. Quando Dani falou novamente, sua voz era quase um sussurro.

– Está falando sério?

Balancei a cabeça, incapaz de falar, mesmo sabendo que ela não podia me ver assentindo, e me senti idiota, mas não havia nada que eu pudesse fazer para impedir. As palavras não saíam.

– Ai, meu Deus, Jersey. Não sei o que dizer. – Houve mais um longo e doloroso silêncio. – Sinto muito.

– Então, há, estamos em Prairie Valley agora – eu disse, engolindo em seco, tentando retomar o controle e afastar a palavra *morreu* o máximo possível dos meus pensamentos. – Não sei quando voltaremos. Nossa casa praticamente desapareceu.

– Eu sei. Dirigimos um pouco ontem à noite, minha mãe queria tirar fotos para mandar para minha avó em Indiana. Acho que todas as casas atingidas precisarão ser reconstruídas. Ronnie vai reconstruir a de vocês?

– Não sei. Ele não fala comigo.

A voz de Dani ficou suave.

– Imagino que ele esteja muito confuso agora. Não consigo acreditar que elas morreram... Você sabe quando serão os funerais?

– Não, Ronnie não me conta nada. Ele sequer sai da cama. – Pensei em dizer a ela que eu estava roubando dinheiro dele para poder comer, que estava usando a mesma calcinha de quando o tornado passou, que estava começando a ficar com medo de que ele nunca mais saísse da cama e que eu acabasse morrendo de fome ou de algo estúpido, porque estava atônita demais para pensar em como salvar a mim mesma. Mas eu não queria preocupá-la ainda mais, então deixei o silêncio cair entre nós de novo.

– Escuta – ela finalmente disse. – Tenho que perguntar à minha mãe, mas se você precisar ficar com a gente, pelo menos até os funerais, tenho certeza de que ela concordaria. Não temos eletricidade e nosso telhado está vazando em uns dez lugares, mas vamos consertar isso hoje e, pelo que estão dizendo, talvez a eletricidade volte até o final da semana.

Parte de mim queria aproveitar a chance. Queria dizer a Dani para que viesse me buscar logo, queria entrar no carro e deixar que a mãe dela me acalmasse do jeito que a minha mãe faria se tivesse ficado em casa, se tivesse simplesmente faltado à aula de dança da Marin. Pegaria emprestado as roupas da Dani e ficaria feliz por usar algo que cheirasse a amaciante em vez de suor e água de chuva, ainda que ela vestisse uns dois números a menos do que eu. Comeria sanduíches de manteiga de amendoim e geleia, com bastante manteiga de amendoim, e beberia refrigerante, mesmo se estivesse quente, e comeria à luz de velas.

Mas eu não podia fazer isso. Pensei no quanto minha mãe amava Ronnie e em como ela ficaria decepcionada se eu o deixasse apodrecendo na cama, o rosto suado pregado no travesseiro, seu corpo definhando porque ele não se levantava para comer. Mesmo que eu não tivesse uma conexão profunda com meu padrasto, mamãe o amava profundamente, e eu não podia deixá-lo porque ela não gostaria que eu fizesse isso.

– Ok, obrigada. Vou falar com Ronnie.

– Me liga.

– Eu vou. Tenho que ir agora. Se você souber da Jane, me avisa, ok?

– Claro. Tenho certeza de que ela está bem. Você não deveria se preocupar.

– Sim – respondi, mas como poderíamos saber? Nem todo mundo havia saído bem do tornado. Eu não saí nada bem.

– E, Jers?

– O quê?

– Me avisa quando serão os funerais, tá? Eu quero ir.

Apertei os olhos com mais força. Uma lágrima escorreu pelo meu rosto. Enterrar minha mãe e minha irmã parecia algo que eu simplesmente não conseguiria fazer. Não era forte o bastante. Queria minha mãe. Eu precisava dela. Quão ironicamente deprimente era o fato de que a pessoa de quem eu mais precisava para me ajudar a enfrentar a morte da minha mãe era justamente a que havia morrido?

– Aviso. – Desliguei e me sentei com o telefone no colo por alguns minutos, olhando a água que pingava em uma bacia de plástico embaixo do ar-condicionado da janela.

– Você está bem? – a recepcionista perguntou, inclinando-se sobre o balcão para olhar para mim. Ela remexeu o relógio no pulso ansiosamente.

Eu assenti.

– Tudo bem. – Uma mentira. Levantei e comecei a andar em direção à porta.

– É realmente terrível o que aconteceu em Elizabeth – ela disse.

– Sim.

– Realmente sinto muito por tudo isso.

– Obrigada. – Corri para fora do *hall* o mais rápido que pude. Não queria ouvir mais ninguém dizendo que sentia muito. O que exatamente significa "sinto muito" quando alguém morre? Não seria muito mais lógico dizer "sou grato" quando alguém próximo a você é atingido por uma tragédia? "Sou grato", como em "sou grato por isso não ter acontecido comigo". Pelo menos seria mais honesto.

Parei do lado de fora e olhei para o céu. O dia estava ensolarado e quente de novo, e ali, a cerca de trinta e dois quilômetros de casa, quase parecia um dia normal. Exceto pelo fato de que, em um dia normal, eu estaria na aula de Química, animada com o ensaio do clube de teatro e com as técnicas de iluminação que ainda iria aprender. Em um dia normal, eu veria mamãe à noite e diria a Marin que estava muito, muito ocupada, como sempre.

Olhei para a fileira de portas no corredor da pousada. Atrás de uma delas, Ronnie estava se afogando em sua própria dor, sozinho, e a poucos passos de distância, eu estava sozinha também, incapaz de falar sobre as coisas que precisávamos conversar.

Não podia entrar. Ainda não.

Então, voltei e caminhei pela calçada, o cartão de crédito do Ronnie no meu bolso.

Passei por um centro comercial cheio de imobiliárias, lavanderias e escritórios de assistência técnica para computadores, e segui em direção a uma grande farmácia ali perto. Minhas roupas e sapatos estavam nojentos e pareciam ásperos contra a minha pele. Olhei para os prédios perfeitos, as pessoas perfeitas. Por que elas foram poupadas?

Parei em um mercado e enchi um carrinho com pacotes de calcinhas feias e meias que eu normalmente não usaria nem morta, camisetas e chinelos enfeitados com a logo e o mascote de uma escola que nunca frequentei, e pacotes de salgadinhos, biscoitos e macarrão instantâneo. Fiquei parada por um longo tempo em frente à seção de refrigerados, deixando que o frio me atingisse aos poucos, fechando os olhos e absorvendo o ar gelado até meus braços ficarem arrepiados. Depois de comprar tudo que eu podia carregar, voltei para a pousada com as sacolas sobre os braços, imaginando como atrairia Ronnie para fora da cama.

O que mamãe gostaria que eu fizesse?

Se Ronnie e eu tivéssemos sido mais próximos, talvez eu soubesse. Mas era mamãe que sempre tentava nos aproximar. Ela sempre foi a única a tentar criar um relacionamento onde realmente não existia um.

– Você pode chamá-lo de pai, sabe – ela disse certa noite, não muito depois de se casarem. – Tecnicamente, ele é seu pai agora.

– Meu pai mora em Caster City – respondi, minha barriga saliente de criança de 10 anos de idade aparecendo por baixo da blusa.

– Aquele homem... – minha mãe disse, seu olhar bravo e intenso – nunca foi um pai. Um pai não abandonaria a filha. Ronnie nunca seria esse tipo de pai.

Sabia que ela estava certa, é claro. E não era como se eu tivesse qualquer conexão profunda com o meu suposto pai de Caster City. Mesmo aos 10 anos, eu não conseguia lembrar como meu pai biológico se parecia. Não tinha uma única memória de nós dois juntos. Mesmo assim, sempre mantive distância do Ronnie. Talvez ter sido abandonada pelo meu pai biológico fosse o *motivo* pelo qual sempre mantive distância do meu padrasto. A quantos pais eu daria a chance de me magoar?

Fiquei do lado de fora por alguns segundos, o cartão magnético do quarto na mão, e respirei profundamente.

Mas, quando abri a porta, a cama desfeita do Ronnie estava vazia. A porta do banheiro estava aberta, a luz apagada. Ele não estava lá. Aliviada, fechei a porta e corri para o banheiro, ansiosa para vestir uma calcinha limpa e jantar, tranquila, em frente à TV.

Foi só por volta das 3h da manhã, quando acordei e vi a TV ainda ligada, a cama do Ronnie ainda vazia, que comecei a imaginar aonde ele poderia ter ido.

ONZE

Ronnie não voltou até a tarde do dia seguinte. Apertei os olhos, sentada de pernas cruzadas na cama enquanto jogava cartas, e levantei a mão para proteger meu rosto dos raios de sol que inundaram o quarto quando ele abriu a porta.

– Onde você estava? – perguntei.

Ele deixou a porta bater e se virou para abrir as cortinas. O calor e o brilho do sol da tarde inundaram minha cama através da janela.

– Você precisa juntar suas coisas – disse ele.

Peguei as cartas e as guardei na caixa. Ele parou por um segundo ao pé da cama, como se estivesse prestes a dizer alguma coisa, as linhas profundas em seu rosto sombreadas pela barba que há vários dias não era feita. Havia bolsas escuras sob seus olhos e senti um cheiro que reconheci como de bebida alcoólica fora da validade. Mas Ronnie apenas olhou desconfortavelmente para a roupa de cama e seguiu em direção ao banheiro. Eu o ouvi desembrulhar um copo de plástico e ligar a torneira.

– Por quê? – perguntei. – Para onde vamos?

A água correu por mais algum tempo, e então ele reapareceu, as pontas do cabelo úmidas como se tivesse jogado água no rosto.

Ronnie suspirou.

– Ouça, Jersey, não sei como dizer isso – ele começou, mas depois não falou mais nada. Apenas afundou em sua cama, sentado de costas para mim.

– Dizer o quê? – enfim perguntei, virando-me e deixando minhas pernas balançarem na beirada da cama. – O que está acontecendo? E os funerais? É isso? Vão ser hoje?

– Não sei sobre os funerais. Pare de me perguntar sobre os malditos funerais! – Ele bateu na cama, um baque abafado. Respirou fundo e enxugou o rosto. – Eu não consigo... não consigo nem pensar nisso – continuou, mais suavemente. – Não consigo pensar em nada. Nos funerais. Na casa. Em você. Todos os dias eu acordo e há todas essas coisas para fazer, mas não consigo nem pensar direito.

Queria levantar e ir até ele, sentar ao seu lado, envolver seus ombros em meus braços e dizer o quanto também sentia falta delas. Sabia que aquilo era o que minha mãe gostaria que eu fizesse: que eu o consolasse e que ele me consolasse, que ajudássemos um ao outro. Em vez disso, fiquei parada olhando para as costas dele, para os ombros curvados, os cotovelos sujos e o buraco esfarrapado em sua camiseta. Aquela mesma barreira invisível nos mantendo distantes.

– Os funerais têm que acontecer em algum momento – eu disse. – Não podemos simplesmente deixá-las... apodrecer... no necrotério.

– Eu sei o que precisa ser feito – ele respondeu. – Mas não é fácil assim. Perdi tudo que era importante para mim.

Apertei meu dedão do pé contra o chinelo. *Quase*, acrescentei mentalmente. *Perdi* quase *tudo que era importante para mim*. Mas entendi o que ele quis dizer. Ele perdeu mamãe e Marin, as coisas importantes. Estava tão preso a mim quanto eu a ele.

– Eu também – falei, em vez disso.

Ele finalmente se virou para mim.

– Entrei em contato com seus avós, Billie e Harold Cameron.

Franzi a testa, confusa.

– Os que moram em Caster City – acrescentou.

– Eu sei – respondi. – Sei quem eles são. – Eram os pais do meu pai, os únicos avós que eu tinha, e Ronnie sabia disso muito bem.

Os pais da mamãe a haviam deserdado. Em toda a minha vida, nunca a ouvi falar sobre eles, a menos quando um de nós fazia uma pergunta específica. Mas ela havia falado sobre Billie e Harold Cameron. Não me lembro de tê-los visto alguma vez, e nunca recebi um cartão de aniversário ou um presente de natal deles, mas sabia vagamente quem eles eram. Sabia que mamãe não gostava deles. Que os achava frios como répteis, e que provavelmente haviam ficado assim por terem sido maltratados tantas vezes pelos próprios filhos. Sabia que ela os culpava, em parte, por meu pai ter nos deixado, mas que também sentia muito por eles, porque tudo o que faziam era tentar consertar as mancadas dos filhos, e nunca puderam aproveitar a vida. Dizia que pareciam deprimidos e cansados. Como se a vida, e todos que faziam parte dela, quisesse acabar com eles.

– Você contou a eles sobre a mamãe? Por quê?

Ele levantou os olhos cansados e vermelhos em direção aos meus, o que fez meus ombros encolherem e meu estômago retorcer.

– Jersey, eu sinto muito – Ronnie disse, e isso foi basicamente tudo o que precisou dizer. Entendi com apenas essas três palavras.

– Mas por quê?

Ele estendeu as mãos e fiquei satisfeita de vê-las tremer, de ver o queixo dele estremecer e uma linha de saliva se formar entre o dente de cima e o lábio inferior.

– Não consigo fazer isso. Não consigo te criar sozinho. Eu nunca quis...

Ter você como filha, minha mente completou, e essa era a razão pela qual eu nunca poderia acolher Ronnie como meu pai. Não tinha nada a ver com ter sido abandonada pelo meu pai alcoólatra em Caster City. Era uma barreira que nenhum de nós poderia entender, mas que ambos sabíamos que existia. Ronnie nunca pretendeu me chamar de filha. Eu apenas fazia parte do pacote que vinha com a minha mãe quando eles se casaram.

– Então eles estão vindo aqui para ajudar você? É isso?

Ele balançou a cabeça tristemente.

– Eles vão te levar para lá.

– O quê? Eu não quero ir para lá. Quero ficar aqui. Estava planejando te ajudar a reconstruir a casa. Não preciso tirar férias do tornado.

– Não é uma visita. Eles vão te levar para morar com eles em Caster City.

– Não, não vão – falei, ficando de pé, de repente. – De jeito nenhum.

– Você não tem escolha.

– Mas por quê? Posso te ajudar aqui. Podemos nos ajudar. Você tem coisas demais na cabeça agora, nós dois temos. Mas vai melhorar. Além disso, meus amigos estão todos aqui. Não posso simplesmente deixá-los. Preciso deles.

– Você precisa de uma mãe, e eu não posso lhe dar isso – ele respondeu.

– Billie Cameron não é minha mãe! Mamãe era minha mãe! Ela se foi, e eu nunca vou substituí-la. E me mandar viver com estranhos não vai mudar isso.

– É sua única opção. – Ele estava irredutível.

Fui até ele, tentando convencê-lo.

– Não, não é. Isso não é uma opção. Quero ficar aqui. Quero ficar com você. Por favor, Ronnie, não me faça ir morar com eles. Eu nem os conheço.

– Sinto muito – disse ele, virando-se de lado, seu rosto esmagado contra a colcha feia do hotel. Murmurou alguma outra coisa, mas sua voz estava abafada demais para que eu conseguisse entender.

Olhei desesperadamente ao meu redor – procurando o quê, não faço ideia. Precisava mostrar a ele que aquela era uma péssima decisão. Precisava de algo para fazê-lo mudar de ideia.

– Por favor, Ronnie, não. Não quero ir. Por favor – implorei, ajoelhando ao lado de sua cama, mas ele continuou com o rosto enterrado, soltando ruídos ininteligíveis no travesseiro. – Eu não vou! – gritei, tentando parecer desafiadora, mas ciente de que não podia ameaçá-lo de verdade. Não tinha dinheiro, nem meus pertences, nem outros parentes a quem recorrer. – Você não pode me obrigar a fazer isso.

Finalmente, Ronnie se sentou e enxugou os olhos.

– Sinto muito – ele repetiu, mais calmo. – Eu não quero isso. Mas não quero cuidar de você agora. Sei que isso soa horrível, que me faz parecer uma pessoa má, mas não posso evitar. É como me sinto. Não sei o que fazer com você. Exceto isso.

– Mamãe odiaria o que está fazendo. – Meu queixo doía por estar cerrado tão forte. – Ela te odiaria por isso.

– Sua mãe entenderia.

– Não, não entenderia. Ela nunca entenderia por que você está me mandando morar com eles.

– Estou te mandando para alguém que pode cuidar melhor de você do que eu. Ela iria querer isso.

Fiquei de pé.

– Não iria.

– Eles chegarão em alguns minutos, então você precisa juntar suas coisas – disse ele.

A ansiedade tomou conta de mim. Alguns minutos? Não havia como convencê-lo de que aquela era uma péssima ideia em apenas alguns minutos. Claro, ele provavelmente sabia disso, e foi por esse motivo que esperou para me contar. Minha cabeça estava a mil, tentando pensar em uma proposta, um acordo, qualquer coisa que eu pudesse fazer para mudar aquilo. Mas não consegui pensar em nada.

– Tudo bem – falei, levantando para reunir o pouco que eu tinha e andando pelo quarto para guardar tudo na mochila. – Espere. – Eu congelei. – Eles estão vindo agora? E os funerais?

Ronnie olhou para o chão, franzindo os lábios.

– Sinto muito, Jersey. – Foi tudo o que ele disse. De novo.

Fiquei irada. Ele *sentia muito*? Eu iria perder os funerais porque ele era egoísta e covarde demais para me deixar ficar, e ele *sentia muito*?

– Você não pode estar falando sério. Não é possível que você realmente ache certo me mandar embora antes de eu dizer adeus para minha mãe e minha irmã. – Ao dizer isso, minha voz falhou e as lágrimas começaram a rolar de novo. – Como pode fazer isso?

– Eu não sei quando serão os funerais. Não consigo ir ao hospital ou falar com a funerária. Não sei como vou conseguir o dinheiro. Haverá uma cerimônia... depois. Depois que eu resolver as coisas.

– A coisa certa a ser feita é você me deixar ajudar a resolver essas coisas, e não me mandar embora. Não vou conseguir dizer adeus, Ronnie. Não vou conseguir dizer adeus a elas... – Franzi os lábios, incapaz de continuar.

Havia tantas coisas que eu não tinha conseguido dizer a elas. Tantas coisas que queria ter dito. Tantas coisas que gostaria de ter feito.

Mas a quem eu estava enganando? Dizer qualquer uma dessas coisas no funeral delas não era o mesmo que dizê-las para as duas. Elas já tinham partido. Eu já tinha perdido a minha chance.

– Tenho certeza de que Billie e Harold trarão você para as cerimônias – disse ele.

– Não acredito que você está fazendo isso comigo. Eu te odeio – falei, e queria dizer isso com cada célula do meu corpo.

Ronnie foi para o banheiro e ligou o chuveiro.

Desesperada, peguei meu celular e liguei para Dani.

– Ei – ela atendeu. – Estava pensando em você.

– Que bom que alguém está – eu disse. – Preciso da sua ajuda.

– O que está acontecendo?

– Ele está me mandando embora – falei, quase chorando.

– Quem? Para onde?

Pressionei minha testa contra o papel de parede – abacaxis, que estranho. Estava sem ar.

– Ronnie está me mandando para morar com meus avós em Caster City.

– Você não pode estar falando sério. Por quanto tempo?

– Não sei. Para sempre, eu acho – respondi. – Ele disse que não consegue cuidar de mim. Me ajuda, Dani.

– Ele não pode te mandar embora para sempre. Pode? Isso não é, tipo, ilegal?

– Acho que ele não se importa. Quero dizer, tecnicamente eles são minha família, então provavelmente é legal. Mas eu não quero ir. Você precisa me ajudar, me deixa ficar com você. Pergunta para a sua mãe.

– Ela não está em casa. Quer que eu ligue para ela?

– Sim – pedi, mas no fundo sabia que, quando ela me ligasse de volta com uma resposta, seria tarde demais. Eles já teriam vindo e me levado embora. Estaria a caminho de Caster City com pessoas que eram, de acordo com a minha mãe, "frias como répteis".

Desliguei o telefone e continuei juntando minhas coisas. Peguei meu livro de História e meu fichário de Matemática e os joguei no lixo, mantendo apenas o *Abençoai as feras e as crianças* ("fica a dica, senhoras e senhores!") e alguns lápis e canetas. Embolei as poucas roupas que tinha e as enfiei dentro da mochila, embalando o gatinho de porcelana que trouxera de casa. Peguei a bolsa da Marin, meus dedos correndo levemente sobre o couro falso.

Então, sentei-me e esperei, olhando amargamente enquanto na TV reprisava mais imagens da destruição do tornado. O que as equipes de reportagem não puderam mostrar foi o dano real que o tornado monstruoso de Elizabeth havia deixado para trás. Como poderiam retratar o coração destroçado de alguém? Peguei um chiclete e o coloquei na boca, alisando o papel em seguida. Encontrei uma caneta na mesa de cabeceira e desenhei um boneco de palitinho grande segurando uma bonequinha menor.

MARIN TEM UM PAI, escrevi embaixo da imagem, dobrando o papel em um quadrado minúsculo e guardando-o junto com os outros.

Marin tem um pai.

Mesmo morta, ela tem um pai.

Mas eu não.

Eu nunca tive.

DOZE

Como previsto, meus avós chegaram antes da Dani me ligar de volta. Ela havia mandado uma mensagem – **MINHA MÃE NÃO ESTÁ ATENDENDO** –, mas era tarde demais para me salvar.

Me recusei a atender a porta, forçando Ronnie a se levantar. Ele podia me mandar embora, mas eu não tornaria aquela tarefa fácil para ele.

Não havíamos nos falado desde que eu disse que o odiava. Não sabia se ele estava em silêncio para tentar fazer eu me sentir culpada, mas, se fosse isso, não funcionou. Se eu tivesse morrido com a mamãe no tornado, ele nunca teria mandado Marin embora. Nunca a teria enviado para viver com desconhecidos em uma cidade estranha.

Ele abriu a porta e uma mulher de cabelos brancos, o rosto tão enrugado e bronzeado quanto um tronco de árvore, entrou.

– Ela está pronta? – perguntou, referindo-se a mim como se eu não estivesse sentada ali. Ronnie assentiu, e ela se virou para mim: – Conseguiu juntar alguma coisa?

– Poucas – ele intercedeu. – Perdemos tudo na tempestade.

– Sim, você me disse ao telefone – respondeu ela, ríspida, nenhuma ternura em sua voz. Ainda que eu tivesse cansada de ouvir todos dizerem que sentiam muito, aquilo era pior. Era como se ela não se importasse. Como se estivesse ali para buscar um sofá indesejado. Para tratar de negócios. – Harold está no carro – disse ela, levantando a voz. – Você comeu? Ele queria parar na lanchonete antes de partirmos.

– Não estou com fome – murmurei, me forçando a levantar. Procurei por Ronnie com os olhos enquanto passava por ele, esperando que mudasse de ideia. Eu o perdoaria se me deixasse ficar. Ia doer, mas fingiria que ele nunca havia ligado para aqueles dois. Tentaria entender. Mas Ronnie simplesmente fitou seus pés e me deixou passar.

Segui Billie, que nem ao menos caminhou comigo, mas andou com determinação na minha frente, seu passo firme como o de um guarda. Percebi que era mais ou menos isso: eu estava sendo levada para uma cela de cadeia, minha liberdade sendo roubada. Na verdade, parecia pior do que a prisão. Pelo menos na prisão meus amigos poderiam me visitar. Já havia perdido mamãe e Marin; agora, estava perdendo Dani, Kolby, Jane e todo mundo que eu conhecia, tudo que era familiar. O que mais poderia ser tirado de mim?

Nos aproximamos de um carro velho e enferrujado parado perto do meio-fio, com Harold sentado ao volante, protegendo os olhos do sol. Ele apertou um botão no painel com o dedo gordo, e o porta-malas se abriu.

– Quer guardar suas bolsas? – Billie perguntou, levantando a tampa do porta-malas.

Neguei com a cabeça, apertando a bolsa da Marin mais perto de mim. A ideia de colocar algo que ela amava num porta-malas com cheiro de óleo de motor, em cima de um emaranhado de cabos, soava como arrancar meus pulmões e pisoteá-los. Abri a porta de trás e deslizei para dentro do carro, que também cheirava a óleo, misturado com algo mais orgânico. Grama? Cascas? Não sabia dizer.

Avô Harold levantou o queixo uma vez para me ver, e me encolhi de medo quando ele trocou a marcha, avó Billie batendo o porta-malas e entrando no banco do passageiro à minha frente. Eu não queria ir. *Por favor, Ronnie,* implorei dentro da minha cabeça, *saia e venha me buscar. Faça como no cinema, em que no último minuto a garota amada é, enfim, salva pelo herói. Seja o herói, Ronnie.* Mas a porta do quarto da pousada foi lentamente fechada, cerrando o espaço entre mim e a última coisa familiar na minha vida. Ele sequer disse adeus.

– Ela não está com fome – minha avó disse, seus dedos grosseiros buscando o cinto de segurança enquanto meu avô se afastava do meio-fio em direção à rua.

– Bem, não acho que ela tenha que comer – ele murmurou.

– Ela só vai ficar sentada aí?

– Se é isso o que ela quer fazer. Contanto que saiba que não vamos parar no meio do caminho até Joplin para nada. Se ela não quer comer, não come.

– Bem, não podemos deixá-la morrer de fome.

Mordi o lábio enquanto os ouvia discutir sobre mim como se eu fosse invisível.

Seguimos muito devagar em direção à rodovia. Se o avô Harold insistisse em dirigir assim, nunca chegaríamos a Caster City. O que, para mim, seria ótimo.

Olhei pela janela e pensei na vez em que mamãe levou Marin e eu a Branson, para um fim de semana só das garotas. Observei os campos passarem, pensando que o sul de Missouri estava a muitos mundos de distância de Elizabeth. Quando passamos por Caster City e a paisagem mudou, as montanhas de Ozark surgindo ao nosso redor, intocadas e indomáveis, eu me senti tão longe de casa...

Lembrei que havia um escorpião morto e esmagado atrás das cortinas da nossa cabana e de como eu tinha surtado com isso, me recusando a descer do sofá até que mamãe tivesse verificado a casa inteira. Mas Marin ficou fascinada pelo animal.

– Tem veneno? – ela perguntava.

– Não sei, querida. Alguns escorpiões são venenosos – mamãe respondia, e Marin se agachava, sua bunda a poucos centímetros do chão, os dedos dos pés descalços entrando debaixo do carpete, as mechas do cabelo balançando abaixo dos joelhos, e ficava observando.

Segundos depois, olhava para cima:

– Esse é venenoso?

E mamãe, verificando debaixo das almofadas ou no *closet*, repetia, despreocupada:

– Não sei, querida.

Teve um momento em que Marin estava agachada tão perto do chão, seu nariz na altura dos joelhos, que não consegui me controlar. Desci do sofá na ponta dos pés e me escondi atrás dela.

– Se mexeu! Ele se mexeu! – gritei, batendo nas costas dela com os joelhos e jogando-a para a frente. Marin gritou, conseguindo se equilibrar antes de quase cair, levantou-se num salto e correu para fora da sala, esfregando os olhos enquanto eu ria.

– Você precisava mesmo fazer isso, Jersey? – mamãe perguntou, irritada, enquanto corria atrás da minha irmã. Marin passou o resto do fim de semana apavorada, chorando e fugindo de todos os bichos que via.

Sentada no banco de trás do carro do meu avô, indo em direção à parte do estado onde vi meu primeiro e único escorpião, me perguntei como pude fazer aquilo com ela. Eu peguei seu fascínio e o transformei em medo. Ela morreu com medo desses bichos por minha culpa.

Sem pensar, enfiei a mão na bolsa e tirei outro chiclete, jogando-o na boca junto com o primeiro. Estiquei o papel no joelho e desenhei uma boneca de palitinho agachada sobre uma pequena mancha preta no chão.

MARIN AMA ESCORPIÕES, escrevi. Eu gostava mais dessa versão. Dobrei o papel e o guardei com os outros. Em seguida, encostei a cabeça contra a janela e fechei os olhos para não ter que ver as lojas e os shoppings desaparecem, transformando-se em plantações e fazendas que se tornariam minha nova realidade.

* * *

Nenhum dos meus avós se incomodou em me acordar. Em vez disso, confiaram no bater de suas portas – *bam! bam!* – para me avisar que tínhamos parado. Ergui a cabeça da janela, limpando a bochecha úmida com o ombro, e pisquei até conseguir enxergar o estacionamento. Meu avô tinha contornado o carro e estava de pé ao lado da minha avó, ambos olhando para as portas de uma lanchonete de aparência suja.

Depois de alguns segundos, minha avó se virou e se inclinou para olhar pela janela do carro.

– Você vem? – ela perguntou, sua voz abafada pelo vidro da janela.

Não respondi, não me mexi. Não sabia como fazer qualquer uma dessas coisas. Então ela simplesmente acenou com a cabeça e se virou. Entraram juntos no restaurante, sem mim.

Sacudi a cabeça e bufei, incomodada.

Não queria entrar. Não estava com fome. Meu estômago estava tão embrulhado que eu não conseguia nem pensar em comer, e realmente não queria ter que conversar com aqueles dois durante o jantar. Mas fazia dias que eu não tinha uma refeição de verdade, e sabia que, agora, coisas como comer, tomar banho e dormir seriam minha responsabilidade. Ninguém mais se importaria.

Meus avós estavam sentados lado a lado em uma mesa perto dos banheiros, seus ombros se tocando. *Quem faz isso?*, pensei. *Que casal não se senta de frente um para o outro para poder conversar?* Então percebi que devia estar feliz por não ser o meu encostando no de um deles, e deslizei até a cadeira de frente para a minha avó.

– Nós já pedimos – disse ela, mas a garçonete apareceu trazendo dois copos de chá gelado, que colocou na frente dos meus avós. – Achamos que não viria.

– Não tem problema, querida, ainda não passei o pedido. Precisa do cardápio? – a mulher perguntou. Algo na suavidade do olhar dela me lembrou a mamãe, e tive que morder a parte de dentro das bochechas para me impedir de chorar ou de jogar meus braços em volta dela. *Quem sabe no meu filme a garçonete seja a heroína que ama a garota, afinal. Me salve!*

– Não, tudo bem – respondi. – Vou querer um hambúrguer e batatas fritas. E uma água.

– Claro – ela disse, e saiu.

– Olha, não sei como sua mãe fazia as coisas, mas não vá esperando muitos jantares extravagantes fora de casa – o avô Harold disse com sua voz grave e sombria, o tipo de voz que assustava criancinhas. Caramba, o tipo de voz que já estava me assustando.

Não sabia o que responder. Se pensavam que minha vida com a mamãe tinha sido extravagante depois que o filho deles nos abandonou, estavam loucos.

– E não pense que haverá jantares chiques em casa também – a avó Billie completou, franzindo a testa para o saleiro que girava entre as mãos. Quase como se estivesse nervosa. Mas sobre o que ela estaria nervosa? – Aliás, você vai cozinhar alguns deles, então não espere ser servida por alguém. Nós temos uma casa, não um hotel. Todos têm tarefas.

– Ok – respondi, minha voz saindo como um chiado.

– "Sim, senhora" – meu avô corrigiu.

A garçonete trouxe minha água, e dei um gole. Estava grata por ter algo com que esfriar minhas bochechas, que queimavam.

– Não beba demais – disse o avô Harold. Aparentemente, dar sermões era sua especialidade. – Não vamos parar novamente até chegarmos em casa. Se ficar com vontade de ir ao banheiro, vai ter que segurar.

Coloquei o copo na mesa, um silêncio desconfortável pairando sobre nós como uma espessa nuvem de neblina.

Então, a garçonete chegou com a nossa comida. Depois que comecei a comer, fiquei surpresa com a minha fome e com o quanto era bom ter uma refeição quente. Meus avós atacaram seus filés de frango frito, enchendo a boca com pedaços lambuzados de molho. Uma mancha de molho branco se formou no lábio inferior do meu avô.

– Não temos muito espaço em casa – minha avó Billie disse depois de algumas mordidas. – Por conta de todas as pessoas que estão morando lá. Nós cuidamos da família quando alguém necessita, e, infelizmente, você não é a única passando necessidade.

– É uma porcaria de um cortiço – meu avô disse, farelos misturados com saliva se acumulando nos cantos de sua boca. Ele lambeu um lado e tive que desviar o olhar para conter a náusea que a visão daquela língua rosa coberta de comida, deslizando entre os lábios secos, me causou.

– Vamos encontrar um lugar para você, mas provavelmente não será o mesmo tipo de quarto que você tinha na sua antiga casa.

– Claro, até porque aquele quarto está a meio caminho da cidade de Marceline agora – meu avô completou. Não soube dizer se ele estava tentando fazer uma piada ou se era apenas insensível. Ele parecia ser especialista na segunda opção.

– Podemos te colocar no sofá da varanda, por enquanto – minha avó continuou, voltando-se para o avô Harold, o garfo suspenso no ar com a carne pingando sobre o colo. Ele não respondeu, mas ela não parecia estar procurando por uma resposta. – Lá fora fica mais fresco à noite do que dentro de casa. E está tudo coberto – ela acrescentou –, então não precisa se preocupar com isso. Vamos pensar em outra coisa para você quando o inverno chegar. Quem sabe não montamos um quarto no porão.

– Sim, senhora – respondi, pensando que o último lugar que eu gostaria de ficar seria no porão. Apenas a ideia de colocar meus pés num porão fazia minhas mãos suarem.

– É uma pena o que aconteceu com sua mãe – avó Billie disse, entre mordidas. – Mas não há nada a ser feito quanto a isso. Coisas terríveis acontecem todos os dias. Com todos, não apenas com você.

Me lembrei mais uma vez da teoria da mamãe de que Billie e Harold eram pessoas infelizes devido à dor que a vida tinha lhes causado. Então me perguntei que coisas terríveis teriam acontecido em suas vidas e se mamãe estava certa, se eles simplesmente haviam se fechado para impedir a dor de entrar. Também me perguntei se acabaria fria como um réptil algum dia, se me tornaria infeliz e cansada, se diria a alguém que acabara de sofrer uma perda que "coisas terríveis acontecem todos os dias".

Comemos em silêncio por um tempo, cada um encarando o próprio prato. Já estava satisfeita antes mesmo de chegar à metade do meu hambúrguer, mas mesmo assim mordisquei as batatas fritas.

Tinham o mesmo gosto das batatas fritas da escola, que eram a melhor coisa da cantina. Quase todos os dias, Dani, Jane e eu tomávamos *milk-shake* de chocolate e dividíamos uma porção grande de batatas fritas. Colocávamos tudo no meio da mesa e revezávamos, mergulhando as fritas no sorvete.

Primeiro, as pessoas que nos viam fazer isso sempre faziam cara de nojo. Então experimentavam, e, em seguida, começavam a comer batatas fritas com *milk-shake* também. Era a união do doce e do salgado, do quente e do frio, que deixava tudo perfeito.

Assim como o que fazia Dani, Jane e eu perfeitas juntas. Éramos diferentes e completávamos umas às outras.

Sentia tanto a falta delas que meu peito doía ao respirar. Jane nem sabia que eu tinha ido embora. Isto é, se ela tivesse sobrevivido. Eu saberia disso algum dia? Se a mãe da Dani não atendesse o telefone logo, em breve eu estaria longe, a caminho da minha nova vida em Caster City. Tentei não pensar sobre o que isso significava: que, morando em Caster City, a três horas de distância, eu não iria mais dividir batatas fritas e *milk-shake* com minhas melhores amigas. Não sentaria de pernas cruzadas ao lado delas, na beirada do palco, durante as reuniões do clube de teatro. Não iluminaria o rosto da Dani enquanto ela recitava as falas principais, nem ouviria Jane treinar uma nova música em seu violino. Não me formaria com elas.

Talvez nunca mais as visse.

Era tão injusto.

– E, claro, Clay estará lá – disse a avó Billie, continuando a conversa depois de uma pausa tão longa que levei um minuto para entender o que ela estava falando.

Imediatamente, Dani e Jane foram esquecidas, assim como as batatas fritas.

– Estar onde? – perguntei.

– "Senhora" – meu avô corrigiu, sério.

– Estar onde, senhora? – repeti.

Ela olhou para mim, mastigando, a testa enrugada.

– Na casa. Como eu estava dizendo – ela respondeu.

Claro, fazia sentido. Clay ia para a casa de vez em quando. Era filho deles, afinal de contas.

E também era meu pai. O pai que eu não via há dezesseis anos.

– Ele... – hesitei. Tantas perguntas corriam pela minha mente. *Ele ainda está vivo? Não está na cadeia? É o tipo de cara que visita a mãe?* – Ele está em Caster City? – perguntei, por fim.

– Claro que sim. É lá que toda a família está. A irmã dele, Terry... os sobrinhos... a gente.

– Ele só foi para Elizabeth porque era onde sua mãe queria viver – meu avô comentou. Meu estômago revirou com a ideia de que eu, depois de dezesseis anos, finalmente veria o meu pai. – Ele nasceu em Waverly. Fica a cerca de uma hora naquela estrada. – Ele apontou para a janela com o garfo. – Mas deixamos aquela cidade anos atrás e nos mudamos para Caster City. Clay se recusou a vir com a gente. Disse que o amor ia aonde precisava ir. Quando ela arruinou a vida dele, ele voltou para a família. Não deveria nunca ter ido para lá, para ser sincero.

Meu celular tocou no meu bolso. Espiei a mensagem de texto da Dani: **MAMÃE DISSE QUE PRECISA CONVERSAR COM RONNIE. DESCULPE. VOU CONTINUAR TENTANDO CONVENCÊ-LA.**

Coloquei o aparelho de volta no bolso, meu estômago embrulhado. Estava acontecendo. Eu iria para Caster City com aquelas pessoas. Veria meu pai depois de todo esse tempo.

– Ele visita vocês com frequência? – Minha garganta parecia impregnada de gordura da batata frita. Limpei-a, nervosa. – Senhora?

– Não – ela respondeu, ainda me dando aquele olhar, como se esperasse que eu soubesse sobre a vida do meu pai, mesmo sabendo que nunca fui parte dela. Ela largou o garfo e tomou um gole de chá gelado. – Ele mora com a gente. Junto da esposa, Tonette, e das duas filhas. Você vai conhecer todos hoje à noite.

TREZE

O avô Harold manteve sua palavra. Depois que saímos da lanchonete, não paramos de novo até chegarmos a Caster City. Não que eu tenha pedido para parar. Sentei no banco de trás e pensei sobre o que haviam dito. Eu realmente ia encontrar meu pai naquela noite. Pela primeira vez.

Anoitecia quando avançamos sobre o cascalho da entrada da garagem, mas os dias estavam ficando mais longos, então o crepúsculo estava apenas começando. Olhei ansiosamente pelo para-brisa, para a minúscula casa da qual nos aproximávamos. Era branca, com cortinas de pano e uma varanda cercada dos três lados por treliças de madeira, que tinham buracos por toda parte. Me perguntei se aquele seria meu quarto. Não consegui me imaginar morando naquele lugar até o inverno.

Dois garotos de uns 8 anos atravessaram a porta da frente enquanto estacionávamos. Estavam sem camisa, os rostos imundos. Suas vozes invadiram o carro.

– Devolve! – gritou um deles, batendo na parte de trás da cabeça do outro com o punho. – Seu cara de bosta, seu peidorreiro fedorento! – Eles se atracaram e dispararam palavrões enquanto rolavam no chão úmido, dando socos e agarrando um ao outro.

Arregalei os olhos, surpresa, e prendi a respiração, esperando pela bronca do avô Harold. Mas, se meus avós tinham ouvido os meninos, nenhum deles demonstrou se importar. Naquele momento, Marin me pareceu tão inocente. Como um anjinho.

Avó Billie puxou a bainha de sua blusa e subiu as calças, inclinando-se para me olhar através da janela aberta.

– É isso – disse ela, fechando a porta e virando-se para entrar na casa.

Bem-vinda ao lar, Jersey, pensei. *É isso.*

Quando abri a porta e deixei o banco de trás, uma mulher surgiu na varanda da frente. Segurava uma criança de fraldas no quadril, o cabelo e o rosto do bebê tão sujos quanto os dos garotos no chão.

– Nathan! Kyle! Parem com isso! – ela gritou. O bebê apontou para os meninos e balbuciou alto alguma coisa ininteligível. A mulher voltou sua atenção para mim. – Pode entrar – chamou.

Mas meu corpo não queria se mexer. Minhas pernas tremiam e meus braços amoleciam sob o peso da mochila. Não tinha certeza se conseguiria evitar vomitar o hambúrguer e as batatas fritas que ainda reviravam no meu estômago.

Aquela não era a minha vida. Crianças que falavam palavrões e bebês tão sujos que eu sequer conseguia identificar seu gênero; avós carrancudos e um sofá na varanda, que servia de quarto; e nada de amigos, nada de escola, nada de Kolby sentado no jardim observando as nuvens da tempestade passarem. E, em algum lugar ali... meu pai. O homem que havia me abandonado. Ele tinha acabado com a relação entre a minha mãe e a família dela, então, quando ele foi embora, ficamos completamente sozinhas. E, sem a mamãe, era só eu. Sozinha. Naquele lugar.

Naquele momento, eu daria qualquer coisa para ter Marin de volta, para ouvi-la me pedir para dançar com ela. Teria dançado *swing* até minhas pernas não conseguirem mais. Teria cantarolado junto com ela.

Virei os olhos para cima e pisquei forte, desejando acordar daquele pesadelo.

Mas isso não aconteceu.

– Vamos lá, ela não morde – disse o avô Harold, trazendo-me de volta à realidade num susto. Ele puxou uma das alças da minha mochila, mas a segurei firme.

– Eu levo – disse, e, sentindo sua sombra me fazer encolher, acrescentei: – Senhor.

Ele parou e grunhiu.

– Você quem sabe.

Eu o segui pelo caminho que ia do cimento rachado até uma área com quase tanto cascalho quanto na entrada, passando pelos meninos, cujo excesso de esforço tinha finalmente dado fim aos palavrões. Em vez disso, estavam praticamente estáticos no chão, gemendo numa disputa acirrada.

– Oi – disse a mulher quando cheguei à varanda, recuando com cautela, como se o avô Harold estivesse escoltando um animal perigoso para dentro da casa. – Pode entrar. Não me ouviu dizer?

Meus olhos encontraram os dela, mas eu não sabia o que responder. Seria ela a esposa do meu pai? A mulher que substituiu minha mãe? Aquela mulher vestindo uma bata de grávida velha e desbotada, o cabelo despenteado, com um bando de crianças desbocadas?

Voltei os olhos para as tábuas de madeira da varanda e segui meu avô. De dentro da casa, ouvi a mulher gritar:

– Vocês, garotos, falei para pararem com isso e irem para dentro de casa! – O bebê repetiu uma versão distorcida do final da frase. Imediatamente senti pena da criança, e, ao mesmo tempo, fiquei grata por não ter sido criada assim. Exceto que, agora, aquilo faria parte da minha criação.

Avó Billie estava de pé na sala quando entramos. Do sofá, duas adolescentes fizeram careta para mim. As cortinas estavam fechadas e a TV ligada, dando ao ambiente uma aura escura e impenetrável.

– Apresentou Terry para ela? – minha avó perguntou, falando de mim na terceira pessoa.

– Passamos por ela no caminho – meu avô respondeu, como se aquela troca breve e unilateral pudesse ser considerada uma apresentação.

Então, me lembrei da conversa no restaurante. Avó Billie havia mencionado a irmã do meu pai, Terry. A mulher lá fora era minha tia, não minha madrasta. Não tinha certeza se essa era uma boa notícia ou não. De qualquer forma, descobrir que minha madrasta era barulhenta e boca suja era melhor do que continuar sem saber como ela era. Existe certo alívio na certeza, ainda que ela não seja algo bonito de se ter.

– Estas aqui são Lexi e Meg – apresentou minha avó, fazendo gestos na direção das duas garotas no sofá. Elas tinham voltado a assistir TV e nem se incomodaram em olhar para mim ao ouvirem seus nomes. Imediatamente, me enchi de culpa. Quantas vezes Marin teria se sentido assim, quando eu me recusava a dar atenção a ela só para não perder alguma bobagem que uma estrela de *reality show* estava dizendo?

– São suas irmãs.

Puxei a bolsa da Marin para mais perto com o cotovelo.

– Meias-irmãs – uma das meninas entoou, dando-me a piscada de olho mais desagradável e superficial possível.

– Bem, sim, meias-irmãs – avó Billie corrigiu. – Vamos. Vou te mostrar onde vai dormir.

Eu a segui através de uma cozinha entulhada de coisas. Pratos com restos de comida empilhados na pia, a porta do micro-ondas aberta. Caminhamos até uma varanda fechada que dava para o quintal, e uma lufada de ar fresco invadiu a cozinha sufocante quando avó Billie abriu a porta de tela. Ela a segurou para mim com o quadril.

– Chamamos aqui de varanda da família – disse ela. – Por enquanto, ela é sua. Pode puxar as cortinas para ter privacidade, mas não feche a porta de madeira porque ela tranca por dentro.

Ela jogou um amontoado de roupas de cama em um sofá que parecia ter cem anos de idade, com grandes flores laranjas sobre um fundo que já deve ter sido branco, mas estava tão desgastado pela ação do tempo que parecia quase bege.

– Você tem alguma roupa? – ela perguntou.

Neguei com a cabeça.

– Comprei alguns pares de roupa íntima na farmácia. Preciso lavar roupa.

– Bem, você é um pouco gorda para pegar emprestado da Lexi ou da Meg, mas talvez Terry tenha algo em que você consiga caber. – Ela me olhou de cima a baixo, fazendo com que eu me sentisse enorme e desconfortável. – De toda forma, cavalo dado não se olha os dentes – continuou ela, e tive que me segurar para não perguntar do que diabos ela estava falando, já que eu não tinha dito nada sobre não querer as roupas da Terry. Ela me avaliou um pouco mais e, em seguida, acrescentou: – Pode se instalar primeiro e, depois, quando estiver pronta, entre e lave a louça. Lexi vai ficar muito feliz por não ter tantas tarefas agora que você está aqui.

Ela saiu, e eu me afundei no sofá, sem saber o que fazer para "me instalar". Não tinha nada para guardar. Estava com medo de deixar tudo o que eu tinha largado ali, especialmente naquele lugar. E a última coisa que queria era voltar para dentro daquela cozinha e lavar pratos que eu não tinha sujado.

Olhei para a porta de tela da varanda, que dava para o quintal, e imaginei o que aconteceria se eu passasse por ela e nunca mais voltasse. Se eu apenas saísse andando, andando e andando. Se me tornasse minha própria heroína. Se salvasse a mim mesma.

Mas para onde eu iria? Esse era o problema. Podia andar o quanto quisesse – o que eu não tinha era um destino. Não tinha um lar. Era isso. Aquele sofá escondido em uma "varanda da família", ou o que quer que fosse, no meio do nada, num lugar onde garotinhos xingam mais que taxistas e meias-irmãs te tratam com desdém.

Não se parecia em nada com a minha antiga casa, onde Marin brincava no balanço do quintal enquanto mamãe, sentada em uma cadeira de jardim, pintava as unhas cada uma de uma cor, cantarolando aquela velha música da banda Spandau Ballet, de que tanto gostava.

– Jersey, olha isso! – Marin gritaria se eu passasse perto da porta dos fundos enquanto ela estivesse lá fora. Então, faria algo que achasse muito ousado, como virar a cabeça para trás enquanto estava no balanço, ou ficar de pé no alto do escorregador, ou se pendurar no trepa-trepa de cabeça para baixo, pelos joelhos.

– Marin macaquinha! – mamãe gritaria alegremente, e depois se viraria para mim: – Vem, Jers. Passei a cor azul-ovo-de-tordo. – Nas mãos, balançaria o vidrinho de esmalte.

– Não, obrigada – eu responderia. – Tenho lição de casa.

Mas não seria verdade. Quase nunca era realmente a lição de casa que me mantinha distante. Era sempre algo bobo.

Nunca, nem uma vez, eu me sentei lá fora para observar Marin, ou para escutar mamãe cantarolar, ou para deixar que ela pintasse minhas unhas. Nem uma só vez.

– Isso é verdade – sussurrei para mim mesma, sentada na "varanda da família" da casa dos meus avós, enquanto relembrava os últimos versos da música. Enxuguei um fio de lágrima que escorreu pela minha bochecha. Então, procurei dentro da bolsa da Marin.

Colocando um pedaço de chiclete na boca, desdobrei o papel e desenhei minha irmã pendurada de cabeça para baixo, com um balão que dizia: "Olha, Jersey!".

MARIN É UMA MACAQUINHA, escrevi. Em seguida, acrescentei: MAMÃE É COR AZUL-OVO-DE-TORDO.

CATORZE

Ouvi uma porta bater dentro da casa, seguida por gritos abafados – parecia ser aqueles dois garotos e minha tia Terry novamente –, e fechei rapidamente a bolsa da Marin. Eu a escondi entre as costas do sofá e a parede, depois fiz o mesmo com a minha mochila. Acho que aquilo significava que eu tinha me instalado.

Fui até a pia da cozinha e comecei a lavar os pratos, dando um pulo toda vez que alguém emitia um som agudo atrás mim, o que acontecia o tempo todo. Podia ouvir a família se reunir na sala de estar. O volume da televisão aumentou, e minha avó e minha tia Terry conversavam, ocasionalmente soltando uma risada ou cochichando, ou fazendo sons altos de "ooooh". Aqueles eram os sons de uma casa, mas não os da minha casa. Ninguém estava perguntando como o meu dia havia sido, se eu tinha que fazer lição de casa, como estava indo o musical de primavera, se eu estava pronta para as provas finais. Ninguém cantarolava, e não havia o som ambiente das vozes de desenhos animados, nem o barulho do Ronnie abrindo uma cerveja. Os sons daquela casa não pertenciam a mim: pertenciam a outra família, da qual eu não fazia parte. De alguma maneira, parecia que uma vida inteira havia se passado desde que eu ouvira os sons da minha casa pela última vez. Parecia que eu havia sido parte de outra família em uma vida diferente, uma vida de sonho, que não era real.

Nathan e Kyle entravam e saíam da cozinha aleatoriamente, munidos do que parecia ser uma energia infinita.

– Você tem espinhas – um deles, não tinha certeza de qual, disse para mim, e ambos explodiram em gargalhadas. Eu os ignorei, tentando sentir pena, o que não funcionou. Estava ocupada demais sentindo pena de mim mesma.

Quando terminei de secar os pratos, abrindo e fechando os armários até descobrir onde cada coisa deveria ser guardada, eu estava exausta. Em vez de seguir as vozes na sala de estar, voltei para a minha varanda, ansiosa para ficar sozinha e dormir.

Tudo na minha vida se resumia a estar sozinha agora.

Empurrei a porta de tela, mas o que encontrei foram as duas garotas, Lexi e Meg, sentadas no sofá. Eu congelei.

– Você tem algum dinheiro? – a mais velha, que avó Billie apresentou como Lexi, perguntou.

Balancei a cabeça.

– Eu não tenho nada.

A outra, Meg, estreitou os olhos para mim.

– Você chegou com uma bolsa e uma mochila. Nós vimos.

Ela tirou as pernas do sofá e se levantou. A garota batia quase na altura do meu nariz e era magra como uma tábua. Parecia ter uns 14 anos, uns dois anos mais nova do que eu.

– Não tem dinheiro nelas – eu disse, forçando minha voz para soar firme, forte.

– Nós sabemos que você era uma menininha rica – disse Lexi, ficando de pé ao lado da irmã. – Nosso pai nos contou sobre o emprego da sua mãe e tudo mais.

Eu ri.

– Minha mãe tinha um emprego, mas estávamos longe de ser ricos. Ela não recebeu nenhuma pen... – Parei, franzindo os lábios. Minha vida sem Clay não era problema delas.

Estudei seus rostos, procurando por uma semelhança. Temos o mesmo sangue, então, em teoria, deveríamos ser parecidas de alguma forma. Minha mãe sempre dizia que eu tinha a estrutura facial do meu pai, que era por isso que eu não parecia em nada com a Marin; as feições dela eram uma combinação perfeita da mamãe e do Ronnie. Sempre senti que, quando se tratava de mim, eles deveriam cantar aquela velha música da Vila Sésamo: "Uma dessas coisas não é como as outras".

Mas também não consegui me ver naquelas garotas. Seus queixos eram finos, e o meu, redondo. Seus olhos eram grandes e azuis, ao contrário dos meus, castanhos e estreitos. Eram magras o suficiente para se espremer através das grades de uma prisão, enquanto eu era redonda e cheia de curvas.

As duas tinham um pouco de sardas nos narizes arrebitados, que, de alguma forma, as deixavam mais bonitas do que já eram. Já o meu rosto tinha, dos lados, o que minha mãe chamava de espinhas de suor. "Não se preocupe com elas, querida", ela dizia sempre que eu me sentia frustrada ou me achava feia. "Todo mundo tem espinhas. Elas vão sumir."

Meg inclinou a cabeça para o lado.

– Só para saber, não queremos você aqui – disse ela.

– E mamãe e papai também não te querem aqui – Lexi acrescentou. – Você está aqui porque a vovó diz que precisamos ajudar a família, mesmo sem nunca terem agido como uma família antes. Mas nós não achamos justo ter que agir como irmãs só porque é nisso que a vovó acredita.

Cerrei os dentes, me concentrando em tentar parecer forte.

– Bem, eu também não quero ficar aqui – disse. – Mas realmente não tenho escolha.

– Vovó diz que você é um caso triste porque é órfã – Meg acrescentou, a última palavra soando como um soco no estômago.

Não sou órfã, gênio, tive vontade de dizer. *Só é órfão quem perde ambos os pais, e o meu pai ainda está vivo.* Mas não tinha certeza se isso era verdade. Dá para se tornar órfão por abandono afetivo? Se der, eu era totalmente órfã.

– Papai nos contou sobre a sua mãe louca – disse Lexi, mas Meg bateu nas costelas dela.

– Não devemos falar sobre a mãe dela – sussurrou.

Minha respiração ficou intensa e profunda, meus punhos cerrados ao lado do corpo. Tive meus momentos de sentir raiva da mamãe, claro, mas algo na forma como aquelas duas falavam dela me enfurecia. *Você não conhece minha mãe*, eu queria dizer. *Nunca vai conhecê-la. Ela tinha mais classe do que todos vocês juntos.*

– Bem, minha mãe se foi agora – eu disse. – Ela não tem nada a ver com mais nada. – Internamente, eu estava xingando o fato de a minha voz ter saído trêmula. Havia tantas outras coisas que eu queria dizer naquele momento. Queria lembrá-las de que Clay ainda era meu pai, mesmo que eu não quisesse que fosse, e isso fazia delas minha família, quer gostassem ou não. Quer qualquer uma de nós gostasse ou não.

Nos encaramos pelo que pareceu uma eternidade. Dentro da casa, o barulho da TV ressoava, as crianças corriam, xingavam e batiam nas coisas. Dentro da casa, os pratos estavam limpos. Dentro da casa, ninguém se importava com o modo como Lexi e Meg me receberam.

Enfim, Lexi disse:

– Vamos, Meggie. Mais tarde a gente arranca o dinheiro dela.

As duas desapareceram pela porta e entraram no quintal, o tempo todo fingindo sussurrar xingamentos para me impedir de ouvi-las. *Baleia. Idiota. Órfã.*

Caí no sofá, minhas mãos tremendo tanto que precisei sentar sobre os dedos para contê-los.

Eu não estava esperando me tornar melhor amiga das minhas meias-irmãs, mas acontece que não seria possível conviver com elas. Se eu ligasse para Ronnie e dissesse que eles chamaram a mamãe de louca, que disseram coisas horríveis sobre ela, ele se importaria, certo? Quero dizer, ele pode não se importar comigo, mas amava minha mãe. Certamente me buscaria de volta para defendê-la.

Tirei meu celular do bolso. Tinha outra mensagem da Dani.

NADA DE NOTÍCIAS AINDA. E NADA DA JANE. ESTOU PREOCUPADA!

Enviei uma mensagem de volta: **ESPERO QUE ESTEJA TUDO BEM. LIGUE PARA MIM ASSIM QUE TIVER NOTÍCIAS DELA!**

Então, digitei uma segunda: **ESTE LUGAR É HORRÍVEL. MEIAS-IRMÃS DIABÓLICAS. ME SALVE!**

Depois de enviá-las, procurei uma tomada onde pudesse carregar meu telefone mais tarde. Ele era minha única ligação com a minha casa. Não queria pensar em como ficaria abandonada e isolada se a bateria acabasse.

Disquei rapidamente o número do Ronnie, ensaiando, na minha cabeça, o que diria a ele. *Eu sei que você acha que não consegue cuidar de mim agora, Ronnie, mas posso ajudar a cuidar de você. Posso ajudar a manter a Marin e a mamãe vivas na sua memória. Posso cozinhar e limpar. Não vou reclamar se você decidir se casar de novo.*

Mas ele nunca atendeu o telefone. Então, deixei uma mensagem de voz: "Oi, Ronnie. Só queria que você soubesse que cheguei aqui". Fiz uma pausa. "Mas quero voltar para casa. Por favor, me deixe voltar. Podemos enfrentar isso juntos. Por favor. Me liga".

Desliguei e liguei imediatamente para Kolby.

– Ei – ele atendeu, sua voz simpática e suave fazendo com que a saudade de casa atravessasse meu corpo. Parecia que eu tinha saído de lá anos atrás, e não há apenas algumas horas. Parecia impossível que tivesse se passado só uma semana desde que Kolby e eu voltamos juntos do ponto de ônibus para casa. Peguei emprestado o *skate* dele e me empurrei preguiçosamente pelo caminho enquanto conversávamos sobre estarmos felizes porque o ensino médio estava quase acabando, e sobre o que tínhamos planejado fazer nas férias de verão. Nenhum de nós jamais teria imaginado que estaríamos assim, agora. – Tudo bem? Você ainda está na pousada?

– Não – respondi. – Ronnie me mandou para Caster City.

– Que diabos tem em Caster City? – ele perguntou. Ouvi o clique de teclas do computador ao fundo e pude imaginá-lo sentado daquele jeito indiferente, com o notebook no colo, procurando pelo nome "Caster City".

Respirei fundo e deixei escapar:

– Meu pai biológico.

Houve uma pausa. Até o clique do teclado parou.

– Não sabia que você tinha um pai biológico – disse ele.

– Nem eu. Quer dizer, sabia que tinha um, mas eu era um bebê quando ele foi embora.

– Como ele é?

– Não sei. Ainda não o vi. Mas se as filhas são uma prévia, ele não é grande coisa.

– Espera aí. Você tem irmãs?

– Meias-irmãs, sim. Meg e Lexi, as gêmeas de personalidade forte – murmurei.

– Já deu para ver que você não gostou delas.

– Não gosto de nada disso – respondi, sentindo minha voz ficar mais alta, sentindo o peito apertar. Por que Ronnie não havia atendido minha ligação? Ele não entendia o que estava fazendo comigo, o que aquele tornado idiota tinha feito com a minha vida? – Como está em Milton? – perguntei, mudando de assunto antes que explodisse.

– Bem. Um pouco maçante. Mas pelo menos é uma casa, certo?

Fechei os olhos e assenti. Ele não fazia ideia.

– Minha mãe está feliz por estar com as irmãs, e Tracy está animada porque temos um bilhão de primas. Mas fico aqui sem nada para fazer além de jogar on-line. E meu braço tá doendo pra caramba.

– Por quê?

– Eu me cortei com vidro, lembra? Aquele dia, você sabe, o dia seguinte.

– Ainda não cicatrizou?

– Não, tá nojento. Você devia ver.

– Não, obrigada – respondi, mas por dentro desejei muito poder ver, pois isso significaria ver Kolby, ver alguém familiar e amigável. Se ao menos eu pudesse ver algo que reconhecesse, algo que me lembrasse que pertencia a algum lugar. Meu peito apertou de novo e tive medo de não conseguir segurar as lágrimas dessa vez. – Olha, tenho que ir – falei. – Mas me liga depois, tá?

– Claro – ele respondeu. – Ah, e Jersey?

– O quê?

– Quem sabe elas não melhoram? – ele disse. – Digo, as suas irmãs. Pode ser bom, não é? Ter irmãs?

Duvido, pensei.

– É, com certeza – murmurei, desligando o celular em seguida e guardando-o no bolso de trás da calça. Cobri a cabeça com o cobertor e me encolhi no sofá imundo, os soluços saindo tão fundo de dentro de mim que soavam roucos.

Fiquei lá chorando até o sol se pôr, o céu escurecer e os ruídos vindos de dentro da casa diminuírem lentamente, até acabarem. Logo, tudo que eu podia ouvir era o som dos grilos e dos sapos a distância, e um barulho ocasional do que eu imaginava ser animais selvagens. Queria levantar e trancar a porta de tela da varanda; com certeza eu acabaria sendo assassinada no sofá por algum louco, ou um coiote, ou ambos. No entanto, não havia trancas naquela porta. Eu estava praticamente dormindo no quintal.

Mas logo comecei a me desligar dos ruídos e me aconchegar tanto nos cobertores que me senti abraçada por eles. Eventualmente, a exaustão me dominou e eu adormeci.

Antes que pudesse entrar em um sono profundo, porém, fui despertada pelo som do cascalho sendo triturado por pneus de carro. Eu sequer entendi o que estava ouvindo até escutar o barulho de duas portas de carro se fechando.

Sentei no sofá e ouvi passos ao redor da casa, vozes abafadas oscilando sobre o súbito silêncio.

A porta de tela da varanda foi aberta, meu coração praticamente sendo arrancado do peito, e o ar foi invadido por um cheiro de álcool e uma voz estrondosa:

– Bom, vou ser um pé no saco – disse a voz.

Pisquei e olhei, na escuridão, para dentro de olhos estreitos e marrons que se pareciam com os meus.

Em pé na soleira da porta, equilibrando-se sobre um par de botas de caubói surradas, estava meu pai, Clay Cameron.

QUINZE

Havia uma mulher baixinha atrás de Clay, suas mãos nas costas dele como que para segurá-lo, uma dobrinha aparecendo nas laterais da calça jeans excessivamente justa.

– Ah, olha só – disse ela, soando tão bêbada quanto parecia. – A doação de esperma está aqui – riu.

– Cale a boca, Tonette – falou Clay, suas palavras soando arrastadas. Ele se inclinou para a frente, as mãos segurando forte o batente da porta para se equilibrar. Olhou para mim, a cabeça subindo e descendo e indo de um lado para o outro, me deixando enjoada. Podia sentir seu bafo da outra extremidade da varanda. – Você é a Jersey? – ele perguntou.

Assenti com a cabeça, mesmo sem ter certeza de que ele podia me ver.

– Sim.

– Sua mãe realmente morreu, então, hein?

– Sim, senhor. Minha irmã Marin também.

– Não tenho uma filha chamada Marin – disse ele, confuso, e a mulher lhe deu um cutucão nas costas. – Sua mãe mentiu.

– É melhor mesmo – disse ela.

– Era minha meia-irmã – expliquei.

– É uma pena – respondeu ele, e então tropeçou na varanda, suas botas batendo tão alto nas tábuas que me perguntei como não acordou a vizinhança inteira. – Realmente uma pena – repetiu, desaparecendo para dentro de casa.

A mulher cambaleou atrás dele, engolida pela escuridão da cozinha. Antes que a porta se fechasse completamente, eu a ouvi sussurrar:

– ...você sempre disse que queria que aquela vaca morresse. – Os dois riram. Fiquei sentada por um tempo e olhei para o quintal escuro; não conseguia mais escutar os ruídos do lado de fora. Havia visto meu pai pela primeira vez desde que me lembrava, e ele estava bêbado. Claro. Ele não perguntou se eu estava bem, nem disse que sentia muito por eu ter perdido tudo. Não fez nenhuma pergunta sobre o tornado, nem ele nem ninguém naquela casa. Ninguém parecia se importar. Mas isso havia devastado nossa cidade, matado nossas famílias, enquanto eles assistiam a seus programas de TV e bebiam suas biritas como se fosse apenas mais um dia.

Pensei em Tonette, aquela mulher desagradável, falando sobre minha mãe sem nem mesmo conhecê-la. Chegando em casa bêbada em um dia de semana. Rindo por alguém estar morto. Sua camisa tão decotada que, mesmo no escuro, era desconcertante. Ela não poderia ser mais diferente da minha mãe. O que Clay poderia ter visto naquela mulher que não viu na minha mãe?

Eu estava bem acordada. O sono não viria facilmente, não para mim, não agora.

Fui até a parte de trás do sofá e remexi a bolsa da Marin. Peguei um chiclete, esvaziando o primeiro pacote, um pouco surpresa com a rapidez com que ele havia acabado. Abri o papel e me senti culpada por tê-la chamado de meia-irmã para meu pai e Tonette. Mamãe nunca permitiu que chamássemos uma a outra de qualquer coisa além de irmãs.

– Ela tem um pai diferente, mas é sua irmã. Não tem nada de "meia" nisso – mamãe me disse quando Marin nasceu, uma coisinha vermelha, enrugada e chorosa, enrolada em uma manta amarela com estampa de patinhos.

– Mas Dani disse que Marin não é minha irmã de verdade se temos pais diferentes. Ela disse que isso faz dela minha meia-irmã.

O rosto da mamãe se fechou, linhas se formando em sua testa enquanto balançava Marin para cima e para baixo em seu colo.

– Diga à Dani que o que faz de alguém uma irmã não é o que está no sangue. É o que está no coração.

Desde então, nunca mais chamei Marin de meia-irmã. Não diretamente. Eu nem sabia se ela tinha plena consciência de que tínhamos pais diferentes, embora às vezes perguntasse por que eu não chamava Ronnie de "papai".

Desenhei um formato oval, o pacotinho com a manta e uma cabecinha redonda nele. MARIN É MINHA IRMÃ, escrevi. E me senti melhor.

Coloquei o papel com os outros e peguei o baralho. Depois de embaralhar as cartas, voltei para o sofá e comecei a distribui-las. Joguei Paciência até minhas costas doerem e meus olhos ficarem pesados, pensando sobre o acampamento de verão e o Jon-sem-agá, que havia me ensinado um monte de jogos solitários para que eu pudesse me distrair quando ele precisasse de uma folga.

Uma parte de mim imaginou se talvez, de alguma forma, Jon-sem-agá soubesse que eu precisaria conhecer esses jogos solitários, porque um dia ficaria completamente sozinha.

* * *

A porta de tela da varanda bateu, me acordando. Abri os olhos e vi o sol da manhã, além de Kyle e Nathan correndo com mochilas nas costas, chutando um ao outro o tempo todo, parando apenas para pegar pedras, galhos ou qualquer coisa que pudesse ser usada como arma.

– Seu cara de bosta!

– Seu bunda de cachorro!

– Seu peidorreiro fedido!

Sentei, me dando conta de que havia adormecido jogando Paciência ao encontrar uma carta presa em meu braço. Havia algumas no chão e outras embaixo de mim, amassadas. Juntei todas, meus dedos tateando sonolentos e desamassando-as o melhor que podiam, e coloquei-as de volta na caixa.

Espreguicei e abri a porta com cuidado, entrando na cozinha.

– Não entendo por que ela não tem que ir para a escola. A casa dela explodiu, e daí? Ela não está mais em Elizabeth. Está aqui e tem uma casa – Lexi estava dizendo, o quadril apoiado contra o balcão da cozinha, enquanto enfiava na boca algo parecido com pão. Não fez nenhum esforço para esconder que estava falando de mim quando entrei.

– Ela não está matriculada aqui – avó Billie explicou. – E me disseram que nem vale a pena tentar este ano, porque só tem mais uma semana de aula, então não posso fazer nada.

Entrei, como se não tivesse ouvido nada, e levei minha mochila para o banheiro. O que elas tinham a ver com o fato de eu ir ou não para a escola?

Tomei banho, tentando demorar o máximo possível, na esperança de que as garotas já tivessem ido embora quando eu saísse. Quase deu certo.

Elas estavam de pé na porta da frente esperando meu avô para levá-las à escola, suas coisas todas reunidas aos pés delas.

– É até melhor você não ir com a gente – disse Meg, tirando um pirulito vermelho da boca e balançando-o na minha direção. Seus lábios e língua estavam manchados. – Só nos faria passar vergonha. Ei, Lex, não é ótimo que ela tenha nome de vaca? – Ela bateu no antebraço da irmã com o pirulito.

– Eca, que nojo! Não encosta em mim com essa coisa – disse Lexi, limpando o braço dramaticamente. – Você é tão infantil.

– Já chega – disse avô Harold, agora na sala, as chaves balançando na mão. – Vão para a escola e não liguem para essa aí.

As garotas me encararam e empurraram a porta da frente. Ao mesmo tempo em que estava grata pelo avô Harold tê-las feito sair, não pude deixar de notar que ele havia me chamado de "essa aí".

Corri para a cozinha, onde encontrei avó Billie sentada à mesa, tomando uma xícara de café. Estava lendo um romance de banca em cuja capa havia um homem seminu abraçando uma mulher de vestido branco transparente.

– Tem louça para lavar – disse ela, sem olhar para mim. E, ainda que meu estômago estivesse roncando e que eu não achasse nem um pouco justo ter que lavar os pratos de todo mundo quando eu ainda nem havia comido, tive medo de dizer qualquer coisa. Então, fui até a pia e liguei a água quente. – Você já teve a chance de conversar com as minhas netas? – ela perguntou.

– Sim, senhora – respondi. Não mencionei o fato de elas terem me pedido dinheiro ou me chamado de órfã.

As netas *dela*. Clay era o pai *delas*. Billie era a avó *delas*. Apesar de termos o mesmo sangue, apesar de ele também ser meu pai e ela minha avó, ninguém via desse jeito. Eu não passava de uma estranha que havia sido enviada para a família deles. Acho que mamãe estava certa quando disse que família não tinha nada a ver com sangue. Tinha tudo a ver com o que estava no nosso coração. E não havia nada para mim em qualquer um dos corações daquela casa. Os corações que batiam por mim tinham desaparecido há muito tempo.

Assim que terminei, Terry entrou na cozinha e imediatamente começou a sujar mais vasilhas. Uma casa tão abarrotada de gente parecia nunca estar livre de pratos sujos, e me perguntei se eu ficaria para sempre plantada em frente à pia, esfregando e esfregando até desaparecer. Me perguntei se alguém notaria se eu fosse embora, então me dei conta de que isso aconteceria assim que a louça suja começasse a acumular. Mas só assim.

– Ela não vai pra escola? – Terry perguntou em meio a um bocejo.

Avó Billie grunhiu, fazendo que não com a cabeça, e virou a página do livro.

Abri alguns armários até encontrar cereal e uma tigela. Eu não costumava gostar de cereal, mas estava tão faminta que teria comido qualquer coisa. Também estava tímida demais para procurar algo diferente, morrendo de medo de quebrar uma regra que ainda não conhecia.

– Minha mãe disse que você precisa de roupas – Terry disse quando me sentei em frente a ela na mesa.

Assenti com a cabeça, o cereal arranhando minha garganta enquanto eu engolia sem mastigar muito bem.

– Preciso lavar umas roupas também – eu disse.

– Tenho algumas coisas – ela continuou. – Não consigo entrar em nada além das minhas velhas roupas de grávida. Pode ficar com as outras. Se você quiser, podemos dar uma olhada no meu armário depois do café.

– Obrigada – agradeci, colocando a tigela vazia na mesa.

– Clay e Tonette ainda estão em casa? – Terry perguntou, voltando-se para minha avó.

– Sim, chegaram ontem à noite.

Terry fez uma careta e se inclinou para mim:

– Nunca dá para ter certeza sobre esses dois. Algumas noites eles voltam para casa, em outras simplesmente somem. Algumas eles passam na cadeia.

– Isso só aconteceu duas vezes, Terry. Não seja implicante – minha avó interferiu, mas Terry apenas levantou as sobrancelhas para mim como quem diz: *Viu só? Nada bom.*

Meu pai parecia não ter mudado quase nada. Continuava o mesmo velho bêbado que sempre tinha sido. De certa forma, eu estava feliz por ele ter abandonado a mim e a minha mãe.

Avó Billie se afastou da mesa, dobrando o canto superior da página em que estava. Terry se levantou em seguida, então achei melhor me levantar também, embora não soubesse o que fazer. Queria assistir TV, mas não me sentia confortável em ir para a sala de estar e ligá-la por conta própria. Avó Billie não ofereceu nem sugeriu nada. Aparentemente, fazer a coisa certa para aquela família não significava torná-la acolhedora.

– Bem, o trabalho doméstico não vai se fazer sozinho – disse Billie, colocando a xícara de café na pia. Fiquei tensa. Aquelas pessoas nunca ouviram falar em máquina de lavar louças? Ela se virou para mim: – Depois que pegar as roupas com a Terry, pode ir lavar as suas. A máquina fica no porão.

Billie saiu da cozinha e logo depois o bebê começou a chorar. Fiquei sozinha diante da mesa, de pé. Levei minha tigela para a pia e voltei à varanda para dobrar meus cobertores e recolher as roupas sujas.

Decidi falar com a Dani novamente.

ALGUMA NOTÍCIA?

Ela respondeu imediatamente: **NÃO PARECE BOM.**

FALA PRA SUA MÃE QUE ESTOU DORMINDO EM UM SOFÁ NA VARANDA. POR FAVOR. ESTOU IMPLORANDO.

VOU CONTINUAR TENTANDO, ela prometeu.

Quando joguei as roupas no sofá, ouvi um baque, como algo duro caindo no meio dele. Procurei e encontrei o que havia causado o barulho: o gatinho de porcelana que eu resgatara dos destroços. A única coisa que restara do meu quarto. A única lembrança da minha antiga vida, além das memórias. Memórias que eu estava morrendo de medo de esquecer.

Já estava com dificuldade de me lembrar do rosto da mamãe. Sentei nas roupas, segurando o gatinho, e fechei os olhos, tentando invocar a imagem dela. Mas era difícil – havia tantas partes do seu rosto que eu não tinha analisado o suficiente. As sobrancelhas. Não conseguia me lembrar das sobrancelhas dela. Não conseguia me lembrar de que lado da sua boca ficava o dente que se projetava levemente para fora, nem de que lado do seu queixo havia uma pinta.

Como era possível que eu tivesse sido criada por uma pessoa, passado todos os meus dias e noites com ela, e não me lembrasse daqueles detalhes do seu rosto? Como era possível que essa imagem já estivesse ficando nebulosa e confusa? Quanto tempo demoraria até que eu me esquecesse do rosto de todo mundo?

E então me ocorreu. Meu celular. Eu tinha fotos no celular. Por que não tinha pensado nisso antes? Segurei o aparelho e abri rapidamente o álbum de fotos, quase chorando quando vi a primeira – Dani e Jane, de braços dados, em pé na frente do escaninho da Jane. Estavam vesgas e com as línguas para fora. Aquela foto havia sido tirada apenas alguns dias antes do tornado. Passei para a próxima – Jane e eu em uma pose semelhante –, e para a próxima, e a próxima e a próxima. Meus amigos, meus colegas de teatro, meus colegas de classe. Kolby mostrando seu novo boné, todos parecendo tão felizes, como se a vida fosse uma grande festa. Toquei os rostos na tela. Olhei para eles até que a imagem parecesse desfocada.

Com medo de piscar, com medo de que desaparecessem. Vi fotos e mais fotos, surpresa por haver tantas das quais não me lembrava.

Então, uma delas me fez congelar.

O jantar de aniversário da Marin no Pizza Pete. Ronnie havia tirado. Tinha uma pizza de pepperoni enorme em uma mesa de piquenique de madeira. Mamãe e eu estávamos sorrindo para a câmera, Marin fazendo sua careta de sempre, as bochechas cheias de ar e os dedos esticando os lóbulos das orelhas.

Fui inundada pela memória de nós três, mamãe, Marin e eu, de pé em frente ao espelho do banheiro, olhando nossos reflexos. Mamãe estava se arrumando para um encontro com Ronnie, e Marin e eu tínhamos entrado no quarto, como sempre fazíamos quando eles estavam se preparando para sair, como se a festa estivesse deixando a casa e nós não soubéssemos nos divertir sem eles.

Eu havia colocado Marin sobre a bancada para que ela pudesse ver o espelho, e observávamos enquanto a mamãe se maquiava, às vezes parando para levantar nosso queixo ou apertar nossos lábios ou virar nossas cabeças de um lado para o outro, apreciando nossa imagem.

– Você tem os olhos do seu pai – mamãe disse, sem mais nem menos, enquanto segurava o rímel no ar em frente ao próprio olho.

– Tenho?

Ela assentiu, voltando-se para seu reflexo e passando o rímel.

– Às vezes, quando olho para você, posso vê-lo de um jeito bem nítido.

Arregalei os olhos e a encarei.

– Isso é ruim?

– Claro que não. Ele é um homem muito bonito. Na verdade, na primeira vez em que o vi, foram os olhos dele que me atraíram. – Ela tampou o rímel e o colocou na bolsa de maquiagem, então procurou por outra coisa.

– Mas agora você o odeia – eu disse, pensando: *Como você pode olhar para mim sem me odiar também?*

Mamãe parou de mexer na bolsa e tocou meu queixo, virando meu rosto para que eu a encarasse.

– Eu odeio o que ele fez com a gente, mas isso não tem a ver com você. Nunca teve – ela disse. – É importante que se lembre disso. Você pode se parecer com ele, mas você é uma pessoa única e maravilhosa.

– Com quem eu me pareço? – Marin se aproximou, puxando as orelhas e enchendo as bochechas de ar, sua careta de macaco refletindo no espelho. Mamãe e eu rimos. Ela apertou as bochechas da Marin e o ar saiu fazendo um som de pum, o que fez minha irmã rir também.

– Você, queridinha – mamãe disse, brincando com o cabelo dela –, é a cara do seu pai. Que, aliás, está esperando por mim, então é melhor eu terminar aqui.

A lembrança era tão real. Como se a foto no celular quase tivesse ganhado vida. Lágrimas se acumularam nos meus cílios. Quando meu nariz começou a escorrer, funguei. Não queria continuar desmoronando assim, mas isso continuava acontecendo sem que eu me desse conta. Mamãe, Marin e eu brigamos muitas vezes. Isso é o que acontece quando se tem uma família. Já fizemos coisas ruins e xingamos umas as outras. Parei de falar com mamãe mais vezes do que poderia contar. Já havia dito até que a odiava.

Mas não eram essas as memórias que me assombravam. As lembranças que vinham à minha cabeça eram piores – eram dos momentos em que havíamos sido gentis, compreensivas, pacientes e generosas. Estas eram as que faziam meu coração doer, porque eu nunca mais teria a chance de construir outras lembranças assim.

De certa forma, eram as memórias mais cruéis.

Fechei o álbum de fotos e guardei o celular. Não conseguia mais olhar para aquelas imagens. Enxuguei o rosto com as costas das mãos, pensando em me levantar e pegar a bolsa da Marin. Faria um desenho dela com sua careta de macaco e escreveria MARIN É A CARA DO PAI DELA.

Mas, antes que eu pudesse me mover, a porta de tela se abriu, revelando um par de meias gastas sob jeans azuis amarrotados, com as barras enlameadas. Clay entrou na varanda sem camisa, com uma lata de cerveja na mão e arrotando alto. Deixou a porta bater atrás de si e puxou uma cadeira dobrável de trás de uma pilha de coisas, armando-a no chão em frente ao sofá.

– Então você é a Jersey – disse ele, com tanta indiferença que parecia estar jogando conversa fora com um estranho em um bar, e não encontrando a filha pela primeira vez em dezesseis anos.

Me endireitei no sofá, querendo me proteger, mas sem saber por que ou como. De repente, senti vergonha por ter deixado minhas calcinhas espalhadas pelo sofá, e torci para estar sentada sobre a maioria delas. Também senti vergonha de ter sido pega chorando, então funguei mais uma vez, esperando que não desse na cara. Ou que ele estivesse com ressaca demais para notar.

– Você mudou muito – ele falou, e me segurei para não rebater com: *Bem, quem diria. Não sou mais uma recém-nascida!* – Está parecida com a sua mãe.

– Ela sempre disse que eu me parecia com você – murmurei, meu polegar esfregando a barriga de porcelana do gatinho.

Ele riu alto e tomou um gole de cerveja.

– É mesmo? Bem, vai saber. Talvez você seja mesmo minha. Mulher louca.

– O que quer dizer?

Ele se inclinou para a frente, os cotovelos apoiados nos joelhos.

– Eu não era a única fonte da qual ela estava bebendo na época, sabe? Digamos que houve dúvidas sobre sua paternidade. – Ele exagerou na palavra "pa-ter-ni-da-de".

Me remexi no sofá, incerta se havia entendido exatamente o que ele estava tentando dizer. Aquele homem supunha que eu não era filha dele? Que mamãe tinha dormido com vários caras? Essa não era a mãe que eu conhecia. Ela sempre disse que costumávamos ser uma família, ela, Clay e eu, e que ele não cumpriu essa promessa.

– Não sei do que você está falando – respondi. – Ela nunca disse nada sobre isso. Estava ocupada demais tentando segurar as pontas antes de conhecer Ronnie.

Ele estava dando outro gole na cerveja, então parou e apontou para mim com a latinha, piscando o olho enquanto engolia.

– Esse aí é um idiota que eu gostaria de chutar – ele disse. – Mandando você pra cá como se fosse um casaco perdido que eu esqueci de trazer pra casa dezesseis anos atrás. Decidiu que ia foder comigo e com a minha família porque não quis lidar com você. Então, qual é a história aqui? Você é chata pra cacete ou algo assim?

Mesmo que por dentro eu não quisesse me dar ao trabalho de respondê-lo, percebi minha cabeça balançando veementemente.

– Não – eu disse. – Ele... – Mas não sabia como continuar. Não tinha uma desculpa para explicar por que Ronnie havia feito o que fez. Ainda estava com tanta raiva dele.

– Ele não queria mais você – Clay terminou por mim, e, mesmo que eu odiasse admitir, isso era o mais próximo da verdade que ele poderia chegar. Ronnie não me queria mais.

Clay olhou para o quintal e balançou a cabeça com tristeza.

– Então, pelo que sei – disse –, você estará no terceiro ano no ano que vem. E aí será dona da própria vida, vai seguir em frente. Acho que posso aguentar viver com você por um ano, suponho, contanto que não faça nenhuma merda. Sem bebês, sem drogas, nada disso. Mas, depois que se formar, será hora de ir. Não estou à procura de um longo reencontro, nem eu nem ninguém nessa casa. – Meu pai tomou outro gole da lata, amassando-a com a mão e arrotando em seguida. – E você precisa entender que as minhas duas meninas são prioridade para mim, ok? Você nunca vai estar no mesmo nível que elas. E me desculpe se é difícil ouvir isso, mas é a verdade. Estou sendo honesto, só para o caso de você ter grandes sonhos sobre justiça. A justiça se foi dezesseis anos atrás. Igual ao Elvis. – Ele riu da própria piada. – Sinto muito por você e tudo mais, porque o que aconteceu não foi sua culpa, mas você precisa entender que é tarde demais.

A porta se abriu e Tonette entrou, os dedos apertados em um par de sandálias de salto turquesa. O cabelo estava úmido, como se tivesse acabado de tomar banho, e seus peitos pulavam para fora de uma camiseta estampada com uma caveira brilhante.

Ela olhou para mim e para Clay, parecendo estar se divertindo, e entregou a ele outra cerveja. Depois, abriu uma para si mesma.

– Você é mais cheinha do que imaginei – disse. Ela percebeu que meu rosto havia ficado vermelho e me encarou, rindo como se aquela fosse a coisa mais engraçada que já havia dito, a boca molhada de cerveja e brilho labial.

– Não sou gorda – respondi, tentando não soar tão frágil quanto me sentia. Olhei de volta para as minhas mãos, esfregando a barriga lisa do gatinho.

– Não faça drama com isso – disse ela. – Não podemos ser todas supermodelos. Além disso, Clay disse que a sua mãe era meio rechonchuda, então faz sentido.

Eu a encarei, e Clay notou o gatinho na minha mão.

– O que você tem aí? – ele perguntou, e minha primeira reação foi esconder o gatinho. Envolvi-o com as mãos, cobrindo-o, o que era bobo, já que ele obviamente sabia o que havia ali.

Ele estendeu a mão. Lentamente, me inclinei e entreguei para ele, esperando que reconhecesse. Clay virou o gatinho e o examinou.

– Seis? – disse. – O que isso significa?

– Seis anos de idade – respondi, sem entender como ele podia não saber.

Ele bufou de novo e colocou o gatinho na mão esticada de Tonette.

– Você tem 6 anos agora? – ele perguntou.

– Foi o único que encontrei. Todos os outros quebraram – expliquei.

– Outros o quê?

– Gatos, sua anta – Tonette disse, batendo no braço dele com a mão que ainda segurava o gatinho. – Devia ter uma coleção. – Ela o devolveu para mim.

– Eu tinha – respondi, e uma sensação de confusão atravessou meu peito. – Você mandou um gato para cada aniversário meu, todos os anos.

Clay levantou uma sobrancelha.

– Eu?

Tonette olhou para ele, depois para mim, franzindo a testa como se o fato de o meu pai ter me enviado presentes no meu aniversário fosse uma traição pessoal a ela.

– Você mandou? – a voz dela ecoou.

– Não, eu não – ele respondeu a ela, não a mim.

Por um momento, pensei que talvez ele estivesse fingindo para evitar aborrecer Tonette. Talvez tivesse que enviá-los às escondidas para que a esposa não ficasse sabendo, e admitir agora significaria assumir dezesseis anos de traição. Então fiquei sentada lá, me sentindo desconfortável, com medo de dizer qualquer outra coisa.

– Não mandei – ele me disse, apontando para o gatinho. – Sua mãe provavelmente te deu e fingiu que vinham de mim.

– Mas eles chegaram pelo correio – falei. – Eu os abria sozinha na frente da mamãe.

– Talvez sejam de um admirador secreto – Clay disse –, porque com certeza não fui eu quem mandou. Inferno, talvez tenha sido o seu pai verdadeiro.

– Você é meu pai verdadeiro – murmurei, mas a dúvida estava começando a me incomodar. Clay poderia estar certo sobre a minha mãe? Ela teve... outros caras? Eu sou filha de um deles?

Claro que não, eu disse a mim mesma. Por que acreditaria em qualquer coisa que saía da boca daquele mentiroso, especialmente quando se tratava da minha mãe? Ele não a conhecia.

Ou pelo menos um de nós não.

– Bem, seja lá quem te deu, é melhor guardá-lo bem guardado. Se os meninos da Terry o encontrarem, vai ser usado nos treinos de beisebol – Tonette disse.

Mais uma vez escondi o gatinho nas mãos, que estavam suadas agora.

– Sim, senhora – respondi.

A porta de tela da varanda se abriu novamente e Terry colocou a cabeça para fora. Carregava, em um dos lados do quadril, o bebê, cuja blusa, ensopada de baba, estava colada no peito, e um cereal, grudado no queixo.

– Você vem ou o quê? – ela me chamou.

Levantei imediatamente e comecei a guardar minhas coisas na mochila, fechando o gatinho em um pequeno bolso na frente e torcendo para que ficasse seguro ali.

– Sai pra lá, Terry. Não está vendo que eu estou conhecendo minha filha perdida? – Clay disparou, e ele e Tonette começaram a rir, as cervejas nas mãos, a barriga dela sacudindo contra o tecido da roupa.

Coloquei a mochila cheia de roupas sobre um ombro e fui em direção à minha tia, deixando Tonette e Clay na varanda. Estava feliz por levar meus objetos de valor comigo. Tinha a sensação de que os filhos de Terry seriam a menor das minhas preocupações ali.

DEZESSEIS

– Sinto muito pela sua mãe – Terry disse enquanto examinava um short jeans de grávida. Ela estava em pé de frente para o armário aberto, jogando blusas e shorts no lugar onde eu estava sentada na cama. Eu definitivamente não ficaria estilosa, mas pelo menos teria roupas para me trocar. Finalmente. – Cuidar de crianças sozinha não é fácil. A ideia de que alguma coisa aconteça comigo, deixando meus meninos sozinhos, sem mãe, é um dos meus maiores medos.

Abaixei a cabeça, me perguntando se aquele também teria sido um dos medos da minha mãe. Teria ela imaginado que, se algo acontecesse a ela, Ronnie não me ajudaria?

– Pelo menos você tem o Clay. Deve servir para alguma coisa – Terry disse, encolhendo os ombros.

– Clay diz que não é meu pai verdadeiro – soltei.

Ela balançou a mão para mim.

– Não dê ouvidos a ele. Isso é o que ele diz para tentar se sentir melhor sobre o que aconteceu. É como fazem por aqui. Seu avô gosta de lembrar o Clay da possibilidade de ele não ser seu pai, mas esse é o jeito do Harold. Nunca acredita em nada até ver por si mesmo. É do tipo cético. É claro que o Clay é seu pai.

– E se não for? – perguntei, pegando uma blusa que Terry segurava diante do meu torso.

– Bem, pelo menos você tem um lugar para ficar – disse ela.

Mas isso seria o suficiente? Porque, no momento, eu sentia como se nunca fosse ser o suficiente. As pessoas precisam de mais do que um lugar para ficar, mais do que uma varanda para dormir. Precisam de um lar, certo? Precisam de amor.

– Sinto falta da minha mãe – eu disse, mal conseguindo murmurar as palavras. Sentia tanto a falta dela, e dizer isso em voz alta só me fez sentir como se tivessem arrancado um pedaço de mim. – Não consegui me despedir.

Ela me olhou com empatia.

– Éramos muito amigas quando ela e Clay estavam casados – disse. – Você sabia? – Neguei com a cabeça e ela assentiu, jogando uma camiseta para mim. – Nunca entendi como ela se envolveu com alguém como ele. Ela era gentil e muito inteligente.

Terry jogou mais algumas peças na cama e me disse para experimentá-las no banheiro, trazendo de volta o que não servisse. Mas eu não queria sair. Pela primeira vez desde que Kolby fora para Milton, senti que tinha uma aliada, alguém que se importava.

– Você me levaria ao funeral? – perguntei no impulso, antes que pudesse me segurar.

Ela pareceu surpresa.

– Os funerais ainda não aconteceram? – perguntou.

Balancei a cabeça.

– Tentei ligar para o meu padrasto ontem à noite para descobrir quando serão. Quando eu souber, você me leva?

Terry mordeu o lábio e olhou para o berço de Jimmy, como se a ideia de dirigir por três horas para o norte, até Elizabeth, fosse assustadora demais para ela. Como se fosse fazer mal ao Jimmy. Mas, alguns segundos depois, ela assentiu.

– Preciso ter certeza de que a mamãe pode olhar o Nathan e o Kyle – ela disse quase para si mesma. – Mas sim. Eu vou. Você merece a chance de dizer adeus. Seu padrasto não agiu certo mandando você pra cá sem ao menos te dar isso.

Tive que me segurar para não abraçá-la, e praticamente flutuei para fora do quarto. Experimentei tudo, sem nem me importar com o fato de que a maioria das roupas estava tão fora de moda que eu morreria de vergonha de usá-las na frente dos meus amigos.

Juntei todas as minhas roupas novas e fui para o porão, onde a frágil máquina de lavar acumulava teias de aranha num canto distante.

Nunca gostei de porões, e ficar presa em um sozinha enquanto o tornado mais mortal em quarenta anos passava pela minha casa não ajudou em nada. Mas ainda estava nas nuvens por conta da conversa com Terry, e o porão também era melhor do que o resto da casa, onde eu corria o risco de esbarrar na avó Billie, que ficava o dia todo sentada na frente da TV, comendo pipoca de uma tigela de plástico verde, ou em Clay e Tonette, que volta e meia ficavam debaixo do capô de um carro velho na garagem ou brigavam na cozinha.

Estava quase terminando de dobrar minhas roupas quando ouvi Nathan e Kyle invadirem a casa brigando, seguidos pelas vozes estridentes e exaltadas das minhas meias-irmãs. Escutei por um tempo, tentando entender as conversas, dobrando cada vez mais devagar à medida que esvaziava a máquina. Empilhei tudo em um cesto de roupas e estava prestes a levá-lo para cima quando, de repente, a única lâmpada do cômodo se apagou.

Num primeiro momento, eu congelei, o cesto pressionado contra o meu quadril. Senti o pânico crescer dentro de mim, o som das sirenes de emergência ecoando no meu cérebro. Ouvi as batidas do vento contra as janelas imundas e sujas e me encolhi, esperando que a próxima rajada, ou a seguinte, fizesse o vidro voar pelo ar, ou o telhado, ou o meu corpo.

Respirei fundo e engoli em seco, tentando não deixar minha imaginação vencer, tentando não deixar meu coração sair pela garganta, tentando não entrar em pânico. Afinal, é normal uma lâmpada se apagar no porão. Acontece o tempo todo. Nem todo porão escuro significa que um tornado está a caminho.

Coloquei o cesto no chão e fui para as escadas, tateando na escuridão. Eu iria subir e perguntar a avó Billie onde ela guardava as lâmpadas. Eu mesma a trocaria, e então, da próxima vez que precisasse lavar roupa, saberia que era nova. Ela provavelmente ficaria feliz por me dar mais uma tarefa. Mas, quando cheguei ao topo da escada, a porta não abriu.

– Olá? – chamei, forçando a maçaneta de novo. Ela girou, mas a porta não se moveu. – Oi? – chamei mais alto, batendo na porta. Pensei ter ouvido alguém se movendo do outro lado. Ou seria o som abafado de uma tempestade chegando?

Procurei pelo interruptor nas paredes, mas não consegui encontrá-lo. Então, lembrei que ficava na parede da cozinha, do lado de fora do porão. A lâmpada não tinha queimado; alguém havia apagado.

– Olá? – chamei novamente, minha voz agora soando quase como um grito. Senti a eletricidade no ar e a sensação de estar com algodão nos ouvidos, como se eles fossem estourar. Não sabia se era minha imaginação, mas não importava. Na minha cabeça, eu estava mais uma vez no meio de uma tempestade que certamente me destruiria. Bati na porta. – Tem alguém aí?

Dessa vez, tive certeza de que havia alguém rindo do outro lado. Girei a maçaneta e empurrei a porta novamente, mais forte. Ela começou a se abrir e então fechou, como se alguém estivesse jogando seu peso contra ela.

– Lexi? Meg? Vamos, me deixem sair! – gritei. Com o coração disparado, meus olhos se recusavam a se ajustar à escuridão. E se não fosse uma delas, mas sim uma cadeira ou algo preso sob a maçaneta da porta? – Me deixem sair! – gritei novamente.

Girei a maçaneta e empurrei mais forte. A porta abriu cerca de três centímetros e depois fechou de novo. Sirenes tocavam na minha cabeça, aumentando e diminuindo, aumentando e diminuindo, me deixando tonta e enjoada.

– Me deixem sair!

O sol se escondeu atrás de uma nuvem e o porão escureceu, ainda que meus olhos continuassem tentando se ajustar. O pânico fez minha pele formigar. Coloquei o ombro contra a porta e empurrei com toda força. Ela finalmente cedeu, a luz da cozinha inundando meu rosto. A porta se abriu tão bruscamente que a maçaneta entrou na parede, o estrondo reverberando pela casa.

Lexi estava ao lado do fogão, as mãos sobre a boca. Parecia estar rindo antes, mas agora olhava enquanto eu, parada no topo da escada do porão, tentava recuperar o fôlego, meus braços esticados e imóveis. Meg estava parada perto da irmã e parecia incrédula, a boca aberta e os olhos arregalados.

Lexi e eu nos encaramos por um momento. Então, todos na casa pareceram largar o que estavam fazendo e foram correndo até nós. Tonette chegou primeiro, Clay surgindo logo atrás dela.

– Que porcaria aconteceu aqui? – ele perguntou para Lexi, mas ela simplesmente apontou para mim, uma mão ainda pairando sobre a boca. Ele se virou para mim, o rosto vermelho de raiva: – O que está acontecendo aqui?

– Elas não me deixaram sair – eu disse, minha voz soando estridente e chorosa. – Apagaram a luz.

Avó Billie correu e ficou entre nós, olhando de um lado para o outro como se estivesse pronta para castigar, mas sem saber ao certo para quem iria o castigo. Harold apareceu atrás dela e foi imediatamente até a porta, puxando-a da parede.

– Tem um buraco na maldita parede – disse ele, e Billie correu para ver o dano. – Furou o maldito papel de parede.

– Não tive a intenção – eu disse. – Estava com medo. Estava escuro. Tonette revirou os olhos.

– Você tem medo do escuro? Quantos anos você tem? Cinco?

– Não – respondi. – O tornado...

– E lá vamos nós com a história do tornado. Fantástico, Clay – disse ela. – Sua filha está traumatizada.

– Por que está gritando comigo? – ele falou alto, os ombros encolhidos e as mãos abertas.

– Sinto muito – disse ao meu pai, que agora me encarava. – A culpa foi delas por me prenderem lá.

– Só estávamos brincando – Lexi fingiu inocência, seu teatrinho me dando um nó no estômago.

Clay olhou de Lexi para mim, as mãos agora fechadas ao lado do corpo. Respirava lentamente pelas narinas dilatadas.

– Você vai ter que consertar essa parede, Clay – avô Harold disse, e me encolhi sob os olhares que senti vindo dele e da avó Billie. Avô Harold analisou a cozinha: – Acho que vai ter que trocar o papel de parede da cozinha inteira.

– Sempre acontece alguma coisa nesse lugar – minha avó disse, e saiu apressada, como se a tensão naquele cômodo fosse demais para ela.

Por fim, Clay apertou os lábios com tanta força que ficaram brancos. Virou o rosto para o teto e xingou "Filho da puta!". Pareceu lutar contra a indecisão por alguns segundos, seu corpo se virando de um lado para o outro. Então desistiu e saiu pisando forte.

Odiava o fato de que Lexi e Meg estivessem me vendo ficar assustada com o ataque de raiva do Clay. Mas, quando me voltei para elas, notei que pareciam meio assustadas também, e me perguntei se elas tiveram que suportar muitos momentos como aquele. Se era por isso que estavam tentando tão insistentemente me puxar para uma espécie de disputa. Elas realmente me odiavam ou queriam me usar para desviar a atenção do Clay?

– Boa, órfã – disse Meg, com um sorriso.

Não me preocupei em responder. Apenas saí, esquecendo as roupas limpas, que ainda estavam no porão. Esquecendo Meg, Lexi, o buraco na parede e meu avô, que continuava de pé, pressionando a fenda com as pontas dos dedos secos. Esquecendo tudo, menos de fugir.

DEZESSETE

Entrei na varanda e tirei minha mochila de trás do sofá. Minhas mãos tremiam, e eu ainda podia ouvir o som distante de uma sirene ecoando na minha cabeça. Me odiava por deixar aquelas garotas me atingirem. Me odiava por estar com medo. Mas, principalmente, odiava estar ali. Queria ir embora.

Peguei meu celular e liguei para Ronnie. Ele não atendeu. Esperei cair na caixa postal. "Ronnie", eu disse, e, como se alguém tivesse me dado um soco na barriga, de repente não conseguia respirar. Foi como da vez em que Marin caiu e se machucou quando ainda era bebê. Deu para ver que foi sério pela maneira como ela chorou. Quando ela chorava imediatamente, não costumava ser nada; bastava fingir que nada havia acontecido que ela se levantava e seguia em frente, feliz. Mas, quando havia uma pausa – especialmente uma pausa longa –, dava para saber que era grave porque significava que as lágrimas tinham obstruído sua garganta. Então, quando ela respirava de novo, era preciso cobrir os ouvidos, pois o grito que vinha em seguida era estridente. Minha garganta havia se fechado desse mesmo jeito, e tive que esperar meus pulmões voltarem à vida para conseguir terminar a mensagem. "Ronnie", implorei. "Por favor. Por favor, me deixe voltar. Eles me odeiam aqui. São pessoas ruins, querem que eu vá embora, e estou com medo. Por favor, Ronnie. Mamãe não iria me querer aqui. Iria me querer com você. Por favor, pelo menos me deixe ir aos funerais. Me diga quando serão. Consegui uma carona. Você nem precisa vir me buscar."

O correio de voz apitou, avisando que eu havia excedido o limite de tempo. Pensei em ligar novamente. E de novo e de novo, deixando a mesma mensagem repetidamente, implorando até que ele cedesse, algo que Marin costumava fazer às vezes. E Ronnie sempre cedia, então talvez cedesse a mim também. Talvez ele encontrasse em seu coração uma forma de deixar que as coisas fossem do meu jeito, pelo menos dessa vez.

Mas, em vez de ligar para Ronnie de novo, decidi ligar para Dani.

– Ei, Jers, beleza?

Segurei o choro, tentando parecer feliz e animada por estar falando com ela, mas ouvir sua voz só fez com que as lágrimas caíssem. Ela parecia bem, como se sua vida estivesse normal. Era injusto, e eu sentia falta dela e queria que a minha vida estivesse normal também.

– Oi – respondi.

– Está tudo bem? Você não parece bem.

– Não estou.

– O que está acontecendo?

– Eu odeio aqui. Quero voltar para casa. – Eu sabia o quão ridículo isso soava. Não havia uma casa para onde voltar.

– Está tão ruim assim? – ela perguntou, então contei sobre Meg e Lexi, sobre Clay ter alegado que não era realmente meu pai, sobre Tonette ter dito que eu era gorda e sobre as garotas terem me prendido no porão.

– Continuo tentando ligar para Ronnie, mas ele não atende – eu disse.

– Você perguntou para a sua mãe se vou poder ficar com vocês?

Dani ficou em silêncio por um momento, e eu a conhecia bem o suficiente para saber que ela provavelmente estava enrolando a ponta do cabelo ruivo ao redor de dois dedos nervosos, a testa franzida, os dois dentes superiores cravados no lábio inferior, enquanto tentava descobrir a melhor forma de me dar uma má notícia.

– Ela conversou com o Ronnie – começou ela. – Jers, ele está mal. Mamãe disse que é tudo muito triste, mas que ela não pode se envolver porque não é sua parente e não quer entrar em algum tipo de disputa por custódia. Ela disse que vai levar algum tempo para você se acostumar e que é normal ficar com saudades de casa, mas que você vai superar isso e que estar com o seu pai biológico provavelmente é o melhor para você agora.

– Ela não o conhece – falei, com raiva. – Ele é um alcoólatra nojento. E é uma pessoa ruim. Grita comigo, e seu rosto fica muito vermelho quando está bravo. Tenho medo dele. Tenho medo do que ele fará em seguida. Diga isso a ela. Diga que estou dormindo do lado de fora da casa e que ouço coiotes a noite toda. Ninguém vai brigar pela minha custódia porque ninguém quer ficar comigo. Principalmente ninguém aqui.

– Talvez não seja tão ruim quanto você pensa – Dani respondeu. Ela parecia desconfortável, como se estivesse tentando encontrar uma desculpa. – Quero dizer, eu sei que dói ser chamada de gorda, mas não é como se você estivesse correndo perigo.

– Você não entende – eu disse, desgostosa. – Você não precisa morar numa varanda. Você... – Não terminei a frase. *Você tem mãe.*

– Eu sei. Você está certa. Sinto muito, Jers, de verdade. Talvez ela mude de ideia. Vou continuar tentando.

– Obrigada – respondi. – A energia voltou?

– Voltou ontem à noite. O que foi bom, porque nossos celulares estavam sem bateria, mas muitas pessoas ainda estão sem sinal. Sabe-se lá quanto tempo vai demorar para consertarem todas as torres. Temos ar-condicionado de novo, graças a Deus, porque parecia estar fazendo quarenta graus hoje. Mas estão dizendo que vai levar mais uma semana até que consigam religar a energia de todo mundo. Não que isso realmente importe no lado sul da cidade. Afinal, de que adianta ter eletricidade quando não se tem uma casa?

Pensei na nossa casa. Em Ronnie a reconstruindo, e vivendo lá sozinho.

– Teve notícias da Jane? – perguntei.

– Não, mas a Josie Maitlin disse que a casa dela foi totalmente destruída, assim como a sua. Josie não tem certeza, mas acha que Jane pode ter ido para Kansas City ficar com a família.

Suspirei aliviada. No geral, Josie Maitlin era uma fonte inesgotável de fofocas tóxicas, mas pela primeira vez ela estava dando boas notícias. Jane havia conseguido sobreviver ao tornado.

– E ela está bem?

– Josie acha que ouviu alguém dizer que ela se machucou, mas não tem certeza. Ninguém tem certeza de nada sobre ninguém agora. Estamos todos acreditando no que ouvimos. Algumas pessoas têm se encontrado na biblioteca, porque é onde tem energia elétrica, computadores e outros recursos. Vi algumas pessoas do clube de teatro lá ontem. Foi um verdadeiro chororô.

Senti uma pontada no peito. Queria tanto estar lá. A mãe da Dani estava errada; eram aquelas as pessoas de quem eu mais precisava agora, não o malvado e bêbado Clay Cameron.

Conversamos um pouco mais, os mosquitos surgindo e me importunando à medida que a noite se aproximava. Estava com fome e me perguntava se seria bem-vinda para jantar com todo mundo, ou se ainda estariam bravos comigo.

Finalmente, Dani teve que ir. Mas, antes de desligar, ela disse:

– Tem mais uma coisa.

– O quê?

Ela fez uma pausa e acrescentou:

– Você não vai gostar disso.

– Só fala logo.

– Ok. Então... minha mãe contou que o Ronnie disse a ela que seria muito difícil para você ir aos funerais. Que ele não quer te causar mais sofrimento.

A raiva invadiu meu corpo.

– Como se ele já não tivesse causado sofrimento o suficiente! Ele realmente acha que vou parar de sofrer se não for aos funerais? Como? Vou esquecer que elas morreram?

– Eu não sei – disse ela. – Minha mãe tentou explicar que seria errado fazê-los sem você lá, mas ele disse que você já tinha passado por coisa o suficiente e que não ia mudar de ideia sobre isso.

– Bom, problema dele – eu disse. – Tenho uma carona e ele não pode me impedir de aparecer. Quando vai ser?

Houve uma longa pausa, e nem precisei que Dani respondesse. No fundo, eu já sabia o que ela ia dizer. Mas, quando ela voltou a falar, suas palavras foram como um soco no meu peito.

– Foi esta tarde.

Ela continuou, dizendo algo sobre as flores e as pessoas e sei lá mais o quê, mas eu já havia parado de ouvir. Mamãe e Marin tinham morrido, tinham sido enterradas, e eu não estava lá para dizer adeus.

– Você tá aí? Jers? Eu sinto muito. Queria te contar, mas a minha mãe não deixou. Disse que não era nosso papel.

Pressionei meus dedos contra a testa.

– Eu tenho que ir – murmurei, ainda tentando entender como minha melhor amiga podia ter escondido aquilo de mim, independentemente do seu "papel". Afinal, o que é um "papel" quando se trata de uma mãe morta? Nada. O "papel" dela era ajudar a amiga.

– Posso te ligar se minha mãe mudar de ideia? – Dani perguntou.

– Sim – respondi, sentindo meus lábios dormentes. – Mas não sei quanto tempo vai levar até o meu número ser bloqueado. Com certeza ninguém aqui vai pagar a conta.

– Não se preocupe, Jers, tudo vai dar certo de algum jeito. Tem que dar, não é?

Não tinha certeza se ela estava falando sobre a conta de telefone, sobre os funerais, sobre a minha mãe ou sabe-se lá sobre o que mais, então só concordei e desliguei. Sentia meu corpo se desfazendo, um pedacinho de cada vez.

Antes de guardar o celular, liguei para Jane, mas, como de costume, ela não atendeu.

– Ei, Jane, é a Jersey – falei para a caixa postal. – Queria que você soubesse que estou bem, mas estou morando em Caster City com o meu pai. Minha mãe e Marin morreram no tornado e meu padrasto não está bem. Ouvi dizer que você está em Kansas City e que talvez tenha se machucado. Espero que esteja bem. Ligue pra mim assim que puder. Não sei por quanto tempo vou ter um telefone. Estou com saudade.

Desliguei, com esperanças de que ela me ligasse antes que fosse tarde. De repente, parecia que esse seria o destino de todas as minhas relações: eu não teria a chance de dizer adeus. No início, eles se perguntariam como eu estava, mas, depois de um tempo, parariam de pensar tanto em mim. Seguiriam em frente. Até que um dia me esqueceriam completamente. Quando não vemos, não lembramos mais.

Uma coisa é perder as pessoas que amamos. Isso acontece com todo mundo. Mas perdê-las simplesmente porque você desapareceu... Isso é bem diferente.

Eu não queria desaparecer.

Pensei em guardar o celular na mochila, mas então decidi que, se ia perder o contato, queria falar com Kolby mais uma vez para agradecê-lo por me ajudar quando eu não tinha nada. Ou talvez simplesmente para ouvir sua voz. Sentia falta dele.

Disquei.

– Alô?

Tomei um susto. Esperava ouvir a voz de Kolby, mas quem atendeu foi sua irmãzinha.

– Tracy?

– Sim. Quem é?

– É a Jersey. Kolby está aí?

– Não.

– Ah. Você sabe quando ele volta?

Houve alguns ruídos abafados de movimento. Escutei o que parecia ser a voz da mãe dela ficando mais baixa até desaparecer, e então ouvi Tracy respirando ao telefone. Finalmente, ela respondeu:

– Não, ele está no hospital.

Não era o que eu esperava ouvir.

– O quê? Por quê? O que aconteceu?

– Não é nada de mais, eu acho. Ele está com algum tipo de infecção no braço, no lugar onde se cortou. Os médicos disseram algo sobre ter sido causada por um fungo e querem ter certeza de que está tudo bem. Está bem nojento.

Me lembrei de como eu havia envolvido o braço dele com aquela bandana, tentando manter a ferida limpa, e imediatamente me senti culpada. Estava ligando para agradecê-lo por ter cuidado de mim naqueles primeiros dias, mas ele estava no hospital porque eu não tinha cuidado dele direito.

– Ele vai ficar bem? – perguntei.

– Sim, você conhece o Kolby – respondeu ela. – Tenho certeza de que vai sair dessa.

– Certo – eu disse. – Vou ligar novamente. Diga a ele que estou torcendo para que melhore logo.

– Ok, Jersey.

Desliguei e comecei a pensar em como todos nós tínhamos sido afetados de forma aleatória pelo tornado. Eu havia perdido tudo. Jane estava desaparecida. Kolby estava no hospital. Dani estava superbem. Não fazia sentido.

Guardei o telefone na bolsa da Marin e peguei um chiclete. Mastiguei, minha boca se enchendo de água ao sentir o sabor, e pensei em todas as vezes que chamei Marin de chata, que a fiz se sentir indesejada, exatamente como eu estava me sentindo agora. Saber que não te querem faz com que você se sinta a pessoa mais solitária do mundo, e se eu pudesse ter mais um momento com Marin, me asseguraria de dizer a ela que aquilo não era verdade. Ela não era uma chata. Eu a amava. Ela era querida. Mais do que podia imaginar.

Não havia nada para desenhar naquele pedaço de papel. Somente uma mensagem, então a escrevi em letras maiúsculas: MARIN NÃO É CHATA. Depois, dobrei o papel e o guardei com os outros no bolso de zíper, gostando da maneira como eles balançavam lá dentro, brilhando felizes para mim.

Sem saber o que fazer em seguida, tirei o batom da bolsa, girei-o até em cima e o cheirei. O perfume me lembrou imediatamente da mamãe, que certa noite resolveu dar o batom para a Marin sem que ela estivesse esperando.

– Marin – mamãe disse, segurando o pequeno tubo na palma da mão. – Acho que essa cor não fica muito bem em mim. Você quer?

Eu não usava batom, e minha mãe sabia disso. Mas minha irmã amava se maquiar. Fazia qualquer coisa para se sentir mais adulta, mais parecida com a mamãe.

Marin, que estava sentada na outra ponta do sofá, levantou-se na mesma hora, tirando o polegar da boca e arregalando os olhos.

– Sim! – ela gritou, correndo por cima de mim com a mão estendida.

Mamãe colocou o batom na mão dela cuidadosamente e advertiu:

– Só pode usar dentro de casa, ok?

– Ok, mamãe – respondeu Marin, abrindo a tampa do batom e olhando muito séria para dentro do tubo. – É só para ocasiões especiais.

Então, correu e o guardou em sua bolsa. Nunca o usou. Nem uma só vez. Marin, que amava batons mais do que tudo, manteve aquele especial, como prometeu.

Uma vez perguntei a ela por que nunca o usava.

– É especial – ela respondeu. – Gosto dele afiado.

Entendi o que ela queria dizer. Ela gostava do jeito que o batom formava uma ponta. Gostava de como era novo.

Passei um pouco nos lábios e os pressionei, espalhando ao redor. Então o fechei rapidamente, com medo de que, se eu o deixasse aberto por muito tempo, fosse perder o cheiro da minha mãe para sempre. Com seu rosto já se apagando da minha memória, não podia me dar ao luxo de perder outras partes dela. Passei a língua nos lábios e gostei da sensação da cera lisa contra ela, gostei daquele gosto.

Procurei um pouco mais dentro da bolsa até achar o baralho, então espalhei as cartas para jogar algumas partidas de Camaleão.

Joguei até a casa ficar completamente escura, à exceção do azul constante da televisão na sala de estar, que cintilava na varanda. Escondi a bolsa da Marin e entrei.

Fui até o banheiro na ponta dos pés, me esforçando para ser o mais silenciosa possível, esperando passar despercebida. Mas na volta, quando passei pela sala de estar, a voz da avó Billie se sobrepôs ao som das risadas de algum seriado que ela estava assistindo.

– Não sei se você acha que vai ficar sem lavar a louça hoje à noite por causa daquela cena com a porta, mas não vai – disse ela.

Com um suspiro, fui para a cozinha e me dirigi à pia, que transbordava de louça suja. Eles deviam ter feito um banquete. Enchi a pia com água e comecei a esfregar, ouvindo a vozinha de Marin na minha cabeça, cantando a música que ela sempre cantava no banho: "B é de bolha. Bolha, bolha, bolha...".

Fiz uma nota mental para me lembrar de desenhar aquilo num papel de chiclete mais tarde. Não queria esquecer a música da bolha.

Quando terminei, abri a geladeira e analisei o que havia lá dentro. Eu não fazia ideia do que tinha sido o jantar, mas o que quer que fosse, não havia sobrado. Então, fiz um sanduíche e cortei algumas fatias de pepino. Não sabia se os ingredientes tinham dono, mas aquelas pessoas não podiam me matar de fome. E se ninguém ia cuidar de mim, eu teria que fazer isso e lidar com as consequências.

Assim que me sentei com o meu prato, ouvi o som de passos nas escadas de madeira do porão. Tia Terry apareceu no topo segurando o cesto de roupas que eu havia deixado para trás mais cedo. Ela estendeu os braços para mim.

– Trouxe suas roupas para cima – disse, colocando o cesto na mesa ao meu lado.

– Obrigada.

– Ouvi o que aconteceu essa tarde. – Ela puxou uma cadeira e se sentou. – Clay está todo chateado porque vai ter que trabalhar um pouquinho. Vai ser bom pra ele.

Limpei a boca com a mão e coloquei o sanduíche no prato.

– Só queria sair do porão, mas acabei surtando. É bobagem, eu sei.

Terry fez que não com a mão.

– Não é bobagem. Eu entendo. Olha, não acredite em tudo o que eles dizem. – Ela passou a unha na lateral do cesto, acompanhando o desenho dos quadrados. – Lexi e Meg só estão com ciúmes de você.

– Com ciúmes? De mim? – Pensei no que eu tinha que poderia causar ciúmes. Elas eram mais bonitas, tinham mãe e pai e, pelo que eu havia visto, tinham todos na casa (exceto Terry, talvez) na palma das lindas mãozinhas delas.

– Talvez seja mais correto dizer que elas se sentem ameaçadas por você. Acham que vai roubar o pai delas.

Respirei fundo.

– Sinto que ninguém me quer aqui.

– E não querem – disse ela. – Mas talvez isso mude. Nunca se sabe. Coisas mais estranhas já aconteceram por aqui.

Mas algo me dizia que aquilo não ia acontecer. Mesmo se Lexi e Meg descobrissem um jeito de ignorar completamente a minha existência, elas nunca mudariam, pelo menos não de verdade. Se eu queria fazer amizades, estava no lugar errado.

– Tenho que ir para a cama – disse Terry, levantando-se da mesa com um grunhido. – Ah, você descobriu algo sobre os funerais? Vão ser logo?

Neguei com a cabeça.

– Eu os perdi.

Ela ficou imóvel, e quase derreti sob seu olhar de pena.

– Oh – disse ela. – Eu sinto muito. – Então, aparentemente incerta sobre o que dizer em seguida, calou-se e desapareceu no corredor em direção ao quarto.

Comi meu sanduíche em silêncio, odiando a forma como tudo na minha vida de repente podia se resumir à frase "Oh, eu sinto muito". Ao terminar, lavei meu prato, vesti um pijama da Terry e voltei para a varanda, me sentindo o cachorro da família.

O ar estava leve e fresco, típico de uma noite de verão. Uma por uma, enrolei minhas novas roupas limpas e as coloquei na mochila, que guardei no cantinho atrás do sofá junto com a bolsa da Marin.

Então, me enrolei no cobertor e escutei os sons da noite ao meu redor – gafanhotos, sapos, cigarras e cães latindo. Mesmo sabendo que aquela era minha nova realidade, tentei não pensar nisso.

Ninguém viria me salvar. Ninguém iria me proteger. Era tudo por minha conta agora.

DEZOITO

Nas semanas que se seguiram, criei uma rotina na casa dos meus avós. Levantar, me esgueirar para o chuveiro, me vestir, lavar a louça do café, comer. Voltar lá pra fora, arrumar a cama, jogar cartas, pensar na mamãe e na Marin e passar o mais despercebida possível até a noite cair, esperando que ninguém viesse me incomodar enquanto eu estivesse dormindo.

Ignorar minhas meias-irmãs.

Ignorar meu pai e minha madrasta.

Ignorar os grunhidos e as ordens dos meus avós.

Ignorar, ignorar, ignorar.

Escrevi um monte de papeizinhos novos.

O CABELO DA MARIN BALANÇA QUANDO ELA CORRE.

EU CHAMO A MARIN DE "PONTINHAS", PORQUE ELA ANDA NA PONTA DOS PÉS.

MARIN SABE TUDO SOBRE GOLFINHOS.

OS OLHOS DA MARIN BRILHAM QUANDO ELA DANÇA.

MARIN É UMA PRINCESA DE VELUDO LARANJA E PRETO.

MARIN CANTA NO BANHO.

MARIN GOSTA MAIS DOS PICOLÉS VERMELHOS.

MARIN SABE ANDAR DE PATINS.

OS CÍLIOS DA MARIN SÃO MUITO LONGOS.

Para cada papelzinho, havia uma lembrança tão doce, tão vívida, que pensei que meu coração fosse se partir em dois. Não dizer adeus a elas mexeu comigo, fez com que eu me fechasse, com que me afastasse de tudo. Parei de conferir se havia mensagens no meu celular. Parei de ligar para Dani. Parei de me importar com o que tinha acontecido com Ronnie ou com qualquer um que não fosse eu. Na minha cabeça, nem Ronnie estava sofrendo tanto quanto eu, porque pelo menos ele pôde ir aos funerais, e nem isso eu tinha conseguido.

Então, abracei meu sofrimento. Transformei-o em algo sólido e feio e comecei a carregá-lo dentro de mim.

– Ei – ouvi alguém chamar certa manhã enquanto eu, sentada no meu sofá com o olhar soturno, observava o mundo através das pontas úmidas do meu cabelo. Toquei a pele seca dos meus calcanhares, amaciada pelo banho, e me desliguei da realidade, os pequenos quadrados da tela da varanda ficando cada vez maiores sob os meus olhos. Tia Terry saiu para a varanda e sentou-se numa cadeira de jardim, a mesma que Clay havia puxado naquela primeira noite e que ninguém se incomodou em guardar de volta. – Não converso com você há dias. Está tudo bem?

Desviei o olhar do quintal e pisquei, seu rosto se transformando em uma sombra roxa devido à luz gravada na minha retina momentos antes.

– Na verdade, não – respondi.

– Tem visto seu pai ultimamente?

Neguei com a cabeça. Andava evitando Clay e, especialmente, Tonette, desde que ela havia gritado comigo por "pegar o último hambúrguer" na única noite em que tentei jantar com a família.

"Sabia que tem outras pessoas pra comer também?", gritara ela.

Por que eu deveria?, eu quis responder. *Quem está pensando em mim? Quem está se certificando de que eu coma alguma coisa?*

– Ele ao menos veio ver como você está? – Terry perguntou, referindo-se novamente ao Clay.

– Não, mas prefiro assim – eu disse. – Quando ele vem aqui, sempre grita comigo. Tonette também.

No fundo, eu esperava que Terry discordasse de mim. Que me dissesse que gritar era só o jeito da Tonette, ou que Clay era o tipo de cara que não demonstrava sentimentos, ou, ainda pior, que dissesse a mesma coisa que a mãe da Dani: que levaria um tempo para eu me acostumar. Mas ela não disse nada, pois sabia que eu estava certa.

– Você precisa de uma mãe – ela falou então, bem baixinho.

Dei de ombros, anestesiada, e arranquei um pedaço de pele morta do meu calcanhar, deixando-o cair no chão gasto de madeira. Sim, eu precisava de uma mãe. Mas minha mãe se fora, e ninguém poderia tomar o lugar dela. Fim.

– Que seja – respondi. – Não importa.

– Eu não posso ser sua mãe, você sabe. Na maior parte do tempo, não consigo nem cuidar dos meus filhos – acrescentou Terry.

– Eu sei.

– E Billie não é uma boa mãe, pode acreditar no que estou dizendo.

Eu não duvidava dela. Já tinha visto o tipo de mãe que Billie era.

– Eu sei.

– E Tonette mima essas garotas. Não faz ideia de como elas realmente são, de tão cega.

Dei de ombros novamente. Não importava o que Tonette achava ou não daquelas garotas. Só importava o que ela achava de mim.

– Olha, não tenho muito dinheiro, mas que tal irmos até a cidade para cortar o cabelo ou algo assim? – perguntou Terry.

– Cortar o cabelo? – repeti, sem entender.

Ela deu de ombros, e um sorriso tímido surgiu em seu rosto.

– Sou mãe de garotos. Cortar o cabelo é o melhor que posso fazer com uma garota.

Me ocorreu então que ninguém mais se preocuparia em perguntar se eu precisava ou não cortar o cabelo. Ou ir ao dentista. Ou estudar, ou aprender a dirigir, ou comer na hora certa, ou fazer qualquer uma das coisas que estava acostumada a ser lembrada de fazer. Agora era tudo por minha conta, e esse era, ao mesmo tempo, um pensamento empoderador e assustador pra caramba.

– Ok – concordei, minhas mãos indo automaticamente para a parte de trás do meu cabelo. – Estou precisando cortar o cabelo.

Terry deixou os meninos com Billie e fomos até o carro que Harold havia usado para me buscar na pousada. Era a primeira vez que eu saía de casa desde que chegara. Sentei no banco da frente segurando a bolsa da Marin no colo – mais por hábito do que por necessidade –, e fiquei maravilhada com o quão perto do centro da cidade a casa ficava. Na minha varanda, me sentia tão longe do resto do mundo. Com cinco ou dez minutos de caminhada eu chegaria até o primeiro posto de gasolina, e com outros cinco chegaria ao pequeno cinema. Outros cinco me levariam a praticamente qualquer lugar para onde eu quisesse ir. Que estranho me sentir tão isolada quando a civilização estava literalmente ao meu redor.

Terry entrou em um centro comercial e estacionou em frente a um salão chamado Cortes & Cores da Carrie. O cheiro de dentro da loja me transportou para tantos lugares diferentes do meu passado que senti como se estivesse sendo puxada para longe. Puxada para as vezes em que estive com mamãe, esperando, apreensiva, pela revelação de uma nova cor ou de um novo corte de cabelo. Para as vezes em que levamos Marin para fazer suas unhas minúsculas. Para quando fui com Dani e a mãe dela na pedicure, ou em que esperei Jane fazer luzes no cabelo.

A última vez em que eu estivera num salão de beleza foi no fim de semana antes do tornado, quando arrumei meu cabelo para o baile da escola. Dani, Jane e eu havíamos decidido ir como os pares uma da outra, mesmo que Dani tivesse sido convidada por três garotos diferentes e que Jane tivesse meio que começado a sair com um garoto que conhecera nos ensaios da orquestra em abril. Eu, provavelmente, teria pedido a Kolby para ir comigo.

Mas havíamos concluído que o baile dos alunos do último ano é que era para encontros, jantares românticos e passeios chiques. Já o baile dos alunos do segundo ano era para diversão. E aquele havia sido o nosso ano da "diversão".

Todas nós saímos. Vestidos grandes que encostavam no chão, recheados com tules que nos engoliam quando nos sentávamos. Manicure e pedicures caras, sapatos brilhantes que arrancávamos dos pés no segundo em que pisávamos na pista de dança, ignorando-os pelo resto da noite, e jantar no Froggy's, onde jogávamos videogame enquanto esperávamos pela comida.

Tinha sido tão divertido.

E eu tinha me esquecido completamente disso até sentir o cheiro forte dos produtos para permanentes, tintas de cabelo, esmalte, acetona e cola. Minha antiga vida estava tão distante. Tinha acabado. Como se a destruição do tornado nunca fosse terminar. Havia destruído meu presente, devastado meu futuro e, agora, também estava exterminando a minha memória, fazendo com que me esquecesse de como era a vida antes de tudo aquilo.

— Posso ajudá-las? — perguntou uma mulher de cabelo cor-de-rosa, olhando por cima de uma enorme bancada de mármore.

— Gostaríamos de cortar o cabelo – disse Terry. – Pode ser com quem estiver disponível.

A mulher passou a ponta brilhante da unha por uma agenda, depois chamou por cima do ombro:

— Jonas, você tem tempo para fazer dois cortes de cabelo?

– Sim – alguém respondeu, e a mulher fez sinal para que Terry fosse na direção da voz.

– Vamos – disse Terry, segurando a manga da minha camiseta entre os dedos. – Você pode me ajudar a decidir o que fazer. Não corto meu cabelo no salão há uns dez anos. Sempre peço para Billie cortar.

Fomos até as cadeiras do salão, onde um homem todo vestido de preto e com os cabelos praticamente pingando gel nos analisou por cima de um par de óculos de armação redonda.

– Senhoritas – cumprimentou ele. – Quem vai primeiro?

Apontei para Terry e ela se sentou na cadeira, observando, acanhada, sua imagem no espelho. Seu cabelo era longo, fino e ia até o meio das costas, dividindo-se em mechas cheias de pontas duplas. Jonas passou os dedos pelos fios, analisando.

– Como vai querer? – ele perguntou, e Terry olhou para mim com cara de interrogação, quase entrando em pânico.

Encolhi os ombros.

– O que você quer? Curto?

Ela riu.

– Não sei. Nunca fiz isso antes. – Ela voltou a se olhar no espelho e estudou seu reflexo, virando a cabeça para um lado, depois para o outro. – É. Ok. Pode ser curto. – Ela me olhou novamente. – Algo divertido, certo? Uma mudança. Uma nova eu. – Ao dizer isso, estendeu o braço e apertou minha mão. Foi uma sensação tão estranha que quase me desvencilhei dela, mas consegui me segurar. – Nós duas precisamos nos reinventar, não é?

Concordei com a cabeça. Por que não? Terry estava absolutamente certa. Não tinha sido escolha minha me reinventar. Tudo tinha sido empurrado para mim, e isso era uma droga. Mas ali estava eu, em péssimas circunstâncias. Aquela era a minha vida agora. Por que não criar uma nova Jersey? Recomeçar? Quem iria notar, afinal?

– Vamos pintar também – eu disse, apertando a mão dela de volta.

Ela mordeu o lábio e então assentiu.

– Por que não? Vamos ostentar um pouquinho.

Três horas depois, saímos do Cortes & Cores da Carrie com os cabelos repicados ao redor do rosto, bem punks. O da Terry havia sido pintado de um cor-de-rosa vibrante e intenso. O meu era roxo brilhante. Nós rimos enquanto entrávamos no carro.

– Você gostou? – perguntou ela, abaixando o quebra-sol para se olhar no espelho e brincando com as pontas do cabelo.

– Sem dúvida é bem diferente – respondi. – Mamãe teria odiado. – Apertei os lábios. Até agora, só havia mencionado minha mãe para explicar que ela tinha morrido, mantendo-a viva apenas para mim. Mas, se eu começasse a falar dela casualmente, isso faria com que ela parecesse ainda mais distante? Se eu fizesse coisas como pintar o cabelo de uma cor que ela odiaria, isso faria com que ela ficasse ainda mais longe?

De repente, senti vergonha. Mamãe mal havia morrido. A terra provavelmente ainda estava fresca em seu túmulo. Como eu ousava tomar uma decisão como aquela sem a permissão dela? Como eu podia ser tão egoísta? Senti vontade de correr de volta para o salão e pedir ao Jonas para desfazer tudo. Cortar reto nas pontas, pintar de castanho.

– Sua avó com certeza vai odiar – disse Terry. – O que me faz gostar ainda mais. – Ela sorriu para mim de um jeito malicioso, então estendeu a mão e tocou meu cabelo. – Você parece sombria e misteriosa.

Aquilo era justamente do que eu precisava. Parecer tão sombria por fora quanto me sentia por dentro.

* * *

Terry estava certa: avó Billie odiou as cores que escolhemos. Ela nos xingou de vagabundas e esbravejou que, da próxima vez, apareceríamos com tatuagens e *piercings*. Depois perguntou a Terry se ela estava pensando que sair por aí comigo a tornaria jovem e bonita, porque não iria.

A gritaria se tornou o tipo de cena que toda a família amava se juntar para assistir, e, antes que eu me desse conta, Lexi e Meg já estavam na porta da sala observando tudo com um sorriso no rosto, olhando meu cabelo como se o achassem tão infantil e idiota que as fazia querer rir.

Mas, no instante em que Tonette chegou do trabalho e entrou em casa, as duas começaram a choramingar sobre como também queriam ter cabelos coloridos.

– Não é justo! – Lexi chorou, derramando lágrimas de verdade. – Terry nunca levou *a gente* para arrumar o cabelo. Por que levou *ela*? Só porque ela é nova?

– Você disse que ela não receberia nenhum tratamento especial – Meg acrescentou. – Isso parece bem especial pra mim.

Aquilo continuou e continuou, e vi o corpo de Tonette ficando cada vez mais rígido de raiva à medida que as filhas se queixavam. Podia vê-la começando a processar em sua cabeça como eu ousava entrar naquela casa com o cabelo colorido.

Eu não era boba de ficar ali esperando pra ver o que aconteceria. Corri para a cozinha, peguei um pedaço de queijo, uma banana, e fui para fora, passando rápido pela varanda e contornando a casa com minha comida.

Continuei andando até chegar ao fim da calçada. Estava voltando para o centro da cidade sem nem perceber que era para lá que eu havia decidido ir.

Observei as vitrines das lojas enquanto caminhava de um centro comercial para o próximo, mal reconhecendo a garota de cabelo roxo que me acompanhava pelo reflexo. Enquanto fantasiava com as coisas que via nas vitrines, lembrei de como sempre reclamava com mamãe sobre sermos pobres.

– Não tenho nada comparado ao que Jane e Dani têm – eu costumava dizer a ela.

– Bem, os pais da Jane e da Dani são advogados – mamãe sempre respondia. – Mas eles parecem tão infelizes, não acha?

– Não. Eles parecem felizes, porque têm TVs novas, videogames e calças jeans de qualidade. Meus jeans são horríveis. E, a propósito, o pai da Dani é contador.

– Bem, ele tem ar de advogado – ela havia dito, balançando a mão com desdém. – Seja qual for sua profissão, ele ganha mais dinheiro do que a gente, e isso é apenas uma parte da vida.

– Mas estou cansada de sempre ser a garota pobre.

– Se isso te incomoda tanto, pode arranjar um emprego – mamãe tinha dito.

Eu havia feito 16 anos em julho. Estava planejando conseguir um emprego no verão. No clube comunitário, se tudo desse certo. Mas ele também tinha sido destruído pelo tornado. *Vuuush.* E lá se fora outra coisa – meus planos – no ciclone, voando pelo céu de verão adentro.

Odiava o fato de que minha mãe nunca podia me mimar como os pais das minhas amigas. E nós não estávamos nem próximas de sermos tão pobres quanto as pessoas que moravam na casa dos meus avós. Agora é que eu não tinha nada. Nem mesmo os jeans que eu costumava achar uma porcaria. Engraçado como "porcaria" se transforma em algo melhor quando comparado com "nada".

Entrei em uma livraria – uma daquelas aconchegantes, com poltronas macias e iluminação ambiente. O tipo de lugar onde as pessoas vão para relaxar, comer alguma coisa e ler metade de um livro antes de comprá-lo. Havia uma pequena cafeteria dentro da loja, e minha boca se encheu d'água com o cheiro do café forte, o som da máquina de *cappuccino* zumbindo e moendo. As pessoas estavam sentadas às mesas com os notebooks abertos, mordiscando *brownies* e rosquinhas e bebendo em copos de papel enquanto digitavam. Aquela realidade me era familiar, e senti vontade de chorar. Estava tão feliz por tê-la encontrado.

Vi um jornal abandonado em uma das mesas e me sentei para ler. Não que eu estivesse muito interessada nas notícias sobre Caster City, mas era bom fazer algo normal e cotidiano novamente.

Li cada palavra de cada artigo do jornal. Observei todas as fotos, e as legendas abaixo delas. Li até os classificados. Então, sem estar pronta para deixar aquela sensação de pertencimento, vaguei pelos corredores passando os dedos pelas lombadas dos livros. Tocando os títulos, recordando os bons livros que eu havia lido, escolhendo novos que não tinha ouvido falar e estudando suas capas.

Sentei em uma das poltronas e li um livro quase todo. Não tinha dinheiro para comprá-lo, então tive que me forçar a parar de ler. Sentia como se estivesse roubando, mesmo sabendo que só queria um momento de sanidade. Quando me levantei para devolver o livro à prateleira, notei que o café tinha fechado e que estava escuro lá fora. A grade de segurança da entrada estava fechada pela metade e uma voz ecoava de um autofalante dizendo que a loja estava prestes a fechar.

Saí à contragosto, prometendo a mim mesma que voltaria em breve. Talvez conseguisse juntar dinheiro para comprar o livro que havia começado a ler. Algo capaz de fazer com que eu me sentisse normal outra vez.

Enquanto andava pela calçada, observando as luzes néon das placas das lojas e as estrelas no céu acima delas, meu celular tocou. Era Jane.

– Ai meu Deus, Jane! – eu gritei. – Você está bem!

– Sim, estou – disse ela. – Só consegui um celular novo ontem, perdi o antigo no tornado. Estava louca pra conversar com todo mundo.

– Dani disse que você está em Kansas City.

– Sim. Estou com o meu tio. Nossa casa foi destruída, e depois, quando tentamos andar por ela para salvar algumas coisas, um monte de tijolos caiu em cima de mim, quebrando minha perna em três lugares. Vou ficar com essas muletas idiotas o verão inteiro. Acredita nisso?

Àquela altura, eu poderia acreditar em quase tudo. Quando um tornado cai em um campo ou em um estacionamento de *trailers*, as pessoas acham que tudo fica bem. Elas nunca pensam sobre machucados infeccionados, pernas quebradas ou senhoras idosas sendo esmagadas por aparelhos de ar-condicionado em suas banheiras. Nunca pensam nos órfãos.

– Você estava na escola quando aconteceu? – perguntei.

Jane riu.

– Sim. Nós nem sabíamos que tinha alguma coisa acontecendo. Estávamos ensaiando e não ouvimos nenhuma das sirenes. Só descobrimos quando acabou a energia, e então ouvimos todos os tipos de barulhos horríveis: batidas, estrondos, era como se tudo estivesse caindo ao nosso redor. Mas todo mundo ficou bem, ninguém se machucou. E, graças a Deus, meus pais estavam em Milton assistindo ao jogo de futebol do meu irmão, então não havia ninguém em casa. Não restou nada dela.

– Nem da minha. Não tenho mais nada.

– Tenho meu violino, e isso é tudo – disse ela. – Mas o engraçado é que eu não quero tocar. Não mesmo. Foi a única coisa que me restou e ainda está no porta-malas do meu pai.

– Isso vai passar.

– Acho que sim. Talvez. Só parece meio sem sentido fazer isso agora. *Tantas coisas não fazem mais sentido*, eu queria dizer.

– Então você vai voltar para Elizabeth? – perguntei em vez disso.

– Sim. Meu pai passou a semana toda lá limpando nosso lote. Acho que por enquanto as pessoas estão apenas tentando tirar os escombros do caminho. Tinha uma minivan em cima da minha cama. – Ela riu, depois ficou séria. – Ah, eu sinto muito pela sua mãe e sua irmã.

– Obrigada. Tem sido muito difícil.

– Sim – ela respirou fundo. – Dani me disse que você está ficando com o seu pai em Caster City. Eu nem sabia que você tinha um pai. Nunca te ouvi falar dele.

– Não tenho. Ele é só um idiota com quem compartilho meu DNA. Na verdade, ele diz que nem isso a gente compartilha. Estou tentando convencer Dani a me deixar ficar com ela em Elizabeth. Não consigo viver aqui.

– Quando todo mundo se estabelecer, você devia vir me visitar em Kansas City – disse Jane, e pela primeira vez senti meu coração ficando mais leve. Meus amigos estavam se ajeitando. – Minha prima Lindy é uma doida, você vai gostar dela. Vou pedir pra minha tia.

– Sim – respondi. – Vou te ligar quando sair daqui, então irei te visitar.

Falamos por mais alguns minutos sobre coisas como onde nossos amigos tinham ido parar, o que aconteceria com a formatura, já que não havia mais uma escola e ninguém sabia quantos alunos do último ano ainda estavam em Elizabeth, e se o cinema ainda estaria de pé. Parecia ter se passado tanto tempo desde que eu conversara com alguém sobre qualquer coisa que não fosse o tornado que eu mal sabia como falar sobre outros assuntos. A conversa foi breve, já que nós duas parecíamos não saber mais sobre o que falar. Quando aquilo havia acontecido? Quando foi que deixei de saber como conversar com Jane?

Desliguei o telefone e continuei a andar, mas só cheguei a dar alguns passos antes da buzina de um carro disparar atrás de mim, me fazendo pular.

– Onde diabos você esteve? – Clay gritou, colocando a cabeça para fora da janela. – Entre na porcaria do carro.

Num primeiro momento, fiquei paralisada onde estava. Me senti em uma daquelas situações de perigo sobre a qual somos avisados quando pequenos. Nunca entre no carro de um estranho, nos disseram. Confie nos seus instintos. Se os seus instintos disserem que a situação é perigosa, fique longe. Nunca entre no carro de uma pessoa suspeita, nunca a deixe te levar para outro lugar.

Mas ninguém te diz o que fazer se a pessoa que te causa essa sensação é o seu pai.

– O que está olhando? Entre no carro, já disse!

Engolindo em seco, abri a porta da frente e deslizei para o banco do passageiro, o vinil rasgado raspando contra os jeans herdados da Terry.

Ele arrancou com o carro em marcha lenta, cantando pneu antes mesmo de eu ter fechado a porta.

– Procurei você por toda parte. Minha irmã só pode estar louca – ele murmurou, mais atento ao meu cabelo do que à estrada a nossa frente. Os pneus rasparam no meio-fio e ele desviou depressa, tão depressa que o carro foi parar na outra pista e voltou. – Deixando você pintar o cabelo, gastando um dinheiro que ela nem tem. Vocês duas estão ridículas. E agora minhas garotas estão se sentindo excluídas, e Tonette com certeza não vai deixá-las fazerem isso. Você me diz que sou seu pai, mas nem me pergunta antes de pintar o cabelo de alguma cor idiota.

Cerrei os dentes, desejando que minha boca não se abrisse, desejando que meus ouvidos não o escutassem.

– Vai ficar sentada aí igual uma tonta? – ele provocou, mas continuei olhando para a frente, rígida como uma porta no banco rasgado, observando-o sacudir, desviar e bater nas coisas como um *pinball*, cerrando meus dentes, meus punhos e meu coração, sentindo minha força de vontade para ficar em silêncio se esvair. Se eu não me defendesse, quem iria? – Se vai sair de casa, precisa dizer a alguém aonde está indo – ele bradou.

– Por quê? – perguntei, virando-me para ele.

Ele parou o carro em um cruzamento e olhou para mim.

– Como assim por quê?

– Estou perguntando por que preciso dizer a alguém.

Ele me encarou incrédulo.

– Para as pessoas não se preocuparem. Por isso.

Eu soltei uma risada.

– Quem está preocupado? Tonette? Billie? Harold, que nunca fala comigo? Você? Me dá um tempo. Ninguém aqui se importa comigo.

– Isso não lhe dá o direito de desobedecer as regras.

Não queria ter essa discussão com meu pai, mas eu tinha aberto a boca e não iria fechá-la novamente.

– Lexi e Meg me disseram que você não me queria aqui. Por que concordou em deixar Ronnie me mandar pra cá?

Ele entrou de repente em um estacionamento e parou em uma vaga. Por um segundo, tive medo de que ele fizesse alguma coisa violenta.

– Eu me pergunto isso todos os dias – respondeu ele, bufando. – Talvez porque Tonette esteja certa e eu seja mesmo um idiota. Acho que pensei que, depois de todos esses anos em que sua mãe te manteve longe de mim, eu merecia algo de você.

Estávamos nos encarando agora, ambos com ódio.

– Do que você está falando? – perguntei. – Ela nunca me manteve longe de você. Você que foi embora e nunca mais voltou.

Lentamente, um sorriso se espalhou pelo seu rosto e ele começou a assentir, como se de repente tudo fizesse sentido.

– Foi isso que ela te contou? Que eu fui embora? – Ele inclinou a cabeça para trás, rindo, e voltou-se para mim de novo. – Eu fui mandado embora. Christine "queria coisa melhor". – Ele gesticulou as aspas ao dizer as últimas três palavras, então apontou o polegar para o peito. – Eu disse a ela que poderia melhorar, que conseguiria um emprego, que pararia de beber e cuidaria de você. Mas ela disse que merecia mais e que eu teria que matá-la pra te ver de novo. E olha, ela está morta agora, e aqui está você.

– Está mentindo – eu disse entredentes, mas uma parte de mim sabia que ele não estava. Uma parte de mim podia ver a verdade evidente no ligeiro tremor do seu polegar, gravada nas linhas ao redor dos seus olhos. – Você nunca quis nada comigo.

Seu olhar endureceu e ele parou de falar, me avaliando. Seu queixo tremia.

– É uma pena que essa seja a história que ela te contou. Porque não é real.

– Não é uma história. É a verdade – eu disse, mas minha voz vacilou, tornando-se mais suave de repente.

Ele passou a marcha à ré e começou a sair do estacionamento.

– Quando ameacei entrar na justiça, ela disse que você nem era minha. – Ele trocou a marcha e olhou para mim outra vez. – Acreditei nela na época. Ela estava tão mal que eu não duvidaria de nada. Mas qualquer pessoa com olhos pode ver que temos o mesmo DNA. – Ele alcançou a rua e começou a dirigir para casa novamente. – Depois disso ela foi embora. Se mudou. Não era a primeira vez que desaparecia, então eu desisti. Quando conheci Tonette, resolvi recomeçar. Até esqueci que tinha uma filha chamada Jersey. Parecia não haver mais nada que eu pudesse fazer.

Ficamos em silêncio por alguns minutos, a cidade dando lugar às pequenas casas, todas iguais umas às outras. Eu queria voltar, me recolher no meu sofá e puxar o cobertor sobre a cabeça. Tentar me afastar das mentiras, tentar ignorar a suspeita de que elas vinham da minha mãe, e não de Clay. Só de pensar nisso, eu me sentia uma traidora.

Se o que ele dizia era verdade, a história da minha vida era uma mentira. Eu tinha passado tanto tempo me perguntando sobre ele, fantasiando, desejando que aparecesse na minha festa de aniversário, ou nas manhãs de Natal, ou que me visitasse, que ligasse para saber como eu estava. Ele nunca fez nada disso, e passei todo esse tempo odiando-o por ter me abandonado.

Mas, de acordo com Clay, ele não tinha me deixado. Minha mãe o manteve afastado.

Ela me deixou pensar que aquilo era sobre mim. Me deixou chorar por ele. Me disse que ele era um monstro, um homem imprestável, perigoso. Me fez ter medo dele. Me encorajou a odiá-lo.

Eu me recusei a acreditar. Não conseguiria fazer isso.

– Então, por quê? – resmunguei. – Se o que você diz é verdade, se tentou tanto continuar em contato comigo, por que não me quer aqui agora?

– Porque não preciso de teste de paternidade para saber se você é ou não minha filha. A essa altura, já sei que você não é. Você sempre foi filha da Christine, desde o primeiro dia. Não é minha filha. É uma estranha. E está importunando minha verdadeira família.

– Nunca tive a chance de ser sua verdadeira família – eu disse.

Clay deu de ombros.

– Não é culpa minha.

Ele parou na entrada da garagem e eu desci. Fechei a porta e corri para os fundos da casa enquanto ele disparava a buzina. Ouvi a porta da frente se abrir e a voz anasalada de Tonette, aos berros:

– Estou indo! Estou indo! Meu Deus, Clayton, segura a onda!

Eu estava tão ocupada pensando na minha mãe enquanto abria a porta da varanda que nem notei Lexi e Meg até estar praticamente em cima delas.

DEZENOVE

Minhas meias-irmãs estavam sentadas no meu sofá, rindo.

– Você parece uma velha – ouvi uma delas dizer, mas minha mente não foi capaz de processar imediatamente o que estava acontecendo.

Elas estavam com a bolsa da Marin. Estava aberta no colo da Lexi, seu conteúdo exposto. As coisas da Marin. Minhas coisas.

– O que...? – comecei a dizer, então percebi que as duas estavam mascando chicletes, os papéis amassados e jogados no sofá, suas bocas cheias de batom rosa. Lexi estava segurando o batom da mamãe aberto até o final, a ponta destruída. Na parte da frente da bolsa, elas haviam escrito "vaca" com o batom.

– Você tem um gosto bem duvidoso pra batom, vovozinha – Lexi provocou, mas parecia nervosa ao dizer isso, como se soubesse que haviam cruzado o limite dessa vez.

Tirei o batom da mão dela.

– Era da minha mãe – eu disse, sentindo uma raiva tão grande crescer dentro de mim que não sabia como contê-la. Parei de cerrar os dentes, e tudo o que eu havia sentido naquele carro durante a volta para casa – droga, tudo o que eu havia sentido desde o tornado – foi forçado a sair de dentro de mim. Me senti nua e tensa, como um nervo exposto, um animal enjaulado, uma rachadura.

Eu já havia perdido tudo. Não tinha mais nada além das minhas recordações – aquelas que partiam de mim, nas quais eu podia confiar –, e elas estavam tentando roubá-las também. Não conseguiriam. Eu não deixaria. Se eu perdesse minhas lembranças, talvez nunca me reconhecesse de novo.

– Bem, sua mãe tem um péssimo gosto, então – Meg disse.

Peguei a bolsa do chão, juntei os papéis que elas haviam deixado no sofá e joguei tudo lá dentro. Depois a fechei rapidamente e a abracei contra o ombro, o escrito de batom do lado de fora lambuzando minha pele.

– Ei – disse Meg, levantando-se, o nariz a alguns centímetros do meu queixo. Lexi a seguiu meio segundo depois, mas deu um pequeno passo para o lado, afastando-se. Quando Meg agarrou a bolsa, apertei meu cotovelo contra ela. – Ninguém disse que você podia ter isso de volta.

– Não é seu – respondi.

– Qualquer coisa na minha casa é minha – ela revidou. – E se eu quero pegar seu batom horroroso e seu chiclete, eu vou. E isso vale para qualquer outra coisa que você possa ter, Jersey-Vaca. Porque você não dita o que acontece nesta casa. Você não pertence a este lugar, e todo mundo sabe disso.

– Meg – disse Lexi. Olhei de relance. Ela estava olhando preocupada para mim e para a irmã. – Anda, vamos logo pra festa do Jeff.

– O quê? – perguntou Meg, na defensiva. – É a verdade. O único motivo para ela estar aqui é que ninguém a quer.

Meg havia se virado para a irmã, mas meus olhos estavam fixos nela. Na sua delicada orelha com os brincos pulando para fora do furo. Na sua bochecha angulosa e sardenta. No canto da sua boca nojenta, onde o batom formava uma piscina rosa.

O rosto da minha mãe flutuou diante dos meus olhos, saindo do quarto, o batom rosa fazendo sua pele parecer cremosa e suave. A voz da Marin ecoou nos meus ouvidos: "É para ocasiões especiais. Eu gosto dele afiado".

Agora, a ponta estava amassada e áspera. Gasta. Havia sido passado nos lábios de duas meninas horríveis que só o usaram por crueldade. Havia sido esfregado na bolsa da Marin. Não era mais especial, não era mais novo. Esse batom provavelmente havia sido o bem mais precioso da minha irmã, e aquelas duas imbecis não tinham o direito de estragá-lo.

Antes que eu entendesse o que estava acontecendo, minha mão voou para o rosto de Meg, agarrando-o enquanto eu tentava tirar o batom de sua boca. Ela não merecia. Ela não era especial o suficiente. Aquelas eram as *minhas* lembranças. Minhas. E eu morreria antes de deixar alguém tirá-las de mim.

Meg deu um gritinho de surpresa e tropeçou para trás. Seus sapatos de salto encontraram a borda do sofá e ela caiu no chão, batendo a cabeça contra a madeira com um baque alto. Fui atrás dela, no chão, e continuei arranhando seu rosto, usando a palma das mãos para esmagar seus lábios contra os dentes, batendo nela com uma mão, depois com a outra.

Estava tão decidida a pegar o batom da minha irmã de volta que mal me dei conta da confusão que havia se formado. Eu estava gritando, repetindo que ela não merecia usar o batom da minha irmã, que ela não era especial o suficiente, mandando-a devolver. Meg gritava o máximo que podia através dos meus dedos, seus olhos arregalados e assustados, suas mãos batendo contra o meu cabelo, meu rosto, meu peito. Ao fundo, pude ouvir a voz de Lexi gritando por ajuda.

Havia sangue. Podia ver que havia sangue. A boca rosa da Meg agora estava vermelha, e muito maior. Eu não me importava. Não me importava com mais nada. Que importância aquilo tinha? Que importância qualquer coisa tinha agora? Eu estava sozinha. Não tinha casa, não tinha família, não pertencia a nenhum lugar. Naquele momento, eu finalmente entendi o que de fato significava não ter nada a perder.

Continuei em cima dela até ser puxada por um par de mãos. Meg se encolheu de um lado, os braços jogados sobre a boca, seu choro soando mais como gritos abafados.

Me virei descontrolada, pronta para lutar contra quem havia me tirado de cima dela, mas fiquei surpresa ao me deparar com o avô Harold. Seus dedos estavam cravados em meus ombros, seu rosto profundo, a cara fechada e enrugada. Lexi tremia enquanto me olhava por cima do ombro, lágrimas escorrendo por suas bochechas.

— Me solte! — gritei, me desvencilhando bruscamente para fora do seu alcance.

— O que diabos está acontecendo aqui? — perguntou avó Billie ao atravessar a porta de tela, a camisola balançando e tremulando acima de seus tornozelos peludos. Ela olhou de Meg para Lexi, depois do meu avô para mim, sua cabeça ziguezagueando de um jeito quase cômico.

— Ela atacou Meg — respondeu Lexi. — Arranhou ela toda.

Olhei minhas mãos e vi o sangue. Ainda estava sem fôlego, tão brava que podia ouvir meu coração bater nos meus ouvidos. Por outro lado, o que acabara de ocorrer parecia tão impossível que era como se tivesse acontecido com outra pessoa. Se minhas mãos não estivessem cheias de sangue, eu seria capaz de negar tudo.

Avó Billie correu até Meg e se ajoelhou ao lado dela, tentando tirar os braços de sua boca para conseguir ver o estrago.

– Elas... – comecei a dizer, mas parei. Como eu poderia continuar? *Elas roubaram o batom da minha irmã. Elas roubaram as minhas lembranças.*

Avô Harold deu um passo firme em minha direção.

– Essas garotas nunca causaram problemas até você chegar aqui. Agora entendo porque aquele Ronnie queria se livrar de você.

– Eu também nunca causei problemas! – gritei. – Você não me conhece.

– Eu não devia ter concordado com isso, sendo ou não sendo família – disse avó Billie.

Àquela altura, Terry havia se juntado à plateia e observava a cena através da porta de tela. Jimmy, empoleirado em seu quadril, esfregava os olhos. Ela empurrou a cabeça dele contra o ombro e o acalmou, mas não disse nada.

Quando olhei para ela, senti vergonha.

Avô Harold apontou para Lexi:

– Ajude sua avó a cuidar da sua irmã. Nós vamos dar um jeito em você amanhã – disse ele, virando-se para mim. – Suponho que devemos ligar para Tonette e pedir que venha para casa.

Todos entraram novamente, os gritos de Meg se transformando em fungadas, Lexi me encarando por cima do ombro. Tia Terry me observou por mais um segundo, então ouvi o som da porta de tela se fechando.

Primeiro, fiquei estática, paralisada perto do sofá, cercada pela churrasqueira e por uma pilha de cadeiras de jardim quebradas. Pisquei na escuridão, tentando entender como tinha chegado até ali. Como tinha ido de ler em uma poltrona aconchegante numa livraria até cortar a boca da minha meia-irmã no espaço de meia hora. Como tinha ido de preparar o jantar para minha família até dormir sozinha em uma varanda em pouco mais de um mês. Tudo parecia tão surreal. Minha vida não parecia mais ser minha.

Nós vamos dar um jeito em você amanhã, o avô Harold havia dito, e embora eu não soubesse exatamente o que ele queria dizer, sabia que não seria bom. Pior: ele ligaria para Tonette, interromperia sua noite de farra para contar que eu havia batido em sua preciosa filhinha. E eu estaria em apuros, pois, ainda que meus avós tivessem ficado muito zangados, aquilo não era nada comparado a quão bravos Clay e Tonette ficariam quando descobrissem.

– Bem, não vou dar essa chance a vocês – falei em voz alta. Precisava sair daquele lugar onde verdades e mentiras se encontravam e sangravam juntas, roubando tudo o que restava de mim. Me ajoelhei e tateei em volta até encontrar minha mochila enfiada atrás do sofá. Lexi e Meg provavelmente a esconderam lá depois de procurarem algo para roubar. Eu a puxei e vi que tinha sido aberta, mas não parecia faltar nada. Rapidamente, peguei o cobertor dobrado no canto do sofá e o coloquei lá dentro, atravessando a porta de tela noite afora.

Não sabia para onde ir. Não tinha andado o suficiente por ali para ter mais do que uma vaga ideia do que havia além das casinhas iguais e dos pequenos centros comerciais. Podia ver pastos atrás da casa e um bosque de árvores de um lado. Talvez pudesse encontrar um velho celeiro para dormir ou uma clareira sob uma árvore. Mas e se uma tempestade caísse? Odiava o fato de que agora eu entrava em pânico por coisas tão bobas, mas não conseguia evitar. Quanto mais o tornado entrava em minha alma, mais eu sentia medo dele.

No fim das contas, escolhi o que me era familiar e segui para a parte central da cidade.

VINTE

A manhã demorou a chegar. Eu não havia dormido nada e estava exausta de tanto olhar para trás, esperando Clay, Harold ou algum policial aparecer.

Passei a noite vagando pela rua principal de Caster City. No começo, fiquei na porta dos fundos de uma loja, sentada em caixas quebradas, jogando cartas até o fedor do lixo atrás do restaurante chinês se tornar insuportável. Então, fui para um pequeno canteiro de arbustos atrás de uma lanchonete e me encostei, alongando as costas, estudando o rosto da mamãe em uma foto no meu celular e cantando baixinho a música da bolha da Marin até ser afugentada pelos mosquitos.

Troquei algumas mensagens com Jane, que estava vendo filmes com a prima.

COMO VAI A VIDA NA CAIPIRALÂNDIA?, brincou ela.

ESTOU FUGINDO, respondi.

PARA ONDE?

NÃO SEI AINDA.

Aguardei um pouco, com alguma esperança de que ela me convidasse para ir até lá, mas ela não o fez. Em vez disso, respondeu:

VOU TE FAZER COMPANHIA.

Enquanto Jane e eu conversávamos, os carros iam ficando cada vez mais raros na rua, e logo não havia nenhum. Os semáforos se apagaram e até o posto de gasolina foi fechado. Eu me senti sozinha, abandonada, e de alguma forma isso me pareceu certo. Passei em frente a um centro comercial e olhei as vitrines, como se isso fosse algo normal para se fazer às 3h da manhã.

Mas demorou muito tempo até o sol nascer, e me vi plantada nos fundos de uma loja de móveis, usando minha mochila como travesseiro, os olhos pesados e cansados devido à falta de sono, minha bunda dormente de ficar no concreto.

Estendi minhas mãos sobre o colo e as estudei sob a luz do dia. De alguma forma, o sangue de Meg tinha saído da minha pele, mas ainda havia manchas marrom-avermelhadas sob minhas unhas. Queria limpá-las, tirar Meg de mim para sempre, e acabei enfiando os dedos sob as coxas para não ter que olhar para eles.

O tempo foi passando e comecei a ouvir os sons da cidade ganhando vida. Freios de caminhões zunindo, portas de carro batendo, buzinas e vozes aqui e ali. Arrumei minhas coisas para começar a andar novamente e tirei o celular do bolso. Liguei para Kolby primeiro. Podia confiar nele. Podia desabafar sobre como ali era terrível. Podia contar que estava fugindo, e ele me ajudaria.

– Alô? – uma voz baixa atendeu.

Hesitei. Aquela era a segunda vez que Kolby não atendia o próprio celular.

– Hã, oi. O Kolby está?

– Quem é?

– É a Jersey. Eu... eu estava pensando se ele podia me dar uma carona.

Ouvi um suspiro do outro lado da linha.

– Ah, oi, Jersey. Aqui é a mãe dele. Como você está? Ouvi dizer que está morando no sul com seu pai agora.

– Bom, eu estava... mas não estou mais. É por isso que preciso de uma carona até Elizabeth. Kolby pode vir me buscar?

– Querida, Kolby está no hospital.

– Até hoje? Por causa do corte no braço?

Houve uma pausa. Então ela respondeu:

– Bem, sim e não. O corte infeccionou. Ele tem que... ele vai ficar aqui por um tempo. Não vai voltar a dirigir tão cedo.

Parei de andar, tentando entender do que se tratava aquilo. Nunca havia pegado uma infecção num corte, mas achava que bastava tomar alguns antibióticos e ir para casa. Por que estava demorando tanto?

– Ah, tudo bem – falei. – Só diz pra ele que eu liguei.

– Sim, querida. Vai significar muito pra ele você ter ligado.

– Vou visitá-lo quando voltar para Elizabeth.

– Querida, talvez você deva ficar aí. Fique com o seu pai. Não quero te ver em uma situação ruim.

– A casa do meu pai já é uma situação ruim – respondi com pesar. – Tenho que ir. Vou visitar Kolby depois, ok?

Desliguei antes que ela pudesse dizer mais alguma coisa. Entendia por que a mãe de Kolby achava melhor eu não fugir, mas ela não tinha ideia do que eu estava fugindo. Voltei a caminhar e procurei o nome da Dani nos contatos do celular.

– Ei – ela atendeu, parecendo meio grogue, como se tivesse acabado de acordar. – Como estão as coisas?

– Péssimas. Eu fugi. Você pode pedir para a sua mãe me buscar? – Eu já sabia a resposta, mas não custava nada tentar de novo. Talvez a mãe dela mudasse de ideia quando visse o quão desesperada eu estava. Àquela altura, ela era a única esperança que eu tinha.

– Opa. Espere aí. Você fugiu?

Desabafei tudo com Dani. Contei o que Clay havia dito sobre a minha mãe ter me mantido longe dele e como ele já tinha desistido de mim há muito tempo. Falei que havia encontrado Meg e Lexi revirando a bolsa da Marin e narrei toda a briga que se seguiu até o momento em que arranhei o rosto da Meg.

– Preciso que alguém venha me buscar – eu disse. – Preciso ir pra casa. Por favor, pede pra sua mãe.

– Eu já fiz isso, e ela disse não.

– Diga a ela que vou fazer Ronnie me aceitar de volta. Ela pode me deixar na pousada, não tem problema. Anda, Dani, por favor. Eu preciso sair daqui.

– Mas você está a três horas de distância.

– Eu espero.

– Ok, mas minha mãe não vai querer dirigir por seis horas hoje, até porque ela já disse que não quer se envolver. Ela vai dizer que você precisa de mais tempo. Que isso é entre você e Ronnie. Talvez você deva ir até a polícia ou algo assim.

– Ah, certo. A polícia. Já que fugi de casa e tudo o mais. – Me encostei em um muro áspero. De repente, o cheiro que vinha do restaurante chinês era realmente delicioso. Meu estômago roncou e percebi que estava com sede. – Por favor? É só perguntar, Dani. Por favor.

Ela respondeu com um suspiro:

– Espere.

Pude ouvi-la tampar o bocal do telefone e resmungar alguma coisa com a mãe. Parecia que a conversa das duas ia durar para sempre, então rezei para que ela voltasse com boas notícias.

– Minha mãe quer saber onde você vai esperar – ela disse, enfim. Sua voz soou estranha, monótona e sem emoção.

Inclinei a cabeça para o sol e sorri.

– Obrigada. Obrigada, obrigada, obrigada. Tem um banco do lado de fora da livraria no centro comercial da rua Water. Vou esperar vocês lá. Eu te amo, Dani. Você sabe disso, não é?

– Também te amo, Jers – disse ela, ainda com um tom de aborrecimento na voz. – Te vejo em breve.

Tive que me conter para não correr até a livraria. Não queria ficar cansada demais, ou com sede, e definitivamente não queria ficar esperando do lado de fora por muito tempo, caso Clay e Tonette estivessem procurando por mim. Levaria horas até que a Dani e a mãe dela chegassem. Tempo suficiente para pensar no que faria quando voltasse para Elizabeth. Eu sabia que, se a mãe de Dani não me queria em casa e Ronnie não me queria com ele, eu seria tão sem-teto lá quanto era em Caster City, mas pelo menos seria sem-teto em um ambiente familiar. Eu tinha muito mais opções em Elizabeth.

Estava com muita sede quando cheguei à livraria, então fui direto para o bebedouro. Tive esperanças de que, quando a mãe da Dani chegasse, talvez me desse algo para beber. Talvez parássemos num posto de gasolina para tomar um suco e comer alguma coisa. Talvez eu pudesse usar a máquina de lavar e a secadora, tomar um banho e, quem sabe, tirar um cochilo numa cama de verdade.

Mas quando levantei a cabeça do bebedouro, mal terminando de engolir a água gelada, escutei uma voz grave atrás de mim.

– Jersey.

Congelei. Era uma voz que eu reconhecia.

Eu me virei.

– Ronnie? O que você está fazendo aqui?

– Vamos – disse ele, andando em direção à porta sem nem mesmo esperar para ver se eu o seguia.

Caminhamos até o estacionamento, onde sua caminhonete suja e maltrapilha estava parada bem em frente à loja. Fiquei imaginando se havia passado por ela a caminho da livraria, mas meus pensamentos estavam tão distantes que sequer notei que aquela picape, a mesma que frequentou a garagem da minha casa por seis anos, estava parada bem ali.

Entramos no carro e coloquei minhas coisas no chão, entre meus pés.

– O que você está fazendo aqui? – repeti enquanto ele manobrava em direção à rodovia. Observei a pista se dividir em duas, depois em quatro, meu espírito se animando mais a cada pista, a cada quilômetro que eu me distanciava daquela casa horrível.

– Harold me ligou ontem à noite – ele respondeu. – Disse que você bateu em uma das netas dele e que eu precisava vir te buscar. Depois a mãe da sua amiga Dani ligou, disse que você tinha fugido e que estava na livraria, caso eu quisesse chamar a polícia pra te buscar e te mandar de volta para a casa dos Cameron.

Fiquei atordoada, em silêncio. Todos aqueles resmungos, o tom estranho da Dani... A mãe dela só havia dito sim para me fazer esperar por tempo suficiente para que a polícia conseguisse me encontrar.

– Eu te mandei pra cá pra ficar com Clay – resmungou Ronnie, os olhos fixos na estrada, o painel do carro sacudindo à nossa frente. – Mas sei como você pode ser teimosa, e sua mãe não iria querer que você se tornasse uma fugitiva. – Seus lábios endureceram ao mencionar minha mãe.

– Obrigada. – Minha voz era quase um sussurro. Estar com Ronnie não me parecia a coisa certa, mas ainda era muito melhor do que estar com meu pai. Não disse nada do que havia pensado em dizer a ele. *Por que você nunca me ligou de volta? Por que não me deixou ir aos funerais? Por que me fez ir embora, para começo de conversa?* Queria perguntar se ele já havia retomado o controle da própria vida ou se a dor ainda o consumia. *Você escovou os dentes?*, eu quis perguntar. *Trocou de roupa? O quarto da pousada ainda está uma bagunça, cheio de embalagens vazias e lençóis sujos?*

Em vez disso, perguntei:

– Pode me dar uma Coca-Cola?

Ele parou na primeira lanchonete que encontramos e me comprou uma. Ao me entregar, nossos dedos se encostaram. As unhas dele estavam sujas. Suas mãos, secas. Ainda havia sangue debaixo das minhas unhas, mas eu não me importava.

– Você limpou nosso lote? – perguntei quando voltamos para a estrada.

– Um pouco – ele respondeu, e dava para ver que não queria falar sobre o assunto, mas o pressionei. Era minha casa também, e eu tinha o direito de saber.

– Achou algumas das nossas coisas?

– Poucas – repetiu ele.

– Deu pra salvar algo?

Ele balançou a cabeça, respirando fundo.

– Perda total.

– Você não ficou com nada?

Sua voz ganhou um tom de aborrecimento.

– Não, Jersey, é lixo.

Refleti sobre aquilo. Toda a nossa vida, a vida de quatro pessoas, foi jogada em um aterro junto com os entulhos de todos. Por que perdemos tanto tempo juntando coisas se tudo vira lixo no final?

– Então você ainda está morando na pousada? – perguntei.

– Se você chama aquilo de moradia, sim – ele respondeu.

– Já tem energia elétrica em Elizabeth?

– Sim.

Bebi meu refrigerante, sentindo o frio passar pelos meus dedos, o açúcar e o gás subindo para a minha cabeça. Tirei os sapatos e estendi os pés sob a ventilação do chão, deixando que o ar-condicionado secasse meus dedos suados. Não tinha mais nada para perguntar a ele. Ele não me daria as respostas – pelo menos não as verdadeiras, então por que me incomodar?

Ficamos os dois em silêncio. Inclinei a cabeça contra a janela e observei as linhas da estrada sendo engolidas pela caminhonete, até meus olhos ficarem muito pesados e eu adormecer.

* * *

Acordei quando meu corpo percebeu que o carro havia parado. Espreguicei, tentando aliviar a tensão do pescoço, e olhei em volta. Estávamos em um estacionamento, mas eu não o reconheci. Olhei para fora da janela. Não estávamos em Elizabeth, dava para notar. Ronnie havia parado a caminhonete em uma vaga e encarava fixamente algum ponto à sua frente, seu olhar atravessando o para-brisas, suas mãos descansando na parte de baixo do volante.

– Onde estamos? – perguntei com um bocejo, pegando meu refrigerante para dar outro gole. Estava quente e aguado, mas o gosto ainda era maravilhoso. Uma placa em uma construção ali perto indicava onde estávamos: Biblioteca Pública de Waverly.

– Waverly – disse ele. Sua voz soou rouca, e seu tom, mal-humorado. Minha mente tentava ligar uma coisa à outra. *Ele nasceu em Waverly*, avô Harold havia dito sobre Clay. *Cerca de uma hora naquela direção.*

– Waverly? Por quê?

Waverly ficava cerca de uma hora a sudeste de Elizabeth. Havíamos passado pela cidade uma ou duas vezes em viagens de carro, e mamãe sempre dizia que havia crescido lá.

Um pedaço do inferno, ela costumava dizer. *Segure o fôlego. Você não vai querer respirar esse ar de julgamento. A opressão é contagiosa.* E, mesmo que não tivéssemos ideia do que ela estava falando, sempre fazíamos daquilo um jogo – ganhava quem conseguisse passar por todo o caminho dentro da cidade sem respirar.

Ronnie segurou o volante com os dedos sujos.

– No funeral... – ele começou, e então fez uma longa pausa. Não tinha certeza se ele terminaria a frase. Estendeu a mão e limpou o queixo algumas vezes, depois voltou a segurar o volante. – Algumas pessoas apareceram, Jersey.

– Eu queria ter ido. Eu deveria ter ido.

– Tentei evitar que você sofresse mais.

– A minha mãe morreu. É tarde demais para me impedir de sofrer. Eu deveria ter ido.

– Os pais da sua mãe foram ao funeral – disse ele, finalmente me encarando.

Recostei meu corpo no assento do carro, perplexa. Nunca havia conhecido meus avós maternos. Mamãe não via ou conversava com eles desde antes de eu nascer. Eles haviam dito a ela que, se quisesse fugir com aquele encrenqueiro bêbado do Clay Cameron, não teria mais uma família para a qual voltar, e mamãe aceitou essas palavras. Ficou feliz em fazer isso. Ela sempre contou como eles a julgavam, como nunca foi boa o suficiente para eles, como nunca a entenderam, como a forçaram a ser uma princesinha perfeita quando tudo o que ela queria era ser normal. Quando a deserdaram, ela ficou feliz por ter cortado os laços. Ouvindo-a contar tudo isso, eu sabia que ela não tinha ideia de onde eles moravam, muito menos se estavam vivos ou mortos. Acredito que, em nossos corações, todos presumimos que haviam morrido.

Mas eles estavam vivos.

E ela estava morta.

Ronnie voltou a olhar para a frente. Assim, não precisava olhar para mim.

– Eles nem sabiam da Marin – disse ele. – Sabiam de você porque sua mãe estava grávida quando fugiu. Mas não sabiam que Marin existia.

– Ela não fugiu, eles a deserdaram – respondi seca, sem me importar nem um pouco. – É culpa deles.

– Eles moram aqui em Waverly – Ronnie continuou como se eu nem tivesse aberto a boca, e comecei a congelar à medida que as peças iam se encaixando. Mamãe crescendo ali, nos dizendo para prender a respiração, querendo nos proteger da opressão e do julgamento de Waverly. Ronnie estava me levando para a cidade em que meus avós moravam. – Sempre viveram aqui. Ainda moram na mesma casa em que a sua mãe cresceu.

– Mas por que eles não se incomodaram em aparecer até agora? – Queria que ele continuasse falando, queria mudar o rumo da conversa. Assim, talvez eu conseguisse impedir o que sabia que estava por vir. Talvez, se eu o fizesse entender o quanto a mamãe odiava os pais, ele não fizesse o que estava prestes a fazer. De novo. – Por que não se se deram ao trabalho de tentar nos achar antes que ela estivesse morta?

Ronnie encolheu os ombros.

– Eles disseram que tentaram quando você era bebê. Mas, segundo eles, sua mãe chamou a polícia para tirá-los de casa. Disse que nunca mais queria vê-los ou falar com eles novamente. Claro, isso foi quando ela ainda estava com Clay. Então, eles... desistiram.

– Isso não se faz – eu disse, e percebi que não tinha certeza se estava falando sobre meus avós, sobre a mamãe ou sobre Ronnie. – A gente não desiste da família. Não se vai... embora... quando sua filha precisa de você. – Minha respiração falhava a cada palavra, as lágrimas e o pavor caindo sobre mim.

– Sinto muito, Jersey – disse Ronnie, deixando as mãos descansarem sobre o colo. – Liguei para eles esta manhã. Estão dispostos a ficar com você.

– Não – respondi. Meu nariz começou a escorrer, encharcando meus jeans. Agarrei o cotovelo do meu padrasto. – Por favor, Ronnie. Quero ir pra casa. Vou me comportar, prometo. Não vou causar problemas. Nunca. Eu não os conheço e mamãe os odiava. Isso não é justo. Por que você me odeia tanto? Por que acha que vai ser tão ruim ficar comigo?

Ele balançou a cabeça e ligou o carro. Minhas mãos escorregaram do seu braço e caíram no meu colo. Me sentia derrotada.

– Eu não te odeio – ele disse. – Mas não posso cuidar de você. Toda vez que olho pra você, eu a vejo. Toda vez que ouço você falar, penso sobre como deixei todo mundo na mão. Penso em como não consegui salvar nenhuma de vocês. – Ele olhou para mim enquanto fazia a curva para uma rua lateral. A placa dizia FLORA. As casas eram bem-cuidadas, pintadas e com jardins. Apesar de não serem grandes, eram maiores do que a nossa antiga casa. – Para que eu sirvo se não posso estar lá quando mais precisam de mim?

– Mas eu ainda estou viva. Você ainda pode me salvar. Eu preciso de você.

Ele parou em frente a uma das casas. Minhas lágrimas diminuíram quando vi a fachada branca e marrom no estilo Tudor, com flores desabrochando em canteiros muito bem organizados em torno da calçada. Mais flores cresciam em vasos nas janelas, e havia uma estátua do que parecia ser um santo na varanda da frente.

A porta se abriu devagar. Enxuguei o rosto com as mãos.

– Sei que você não entende – disse Ronnie. – Mas tem que fazer isso dar certo, Jersey. Estou vendendo o lote. Vou voltar para o leste do país, minha transferência de emprego já foi aprovada. Você não pode voltar pra casa. Não vai haver uma.

Desviei o olhar da mão pálida que continuava segurando a porta. Devia ser de um dos meus avós, mas as sombras me impediam de ver o rosto.

– Você não vai ficar na cidade onde elas estão enterradas? – perguntei.

– Toda vez que vejo aquele bairro, aquele terreno, as lojas e prédios por onde passo, tudo me lembra de como falhei com elas. Não posso viver desse jeito. Tenho que ir.

– Então você está abandonando todas nós – eu disse. Não era uma pergunta, mas uma afirmação.

– Estou me salvando – ele respondeu baixinho.

Percebi que parte de mim ainda esperava que Ronnie mudasse de ideia. Que ele se afastasse, se curasse, assumisse seu erro e me quisesse de volta. De certa forma, entender que ele nunca mudaria de ideia me chocou mais do que ver o batom da mamãe espalhado nos rostos de Meg e Lexi. Me ofendeu mais do que ouvir Clay e Tonette me xingando, dizendo que a casa deles não era o meu lugar. Fiquei mais assustada com o egoísmo do Ronnie do que com o próprio tornado. Não era assim que as coisas deveriam ser. Não era assim que a vida deveria funcionar. Ele não deveria escolher a si mesmo em vez de nós.

– Você é um covarde – falei, mas, antes que eu pudesse dizer qualquer outra coisa, um homem grisalho vestindo uma camisa xadrez e um boné de beisebol bateu na janela do carro. Fechei a boca.

O homem tinha um nariz grande e sobrancelhas enormes, mas seus lábios carnudos lembraram os da Marin. Mechas cacheadas também escapavam do boné, caindo em torno das orelhas.

Ronnie abaixou o vidro da janela.

– Obrigado – ele agradeceu ao homem, e senti minha raiva retornar. Queria dar um soco no Ronnie por me expulsar, por abandonar mamãe e Marin, por ser tão seco e arrogante sobre aquilo tudo.

O velho assentiu.

– Sem problemas. Ela trouxe alguma mala?

– Na verdade, não. Só algumas bolsas que ela mesma pode carregar. Nós perdemos tudo, como você viu.

Senti meu maxilar travar. Ronnie havia levado meus avós até a minha casa? Até a casa da mamãe? Como ele ousara? Mamãe teria ficado furiosa. Ela tinha se distanciado deles de propósito.

– Houve algum retorno da agência de gestão de emergências? – perguntou o velho, mas eu não prestei atenção na resposta do Ronnie. Meu olhar havia se voltado para a mulher em pé na porta da frente. Ela torcia as mãos e usava um suéter cor de melão sobre uma camisola de tom mais claro. Mesmo da caminhonete, pude ver que compartilhávamos os mesmos joelhos, os ombros curvados, a cintura larga. Havia passado todo aquele tempo me perguntando com quem eu me parecia, quando a pessoa a quem eu mais me assemelhava estava logo ali, em Waverly.

– Pronta? – perguntou o velho, e percebi que ele olhava para além do Ronnie, bem para onde eu estava sentada.

– Hã?

– Você está pronta? – Ronnie repetiu.

Olhei para ele.

– Não. Mas acho que não tenho escolha – respondi.

– Não – ele disse. – Não tem. Você precisa fazer isso dar certo dessa vez.

Ele voltou a mexer no volante e o homem andou lentamente até o lado do passageiro. Agarrei a alça da mochila e coloquei a bolsa da Marin no ombro. Meu avô abriu a porta e eu deslizei para fora.

– Tenha uma boa vida – falei para o meu padrasto.

Sabia que nunca mais o veria.

VINTE E UM

Minha avó disse meu nome em praticamente todas as frases. "Jersey", ela continuava repetindo. "Jersey, você gostaria de um pouco de bolo de café? Jersey, vamos guardar suas coisas. A que horas você gosta de acordar, Jersey?" Ela parecia não se cansar disso. Já estava me deixando louca.

Fui atrás dela só de meias – meus sapatos haviam sido deixados na entrada, ao lado dos deles. Ela me mostrou meu quarto, um cômodo gigantesco, com paredes lavandas e brancas, e cheio de babados, xadrez, sabonetes perfumados e flores de tecido. Era tão diferente da varanda na casa dos meus outros avós que fez meu cérebro doer. Havia um prato com biscoitos na mesa de cabeceira. Eu podia sentir o cheiro deles da porta. Meu estômago roncou.

– Este costumava ser o quarto da Christine – disse ela, dando um passo para o lado, para me deixar passar. Entrei, tentando imaginar minha mãe naquele cômodo. Tentando vê-la deitada sobre a cama, balançando seus pés no ar enquanto falava ao telefone. Tentando imaginá-la abrindo a janela e escapando por ela para encontrar Clay, para beijar sua boca embriagada.

Estava ficando cada vez mais difícil criar imagens mentais da minha mãe, especialmente uma versão que poderia ter vivido ali. Aquilo era tão diferente da mamãe que eu conhecia.

Havia uma foto emoldurada sobre a cômoda. Uma garotinha nos ombros de um homem, o cabelo dele bagunçado, a menina erguendo orgulhosamente um boné de beisebol nas mãos.

– É a Christine e o Barry – disse a mulher, e, vendo que eu a encarava sem reação, acrescentou: – Barry é seu avô. Eu sou a Patty. Você já sabia disso? Não sei o que Christine te contou.

Não respondi. Ela não ia querer saber o que a mamãe havia dito sobre eles. E, mesmo que quisesse, eu não estava no clima para contar a ela. A menininha de 8 anos dentro de mim estava com medo de respirar naquela casa, com medo de ser infectada pela opressão sobre a qual mamãe sempre falou. Com medo de ser julgada. Como saberia quem aquela senhora realmente era? Como saberia que ela não se viraria contra mim, como fez a mãe da Dani, ou que não desistiria de mim, como fez Clay, ou que não mentiria para mim, como fez minha mãe, ou que não me afastaria, como fez Ronnie? Se o tornado havia me ensinado alguma coisa era que eu não podia confiar em ninguém além de mim mesma. Minha nova avó podia até querer fingir que éramos todos uma grande família feliz, mas eu sabia a verdade. Uma foto emoldurada de uma garotinha nos ombros do pai uma década antes de ela ser expulsa de casa não é o suficiente para compensar uma vida inteira de abandono.

Nesse quesito, minha mãe era igual a mim: nenhuma das duas tinha mãe. Esse entendimento inundou meu coração, me fez sentir mais próxima dela de alguma forma.

Mas minha avó interrompeu meus pensamentos.

– Você pode me chamar de vovó, se quiser – disse ela. – Estou muito feliz por finalmente te conhecer, Jersey. Nós dois estamos. – Eu a encarei, imóvel, até ela finalmente sair de perto da porta. – Vou deixar você se instalar. O banheiro fica do outro lado do corredor. Fique à vontade para tirar um cochilo, ou fazer o que quiser. O jantar é às 6h da tarde, mas, se ficar com fome antes, pode comer aqueles biscoitos ali. – Ela apontou para o prato. Me recusei a olhar. – Ou podemos pegar outra coisa. É só dizer, Jersey.

Ela saiu e fechou a porta.

No mesmo instante, devorei os biscoitos, me sentindo culpada.

Finalmente sozinha, parei ao lado do criado mudo sem ter certeza do que estava sentindo. O quarto era legal. Cheirava bem, era claro e acolhedor. Minha mãe tinha uma história ali, então, de certa forma, parecia reconfortante. Mas ela odiava essa história, e eu não sabia como agir. Se eu decidisse ser feliz ali, não estaria traindo a memória da minha mãe?

Coloquei minha mochila no chão e procurei por roupas limpas. Peguei uma camiseta e um short da Terry. Havia um mascote da escola de Caster City na camiseta, e, por algum motivo, meu moletom velho do colégio de Elizabeth me veio à mente.

Nunca fui muito de torcer pela escola; meus amigos e eu não éramos do tipo atletas. Na verdade, nós, nerds do teatro, nunca entendemos por que alguém iria querer correr de um lado para o outro em um campo, ou em círculos numa corrida. Da mesma forma, os atletas nunca entenderam por que nós, do grupo das artes, iríamos querer suar debaixo das luzes do teatro, recitando sonetos de Shakespeare numa língua que não fazia sentido. Era uma falta de entendimento mútua que nenhum de nós tinha vontade de mudar.

Mas todo mundo tinha os uniformes da escola. Usávamos principalmente às sextas-feiras, nos dias dos jogos de futebol americano, mesmo que nunca nos incomodássemos em ir torcer.

Marin era obcecada pelo meu moletom dos Buldogues do Colégio Elizabeth. Ela adorava o mascote estampado e as letras laranjas e brilhantes. Costumava arrastá-lo da minha cama, ou do cesto de roupas limpas, e dançava com ele pela sala de estar, sempre na ponta dos pés, sua marca registrada, com o moletom na altura dos tornozelos e as mangas sacudindo no ar.

Uma vez eu disse a ela que, quando me formasse, ela poderia ficar com ele. Pelo jeito que ela pulou e gritou pela sala, parecia que eu havia lhe dado um diamante. Não tive coragem de dizer que, quando ela entrasse para o ensino médio, o moletom estaria feio, velho e muito fora de moda, e ela provavelmente não iria querer mais.

Sentada no chão do antigo quarto da minha mãe, sem Ronnie e sem ter escolha a não ser respirar o ar de Waverly, fiquei feliz por não ter dito essas coisas a ela. Fiquei feliz por ela ainda estar ansiosa para isso no dia em que morreu.

Peguei a bolsa da Marin. A maior parte do escrito de batom já tinha saído, mas ainda estava suja nos cantos, na costura. Alcancei um lenço em uma caixa sobre a cômoda e limpei a bolsa. Quase tudo saiu, mas, se eu olhasse com bastante atenção, ainda podia ver vestígios cor-de-rosa.

Então, tirei o batom da bolsa e limpei a parte de cima com o lenço também. A ponta não estava mais certinha, do jeito que a Marin gostava, mas pelo menos não tinha mais os germes da Meg e da Lexi.

Coloquei-o de volta na bolsa e peguei um chiclete.

Desenhei um moletom no papel.

MARIN É UM BULDOGUE.

Escondi com os outros, notando que a coleção estava ficando bem grande – o que significava que o estoque de chicletes estava diminuindo.

Eu não queria mascar os últimos. Ficar sem os chicletes da Marin soaria como uma despedida para a qual eu ainda não estava preparada, e nem queria.

Desamassei os papéis dos chicletes que Meg e Lexi haviam mascado.

MARIN AMA A MINNIE MOUSE PORQUE ELA USA UM LAÇO.

MARIN TEM UNHAS PEQUENAS.

Vesti roupas limpas e deitei na cama, olhando para o teto, pensando em todas as coisas que eu poderia escrever para Marin naqueles papéis. Em todas as lembranças dela que eu queria guardar. Se eu começasse a escrever, talvez nunca mais parasse.

Então, houve uma leve batida na porta. Sentei rapidamente, me sentindo culpada, como se estivesse fazendo algo errado. Minha avó passou a cabeça pela fresta.

– Você gostaria de um lanche? – ela perguntou.

Pensei que o jantar era às seis, quase respondi sarcasticamente, mas lembrei que não estava falando com aquelas pessoas, pelo menos não por enquanto, então só a encarei e prendi a respiração.

– Tenho alguns morangos – ela continuou, esperançosa.

Deixei o ar sair pelo nariz, tomei fôlego e o prendi novamente.

– Você gostaria de um refrigerante, Jersey? – ela tentou.

Silêncio. Deixei o ódio da minha mãe encher meu olhar.

Minha avó mordeu o lábio.

– Queremos te ajudar, Jersey – ela disse. – Sabemos que está sendo difícil para você.

Desviei meus olhos dos dela e encarei a foto da minha mãe. Eles sabiam? Realmente sabiam como estava sendo difícil para mim ter perdido tudo? Ser jogada de um lado para o outro para ver quem me queria menos? Saber que eu nunca teria minha vida de volta e que estava completamente sozinha? Era como se o tornado tivesse destruído minha casa, arrancado minhas raízes e levado tudo para longe. Era impossível que eles entendessem a raiva que havia dentro de mim. A confusão, a culpa, a rendição. As feridas que começavam a se abrir, os novos machucados que se formavam no meu coração. Porque nem eu mesma entendia, e era eu quem estava vivendo isso. E, se eles realmente soubessem como era estar dentro da minha cabeça e do meu coração naquele momento, sairiam correndo de medo. Me deixariam em paz.

Ela ficou parada na porta pelo que pareceu um longo período de tempo. Então, finalmente suspirou.

– Bem, tome. Isso ajuda?

A curiosidade tomou conta de mim e me virei para ver o que "isso" era. Ela segurava um telefone.

– Pensei que iria gostar de ligar para os seus amigos. Tenho certeza de que você quer saber o que está acontecendo em casa. – Minha avó balançou o telefone no ar. – Pode falar o quanto precisar. Não tem problema.

Na verdade, eu queria, sim, ligar para os meus amigos. Mesmo que já tivesse conversado com todos naquela manhã – quer dizer, todos exceto Kolby –, mesmo que a mãe da Dani tivesse me entregado para Ronnie, ainda queria falar com alguém próximo. Mas, se eu pegasse o telefone da minha avó, se fizesse essa concessão, ela iria pensar que eu queria estar ali. Então, voltei a encarar a foto em silêncio e não me virei até que ela tivesse saído e fechado a porta.

* * *

Perdi o jantar de propósito. Cheguei a deitar na cama e fechar os olhos quando ela bateu no quarto, sabendo que me deixaria sozinha se pensasse que eu estava dormindo.

Mas estava faminta. Então, quando parei de ouvir a TV e não vi mais a luz da sala piscando por baixo da minha porta, fui até a cozinha. Parei imediatamente ao me deparar com meu avô sentado à mesa, iluminada apenas por uma luminária. Havia um jogo de Paciência montado à sua frente. Ele estava deixando passar um sete preto e um seis vermelho bem óbvios.

– Patty deixou um prato na geladeira para você – ele disse quando entrei. – Carne de panela. A dela é a melhor do mundo.

Não respondi. Pensei em voltar para o quarto, mas estava com muita fome. E carne assada parecia bom demais para ser verdade.

Fui até a geladeira, peguei o prato, tirei o plástico filme e aqueci a comida no micro-ondas.

– Só peço que não coma fora da cozinha – disse ele, ainda sem tirar os olhos do jogo. Encontrara o seis vermelho, mas tinha empacado novamente.

Quando o micro-ondas apitou, peguei timidamente o prato e o levei para a mesa, não sem antes abrir todas as gavetas da cozinha em busca de talheres. Ele não tentou me ajudar a encontrá-los, e eu estava estranhamente grata por sua falta de esforço. Sentei do lado oposto ao meu avô, mantendo os olhos no prato.

Ele disse um palavrão baixinho e eu o ouvi recolher as cartas, embaralhando-as.

– Ela também está sofrendo – disse ele, quebrando o silêncio entre nós. Fiz uma pausa, depois voltei a mastigar, ainda encarando a carne assada, tão macia que derretia na boca. Não comia algo tão bom desde o tornado. – Embora não tivéssemos notícias da Chrissy há dezesseis anos, sua avó ainda esperava, todos os dias, que sua mãe aparecesse. Então ela está sofrendo. Sente como se tivesse desperdiçado dezesseis anos. – Ele parou, o som das cartas batendo contra a mesa indicando que iria começar uma nova rodada de Paciência. – Nós dois estamos sofrendo – acrescentou.

– Nem sabíamos sobre sua meia-irmã.

– Irmã – falei antes que pudesse me conter. Senti meu rosto ficar vermelho por ter respondido.

– Corrigindo – disse ele num tom muito trivial. Ele desceu uma carta na mesa, depois outra. – Sua irmã.

Comi a última garfada de purê de batatas e lambi o talher, desejando ter outro prato cheio. Levei a louça para a pia, passei uma água, coloquei na lava-louça e procurei nos armários até encontrar os copos. Enchi um copo com água e bebi. As coisas pareciam normais demais ali, quase como na minha casa. Mas aquela casa não era um lar para mim. E eu não deixaria que fosse. Talvez aquela fosse a opressão contagiosa da qual mamãe tanto falava. Talvez eu já tivesse sido infectada.

– De toda forma – meu avô continuou como se nunca tivesse parado de falar, ainda que vários minutos tivessem se passado desde então –, talvez vocês descubram um jeito de ajudarem uma à outra, você e sua avó.

Eu o encarei, tentando expressar minha incredulidade por meio do silêncio. Ele havia empacado no jogo novamente e começou a passar as cartas no baralho. E não tinha movido o ás de copas para o topo, o que liberaria todo um grupo de cartas. Mas não contei isso a ele.

Em vez disso, caminhei para o quarto e deitei na cama, a barriga cheia, os olhos pesados.

Peguei no sono assim que encostei a cabeça no travesseiro.

VINTE E DOIS

Na manhã seguinte, quando saí do banho para o quarto, descobri que minha operadora de celular havia desligado meu número. Segurei o telefone por um bom tempo, encarando-o. Já esperava que fosse desligado em algum momento, mas havia algo de muito deprimente e definitivo naquilo. Como se a última coisa que me prendia à minha vida antiga tivesse ido embora.

Minha avó deixou um prato com biscoitos recheados na cômoda, junto com um copo de suco de maçã. Devorei tudo enquanto pensava no que faria em seguida.

Estava bem descansada e com a barriga cheia. Não queria assistir TV, principalmente porque não havia uma TV no meu quarto, e eu não queria correr o risco de encontrar os meus avós na sala. Mas estava começando a ficar entediada e solitária sem ter com o que me entreter, e, apesar de querer deixar claro para aquelas pessoas que eu as odiava, sabia que, em algum momento, teria que sair e conversar. Não tinha para onde ir.

Eu precisava admitir que não conseguiria viver com meus avós durante o próximo ano, ou mais, sem nunca falar com eles.

Peguei o telefone que minha avó havia deixado na cômoda no dia anterior e fui para o lado de fora da casa, onde um balanço dava vista para um jardim. Eu me sentei, afundando os pés descalços na grama espessa. Liguei para Dani primeiro.

– Você me odeia? – ela perguntou.

– Não. Queria que tivesse me avisado, mas não te odeio.

Ela sussurrou no telefone.

– É a minha mãe. Ela acha que você vai surtar ou algo assim, e não quer ser a pessoa a ter que lidar com isso. Você vai?

– Vou o quê?

– Você vai surtar? Quer dizer, sua mãe morreu.

– Eu sei que ela morreu, Dani – disse, tentando disfarçar minha irritação. Por que diabos a mãe dela se afastaria de mim se achava que eu precisava de ajuda? Minha mãe estava certa: os pais da Dani pensavam como advogados.

– E acho que não. Quer dizer, não tenho certeza. Como é surtar?

– Eu não sei. Algo como perder a cabeça? Acho que eu perderia se estivesse no seu lugar.

Apertei o nariz com os dedos. Sentia uma raiva já conhecida crescendo dentro de mim. Nunca fui do tipo brava, e não fazia sentido isso continuar acontecendo. Estava triste, não com raiva. Estava com medo e sozinha, mas não entendia o porquê de tanto ódio. Estar irritada o tempo todo me fazia sentir como se estivesse realmente perdendo a cabeça.

– Acho que sim – respondi. – Não importa.

– Claro que importa.

– Não para sua mãe.

– Ah, Jersey. Isso não é justo. Minha mãe está com um monte de coisas na cabeça também.

Sério?, eu queria gritar ao telefone. *Tipo o quê? Encontrou algumas telhas quebradas? Teve que ficar sem o secador de cabelo por uma semana? A pobrezinha quebrou uma unha ao tirar uma placa de madeira da entrada da garagem? Minha nossa, como ela conseguiu superar?* Em vez disso, me concentrei na minha respiração, tentando afastar a fúria.

– Alô? – Dani disse.

– Estou aqui.

– Bom, então... Sem querer mudar de assunto, ouvi uma coisa sobre Kolby.

Soltei o nariz e me endireitei.

– O quê?

– Provavelmente é só um boato, mas alguém disse que ele pegou uma infecção estranha no braço.

– Sim, ele pegou. Tentei ligar para ele algumas vezes. Estava num hospital em Milton.

Ela fez uma pausa.

– Ouvi dizer que foi muito sério.

– Quão sério?

– Não sei.

Mas algo em sua voz me dizia que ela sabia, só não queria dizer. Eu precisava falar com Kolby.

– Escuta, tenho que ir. Te ligo depois – respondi.

– Ok, mas e sobre a minha mãe? Não fique brava.

Pare de falar disso, meu cérebro fervilhava. *Só pare.*

– Tá tudo certo. Não estou brava – respondi. – Vou tentar ligar pro Kolby de novo.

– Ligue de volta quando descobrir o que está acontecendo – disse ela. – Todo mundo quer saber.

– Ok.

Desliguei e disquei o número do Kolby imediatamente, andando de um lado para o outro na grama, levantando enxames de mosquitos minúsculos.

– Alô? – uma voz atendeu.

Ainda não era ele.

– Tracy? É a Jersey. Kolby está aí?

– Hã, Jersey? Sim, ele está aqui, mas... Espere.

Demorou um bocado, mas, quando responderam de novo, era o Kolby.

– Ei – disse ele. Sua voz soava grogue. – Você voltou para Elizabeth?

– Não, estou em Waverly com meus avós. Mas me conte o que está acontecendo com você. É muito sério?

– Está tudo bem. Peguei uma infecção no corte do braço, algum fungo com um nome de mil letras. O médico disse que é algo comum em casos de desastres naturais.

– Você vai ficar bem?

Ele limpou a garganta, a voz rouca e embolada.

– Danificou muito o tecido, está bem nojento. Parece algo saído de uma revista em quadrinhos. Já estava esperando que um braço biônico aparecesse no lugar. – Sua risada soou fraca.

– Mas está curado agora, certo?

– Mais ou menos. Tive que fazer um enxerto de pele. – Ele riu de novo. – Tiraram pele da minha bunda e colocaram no meu braço.

Eu parei de balançar.

– Espere. Você fez uma cirurgia?

– Sim. Mas saio daqui em breve. Só vou ter que descansar por um tempo, para ter certeza de que sarou e tal. Nada de mais.

– Parece bem sério – eu disse. Kolby, que havia jogado beisebol na rua durante todo o verão, que andava de *skate* e empurrava a irmã no balanço, que havia carregado a mãe para fora da janela do porão no dia do tornado, precisou fazer uma cirurgia? Por causa de um corte? Como isso era possível?

Ele bocejou alto.

– Então... Eu tenho que ir. Os remédios para dor estão começando a funcionar, e nunca se sabe o que posso dizer sob o efeito deles. Sério, eu poderia até declarar meu profundo amor pelo seu dedão. – Ouvi o riso em sua voz, mas não consegui retribuir. Parecia que a dor nunca dava uma trégua. Me senti abalada, frágil.

– Ok – respondi. – Me dê notícias quando sair do hospital. E se cuida. Tô falando sério.

– Se continuar mandona assim, serei obrigado a encostar em você com meu braço de bunda. – Ele bocejou novamente.

– É sério, Kolby – eu disse, sem conseguir evitar sorrir um pouco. – Não quero que nada aconteça com você.

– Ah, Jers. Se eu não te conhecesse, acharia que está com saudade.

Fechei os olhos.

– Mais do que você poderia imaginar – falei.

Desliguei o telefone e fiquei em pé ali, no meio do quintal dos meus avós, descalça e tremendo. O aparelho escorregou da minha mão e caiu na grama, mas não me abaixei para pegá-lo. Tremia tanto que meus dedos não conseguiam segurar nada. Talvez a mãe da Dani estivesse certa, talvez eu estivesse surtando, e muito fora de controle para conseguir perceber. Talvez surtar fosse isso.

– Jersey? – A voz da minha avó ressoou da porta de vidro.

Eu me virei devagar.

– Hã? – disse, mesmo sem querer falar.

– Estamos indo ao mercado. Por que não vem com a gente?

Concordei. Apesar de tudo, eu concordei. *Claro, o mercado. Por que não? Meu mundo inteiro está se desfazendo, então por que não ir ao mercado? Porque mercados são coisas normais e sãs, e talvez façam de mim normal e sã.*

* * *

Meia hora depois, me vi atravessando o corredor de pães e cereais, passando pelo de enlatados e massas. Meus avós conversavam como se aquele fosse o dia mais emocionante de suas vidas, liam rótulos, apontavam para etiquetas de promoção e perguntavam muito, perguntavam tanto que sentia meu cérebro prestes a explodir.

– Jersey, você gosta de pãozinho com molho? Seu avô faz uns maravilhosos, Jersey.

– Acho que sim.

– Jersey, que tipo de desodorante você usa, querida? Que tipo de xampu, Jersey? Precisa de algo para se depilar, Jersey? Uma escova de cabelo, Jersey? Você gosta dessas barras de cereal? Você bebe muito leite? Gosta de laranjas? Jersey, Jersey, Jersey?

– Sim. Ok. Está bem. Não. Não sei.

Minha avó deve ter conversado com cerca de dez outras pessoas, e repetia sempre o mesmo discurso: "Esta é a nossa neta, Jersey. Acredito que você tenha ouvido falar sobre o tornado em Elizabeth. Que coisa mais triste. Sim, perdemos nossa única filha. É muito traumático para todos nós, mas estamos seguindo em frente, não estamos, Jersey?".

E então vinham as apresentações, como se estivéssemos em um jantar chique idiota: "Jersey, esta é Anna, esta é Mary e esta é Sra. Donohue. O filho dela é fuzileiro naval e a filha ensina inglês na faculdade comunitária. Era ela quem costumava tomar conta da sua mãe, acredita?".

Para todos que viam de fora, éramos uma família reunida tentando se refazer. Meus avós, os santos, tinham acolhido uma neta de olhar sombrio, olhos fundos e cabelos roxos que nem conheciam, e estavam ajudando-a a reconstruir a vida. Faziam até compras juntos. Tão bonitinho.

Eu queria vomitar.

Queria gritar e correr para o estacionamento e jogar latas de ervilha pelas janelas. Queria quebrar os faróis do carro da Anna, a mãe do fuzileiro naval. Queria me deitar sobre o porcelanato frio, pressionar a bochecha contra ele, dormir, chorar, morrer de raiva, ter um ataque de fúria, quebrar coisas, me machucar.

Em vez disso, eu concordava. Respondia todas as perguntas.

Afinal, eu não tinha outra escolha.

O shopping de Waverly era algo que dificilmente poderia ser considerado como tal. Havia basicamente duas lojas de departamentos e algumas lanchonetes aqui e ali, sem quase ninguém. Minha avó me guiou pelas prateleiras de roupas, me enchendo de perguntas sobre tamanhos e preferências, me levando a provadores com os braços cheios de sutiãs, blusas e shorts. Experimentei todos, obedientemente, mas, ao sair do provador, mal me lembrava de ter estado lá. Não lembrava quais roupas haviam vestido bem, e não me importava.

  Enfiei os pés em sapatos novos e escolhi brincos brilhantes. Carreguei sacolas de compras enquanto minha avó entoava um monólogo interminável sobre roupas e a natureza efêmera da moda. Ela me fez mais perguntas, tantas perguntas que senti meus ouvidos pulsarem. "Você gosta de usar shorts, Jersey? Oh, Jersey, o que você acha dessa blusa? Os corações não são bonitinhos? Jersey, experimente este aqui. Acho que vai ficar ótimo em você, Jersey. Que tipo de coisas você usava em casa, Jersey?" Queria tampar meus ouvidos, colocar as mãos sobre eles e cantar "lá lá lá" para não ter que escutá-la.

  Na casa dos meus outros avós, eu conseguia me fechar, juntando cada pedacinho solitário de mim. Ali, isso era impossível. Eu me sentia sob um microscópio, iluminada por um holofote, cutucada, mexida e analisada. Dia após dia, apesar de emocionalmente anestesiada, era arrastada para os lugares pelos meus avós, que conversavam comigo, me mostravam coisas, me apresentavam às pessoas e me faziam participar, mesmo que isso me fizesse sentir como uma ferida aberta, machucada demais para conseguir construir aquela casquinha protetora. Comecei a me sentir como um nervo exposto.

– Quer almoçar, Jersey? – ela perguntou.

– Ok – eu disse, a mesma resposta mecânica que havia dado o dia todo.

– Que tal nachos?

– Ok.

Sentei em uma mesa na praça de alimentação, cercada por sacolas de compras cheias de coisas que eu não me lembrava de ter escolhido, coisas com as quais não me importava, enquanto minha avó pedia uma porção de nachos para dividirmos. Ela voltou e nós comemos em silêncio.

Quando peguei o último nacho, ela finalmente falou:

– Você gostaria de ir à igreja comigo no domingo, Jersey?

Parei com o nacho a caminho da boca, os ingredientes caindo na bandeja.

– Não – respondi.

Ela inclinou a cabeça para o lado.

– Mas tem tanta gente da sua idade lá. Pensei que você gostaria de conhecer algumas delas antes de a escola começar, no outono.

Senti a lateral da minha cabeça doer. Eu nem queria pensar em escola, em começar o último ano como novata.

– Não – repeti, soltando o nacho e limpando as mãos num guardanapo.

– Por que não?

– Porque... – *Porque estou cansada de tudo ser novo. Porque só quero algo familiar. Porque fazer novos amigos pode significar perder os antigos. Porque eu não consigo nem pensar direito quando você fica repetindo meu nome desse jeito.* – Porque eu nunca fui à igreja.

Ela franziu a testa.

– Quer dizer que a Christine nunca te levou?

Neguei com a cabeça, tentando parecer orgulhosa, como se minha mãe tivesse uma grande razão para não ter me levado à igreja. Como era possível que a minha avó, a mesma que não falava com minha mãe há mais de uma década, se atrevia a questionar isso?

Seus lábios ficaram tão tensos que se tornaram uma linha.

– Bem, isso me surpreende. Ela amava a igreja. Ia todos os domingos antes de começar a se relacionar com aquele Clay Cameron. Pensei que, depois que ele a deixou, ela voltaria a encontrar seu lar na igreja.

– O lar dela era comigo – respondi. – Ela não precisava de igreja.

Ficamos em silêncio por mais alguns segundos enquanto eu tentava imaginar minha mãe em uma igreja. Estava ficando cada vez mais difícil me lembrar dela com todas aquelas novas versões aparecendo em todo lugar que eu ia. A versão de Clay, a versão dos meus avós, a minha versão... Elas estavam ficando turvas, competindo entre si e confundindo as memórias que eu tinha dela. Era como se estivesse tentando me lembrar de alguém que nunca conheci.

– Você estaria disposta a dar uma chance? – minha avó perguntou. – Se odiar, não precisa voltar. A igreja foi muito importante para sua mãe por um tempo. Você vai poder ver onde ela cresceu.

Revirei os olhos, mas sentia minha determinação fraquejar. Me imaginei entrando em uma igreja abafada e odiando aquilo tudo, sentindo os olhares de todos lá dentro. Me imaginei olhando para cima e gritando com Deus: *Como você pôde? Por que fez isso comigo?*

Mas também pude me ver tranquila, acolhida pela mamãe, pelo passado dela, um passado que eu não conhecia. Pude me ver aprendendo sobre ela lá.

– Vou para a mesma escola que ela foi? – perguntei, tentando ganhar tempo para pensar.

– Sim. – Minha avó limpou a boca, permitindo que eu mudasse o assunto. – Waverly Sênior. Vocês são os Tigres.

– Costumávamos ser os Buldogues – falei, como se isso importasse. *Buldogues,* ouvi a voz da Marin cantar na minha cabeça. *Buldogues latindo, Buldogues latindo.*

– Sim, ouvi dizer que o time de futebol era bom. Você conhecia alguns garotos do time?

Claro que sim. Conhecia todos eles. Nós crescemos juntos. Fiquei imaginando quantos deles jogariam na próxima temporada. Quantos deles não jogarão mais.

– Eu era do teatro – eu disse.

– Olha! Que divertido! Em quais peças você atuou, Jersey?

Não podia culpá-la por perguntar. Na verdade, sempre me perguntavam isso. As pessoas nunca presumiam que alguém podia amar o teatro e preferir ficar atrás dos holofotes. Mesmo assim, a pergunta dela me irritou. Não era o fato de que ela não sabia, mas o fato de que... ela era minha avó e não sabia. Travei o maxilar, tentando conter minha irritação, mas foi inútil. Era demais. Muito, e rápido demais. Empurrei minha cadeira para longe da mesa com tanta força que o som ecoou pela praça de alimentação, fazendo com que as pessoas se virassem para olhar.

– Preciso de um celular novo – eu disse, mudando abruptamente de assunto. – O meu foi cortado.

– Oh. – Ela pensou por um momento. – Ok. Mas nós também podemos pagar a conta do seu antigo e transferi-lo para os nossos nomes. Assim você não precisa mudar de número.

– Tudo bem, então estou pronta para ir pra casa – falei, irritada demais com todas aquelas mudanças na minha vida para processar o alívio que eu sentia por não ter que me livrar do meu telefone antigo, por não ter que me desfazer das preciosas fotos guardadas nele.

Minha avó não disse mais nada. Apenas me seguiu enquanto eu andava rapidamente para o estacionamento, minhas pernas impulsionadas pela estranha raiva que começava a me acompanhar como um fantasma.

VINTE E QUATRO

Duas semanas haviam se passado desde o convite da minha avó para ir à igreja, e eu tinha esperanças de que ela tivesse se esquecido. Mas, no terceiro domingo após nossa ida ao shopping, ela apareceu na minha porta vestindo não uma calça cáqui com suéter e túnica de tons pastel – sua marca registrada –, mas vestido e meia-calça. Seus dedos dos pés, cobertos, escapavam de um par de sandálias de vime. Seus joelhos tinham calombos salientes e suas panturrilhas eram cobertas de varizes que a meia-calça não ajudava a esconder.

Eu estava sentada na cama com as pernas cruzadas, jogando cartas e fingindo não ter notado minha avó ali. Parecia que eles já tinham me apresentado a todos, me levado a todos os lugares, e finalmente me deixaram em paz. Havia me tornado especialista em parecer invisível. Se eu ao menos descobrisse uma forma de torná-los invisíveis também...

Ela bateu de leve no batente da porta.

– Jersey?

Fechei os olhos, me segurando para não gritar com ela por mais uma vez pronunciar meu nome como uma pergunta.

– Tem certeza de que não quer ir à igreja?

Não olhei para ela.

– Tenho.

Mas, em vez de fazê-la ir embora, minha resposta curta a fez querer tentar novamente. Ela entrou no quarto e se sentou, cautelosa, na beirada da cama, fazendo as cartas deslizarem. Eu recuei e as juntei novamente.

– Ir lá pode ajudar – disse ela, e se eu não a odiasse tanto, poderia ter me sentido tocada pelo tom suave da sua voz. Ela agia como se realmente se importasse. Da mesma forma que agiu quando deixou pratos com biscoitos caseiros na minha cômoda, ou quando me comprou um novo conjunto de tiaras de cabelo, ou uma blusa nova, ou alguma coisinha para me ajudar a construir minha vida de novo.

Senti pena dela por esses momentos, pois ela não sabia que a mamãe havia me criado para vê-la como inimiga, não entendia que seria uma traição se eu começasse a amá-la. Ela não sabia como me sentia por dentro, não sabia que eu não conseguiria baixar a guarda nem se quisesse, porque a parte de mim que uma vez foi capaz de amar havia ido embora. Ela não sabia que, ainda que eu achasse sua casa um lugar aceitável para ficar por enquanto, estava apenas esperando a hora em que poderia ir embora. E quando eu fosse, também a deixaria para sempre.

– Não preciso de ajuda – murmurei enquanto embaralhava as cartas, enfileirando-as habilmente.

– Jersey, uma hora você vai precisar de ajuda. Você sabe disso, não sabe? Você perdeu muito, Jersey, e este pode ser seu primeiro passo.

Duas cartas escaparam e eu bati o punho – o que estava segurando o baralho – contra a perna.

– Por favor – eu disse, fechando os olhos e tentando soar civilizada, mas sabendo que não chegaria nem perto disso. – Por favor, pare de falar tanto o meu nome. Está me deixando louca. É irritante.

Ela abriu a boca como se quisesse dizer alguma coisa, mas pareceu pensar melhor e a fechou, limitando-se a um breve aceno de cabeça. Em seguida, levantou-se e saiu do quarto sem dizer nem mais uma palavra sobre a igreja, nem mencionar meu nome. Graças a Deus.

Fiquei onde estava até ouvir a porta da frente fechar, observando, através das cortinas, o carro da minha avó dando ré em frente à calçada. Então levantei e fui para a sala de estar, esperando assistir a um pouco de TV antes de eles voltarem. Mas meu avô não tinha ido com ela. Em vez disso, estava sentado na mesa da cozinha com o boné de beisebol e a camisa xadrez, segurando um baralho de cartas.

Passei por ele como se não o tivesse visto e peguei um refrigerante na geladeira, planejando beber na sala enquanto assistia a alguma besteira. Ao me dirigir para a sala, porém, não pude evitar observar que ele estava deixando de mover o ás de novo.

– Você sabe que pode mover essa carta para o topo, certo? – perguntei, apontando para o ás.

Ele olhou para cima como se não tivesse me notado ali antes, e por um momento me perguntei qual de nós era o melhor ator. Provavelmente nenhum.

– O quê?

Parei ao seu lado e peguei o ás, fazendo uma nova linha acima das cartas.

– Você pode mover essa carta para cima e começar a montar aquela pilha. São a mesma coisa, o ás e o um. Assim você pode pegar esta aqui. – Virei a carta onde o ás estivera antes. Era um dez de espadas que ele podia jogar.

– Bem, então é assim – ele disse. – Estive jogando isso errado a minha vida inteira?

– Se sempre jogou desse jeito, parece que sim – respondi, abrindo a lata de refrigerante.

Ele moveu mais algumas cartas e empacou de novo. Eu o ajudei colocando uma rainha sobre um rei, mas então ficamos os dois empacados, e ele teve que juntar as cartas de volta em uma pilha.

Ele olhou para mim.

– Você joga cartas? – perguntou.

Dei de ombros, tomando um gole do refrigerante. Ele devia estar se achando muito esperto, falando comigo como fazem nos programas de TV, mas eu não ia dar brecha para ele começar uma conversa.

– Sua mãe jogava cartas – ele continuou, como se nem tivesse percebido que eu o havia ignorado. – Era muito boa nos jogos de Go Fish, sabia?

Olhei para ele por cima da lata de refrigerante. Minha mãe quase nunca jogava cartas, nem mesmo quando implorávamos. Ela dizia odiar. Mais uma coisa que eu não sabia sobre ela.

– Claro, ela herdou o gene de mim. – Ele embaralhou novamente e sorriu. – Sou imbatível.

Dessa vez, não consegui me controlar. Estalei a língua e revirei os olhos, incrédula.

– Não acredita em mim? É verdade. Você não conseguiria me vencer se tentasse.

– Duvido – murmurei, e ele inclinou a cabeça, colocando uma mão ao redor da orelha.

– O quê? Tem que falar mais alto. Sou um homem velho.

Abaixei o refrigerante.

– Eu disse que duvido que você consiga ganhar de mim.

Lentamente, seus lábios se moveram num sorriso.

– Você acha, é?

– Tenho certeza. Cartas são minha especialidade – eu disse. – Aprendi num acampamento. Sei jogar praticamente qualquer coisa.

Ele embaralhou as cartas.

– Sério? Você já jogou Humbug?

– Já disse, cartas são minha especialidade. Eu te desafio.

Ele distribuiu o baralho, virando a última carta para cima. Começamos a jogar. Parecia que meus planos de assistir TV seriam adiados por enquanto. Tinha me esquecido de como era bom jogar contra um adversário.

A melhor coisa sobre cartas é que você pode jogar com qualquer um. Amigos, inimigos ou completos estranhos. Geralmente, eu gostava mais de jogar com estranhos; havia menos distrações, menos fingimento.

– Aprendeu no acampamento, né? – meu avô perguntou.

– Meu orientador tinha um livro cheio de jogos. Eu sempre ganhava. – Marquei um ponto só para provar o que dizia.

Ele fez um som de aprovação.

– Minha mãe, sua bisavó Elora, que você não conheceu, era extraordinária nas cartas – disse ele. Revelamos nossas cartas e ele marcou um ponto, me surpreendendo. – Sempre carregava um baralho na bolsa. – Lembrei do baralho que eu havia guardado na bolsa da Marin. – Ela me ensinou muitos jogos, mas esse eu aprendi no exército.

Jogamos em silêncio por alguns minutos, até que ganhei o jogo e recolhi as cartas para começar outro.

– Mexe-mexe? – desafiei.

Ele ergueu as sobrancelhas como quem diz "você está cometendo um erro" e assentiu. Então, embaralhei e distribuí as cartas.

– A Patty é demais – ele disse, juntando suas cartas em um leque. – Ela às vezes exagera, mas não faz por mal.

– Eu não vou à igreja – murmurei, sabendo aonde ele queria chegar. Descartei o que tinha e ele deu novas cartas sem hesitar.

– Não, eu também não vou. É a igreja dela, não a minha.

Olhei para cima, mas ele não estava olhando para mim.

– Não sabia que a minha mãe ia – falei.

Ele assentiu.

– Ah, sim. Foi muito importante para ela por um tempo. Sua avó e eu ficamos muito surpresos por ela nunca ter te levado. É por isso que sua avó acha que ir até lá pode ajudar você. Pode fazer você se sentir mais próxima da sua mãe, de alguma forma. Rezar um pouco por ela pode ser bom. Mas você também pode rezar por sua conta. Deus sabe o quanto já fiz isso na minha vida. Não é preciso ir à igreja para rezar.

– Eu não sei rezar – admiti, e assim que o fiz percebi que era isso que estava me impedindo durante todo aquele tempo. Não era porque eu nunca tinha ido à igreja, ou porque odiava a minha avó, ou qualquer outra desculpa. Fiquei tão assustada quando mamãe e Marin morreram, depois perdi os funerais, depois me afundei nos meus problemas em Caster City. Tinha descoberto as mentiras, descoberto que não conhecia a mamãe como achava que conhecia, e senti raiva.Não sei se a origem do problema era alguma dessas coisas ou todas elas, mas a verdade é que eu não sabia como conversar com minha mãe agora que ela havia partido. Não sabia o que dizer, e me sentia muito culpada por não dizer nada. Minha mãe e minha irmã tinham morrido há mais de um mês e eu não falava com elas desde então. Nunca lhes disse o quanto sentia a falta delas, nem como me sentia sobre tudo, nem que estava tudo bem, que não sentia raiva por elas não estarem em casa quando o tornado passou, nem que não odiava Ronnie. Eu sequer havia tentado.

Coloquei minhas cartas sobre a mesa, viradas para baixo. De repente, me sentia cansada demais para me concentrar. Meu avô ainda segurava as dele, passando o dedo entre elas, escolhendo uma e colocando-a na pilha de descarte.

– Bem, não sou nenhum religioso, mas acredito que rezar seja apenas uma forma de dizer o que está no coração – disse ele. – Não acho que exista alguma fórmula especial, mas sua avó sabe muito mais sobre isso do que eu. Você deveria perguntar a ela.

Aí estava o problema. Tinha tanta coisa acontecendo no meu coração, e essas coisas não costumavam combinar, ou fazer sentido, ou mesmo permanecerem as mesmas. Como falar sobre um coração que eu não entendia? O que eu diria?

Quando a porta da garagem se abriu, fiquei surpresa que uma hora tivesse passado tão depressa.

Minha avó entrou e, por um momento, apenas assistiu ao nosso jogo, sua bolsa senhoril castanho-clara pendurada no braço, os óculos de sol gigantes no rosto.

– Almoço? – ela perguntou enquanto tirava os óculos e colocava a bolsa sobre o balcão.

– Com certeza! – meu avô gritou, mostrando as cartas e ganhando o jogo. Larguei minhas cartas restantes, frustrada. – Meu estômago está roncando.

– Não, obrigada – respondi. – Preciso de um pouco de ar fresco.

Eu podia ver a confusão em seu rosto. Ao chegar e me ver jogando com meu avô, provavelmente imaginou que as coisas tivessem mudado. Talvez até tivesse acreditado que aquele era o começo de uma nova vida para nós. Um avanço.

Mas aquilo era demais. Tudo era demais. Eu não sabia o que estava sentindo, mas sabia que precisava de um tempo sozinha. Precisava de um espaço para colocar meus pensamentos no lugar.

VINTE E CINCO

O dia havia ficado um pouco nublado, mas ainda estava quente. Algum vizinho próximo estava aparando a grama e eu respirei fundo, absorvendo o cheiro de gasolina e mato recém-cortado. O aroma me encheu de lembranças.

Marin lá fora com seu cortador de grama de brinquedo, seguindo Kolby enquanto ele, com um cortador de verdade, seguia em linhas retas aparando a parte da frente do nosso jardim. Na minha lembrança, ela estava descalça, as unhas dos pés pintadas de um rosa-claro brilhante. Vestia um *collant* – aquele com a joaninha na frente, o mesmo que havia usado em um recital de primavera da pré-escola – e estava cantando, embora sua voz fosse abafada pelo barulho.

Mamãe estava ajoelhada no canteiro de flores, as mãos em um par de luvas de jardinagem listradas de azul e cinza, grandes demais para ela. Havia pegado algumas ervas daninhas com a mão esquerda e, com a direita, usava uma espátula para cavar raízes que não queriam sair, ao mesmo tempo em que me perguntava sobre a escola.

– Como Jane está?

– Bem. Ela ganhou um prêmio na Mini-ONU no fim de semana passado.

– Oh, que ótimo! Dê os parabéns a ela por mim. E você? Algum plano em vista?

– Nada de mais. O clube de teatro está fazendo monólogos, Dani vai apresentar uma cena de *Alice no País das Maravilhas*. Você deveria ir. Está realmente bom. Ela fez a Sra. Robb chorar.

– Qual peça você vai apresentar?

– Só estou fazendo a iluminação. Não tenho que fazer um monólogo se não quiser.

– Ah, mas por que você não quer?

Estava bebendo uma limonada que mamãe havia feito. Ela tinha saído mais cedo do trabalho naquele dia e comprou até framboesas frescas – coisa que a gente não costumava poder comprar – para colocar no copo. A porta da frente estava aberta, a casa escura atrás da tela. Todo mundo estava na parte de fora da casa, brincando ou trabalhando, aproveitando o ar frio do início da noite.

Esse foi o melhor dia. Um dia aleatório que poderia ter sido trocado por tantos outros semelhantes, mas ainda assim foi o melhor.

E agora eu estava andando por um bairro estranho, sozinha, ciente de que nunca mais ficaria no quintal com mamãe, Marin e Kolby novamente. Passei por vários vizinhos e senti que todos me olhavam engraçado. Me perguntei quantos deles sabiam a minha história. Em uma cidade pequena como Waverly, provavelmente a maioria deles. Histórias costumam ser o passatempo favorito de lugares como este, principalmente as que envolvem escândalos, mortes ou destruições. E a minha história tinha todos esses itens.

Essa é a neta da Patty e do Barry?

Ah, sim, tenho certeza que sim. Daquela Christine, a filha ingrata, eu suponho.

Fulana e Beltrana me disseram que ela perdeu tudo naquele terrível tornado em Elizabeth. Dá para imaginar?

Pobrezinha. Se a mãe dela tivesse ficado aqui...

Me senti incomodada sob aqueles olhares, mas não tinha certeza se estava imaginando coisas. Então, abaixei a cabeça e continuei andando.

Eu havia ido longe, e teria que andar bastante para voltar à casa dos meus avós. Não que eu estivesse ansiosa para chegar lá, mas percebi que o céu continuava a escurecer, e depois um trovão soou ao longe, fazendo meu coração disparar. Uma tempestade estava chegando. Como eu não havia percebido quando saí?

O vento começou a ficar mais forte, o cabelo das garotinhas brincando de bola balançavam em torno de seus rostos.

Olhei o céu. As nuvens pareciam estar descendo e se agitando, bloqueando o sol e me fazendo congelar por dentro. Nenhuma tempestade havia caído desde que a chuva parou, dois dias depois do tornado. Nunca tive medo de tempestades antes, mas agora meu coração acelerava. Comecei a respirar mais fundo enquanto avançava pela calçada na esperança de chegar em casa antes que ela realmente começasse.

Esta não sou eu, repetia para mim mesma ao sentir meu corpo tremendo, meu cérebro entrando em pânico. Não sabia mais quem eu era, e doía sentir que estava mudando. Queria minha vida de volta. Queria muito uma coisa que não podia ter, e tudo parecia tão terrivelmente injusto e assustador e triste que precisei usar todas as minhas forças para manter o controle. Sentia como se estivesse tentando escapar de alguma coisa.

Os trovões ficaram mais altos e mais frequentes. Podia vê-los. Podia ver minha irmã e minha mãe se afastando das janelas no estúdio da Janice. Podia ouvir as garotinhas chorando, podia sentir o telefone vibrando no bolso da minha mãe enquanto eu ligava. Podia vê-la segurando o telefone no ouvido, gritando, dizendo a todos para irem para trás, sem conseguir me ouvir do outro lado da linha.

Podia vê-las, de mãos dadas, correndo pela rua até o supermercado, levando as meninas em seus *collants* brilhantes e seus coques firmes. Podia ouvir as vozes assustadas das garotas, podia sentir o cheiro da eletricidade no ar, podia ouvir as sirenes tocando através de seus corpos.

Podia vê-las, os olhos arregalados quando o tornado ficou visível, os corpos agachados enquanto detritos e carros e postes e telhados inteiros surgiam como pontos no céu antes de cair nas ruas.

Podia sentir o medo se apossando delas e o instinto de sobrevivência aflorando à medida que se arrastavam pelos corredores do supermercado, na esperança de chegarem longe o bastante...

Cheguei ao final da rua e virei a esquina para voltar à rua Flora, começando a andar rápido, depois a correr enquanto enormes gotas de chuva insistiam em cair sobre mim. Com o canto do olho, vi a bola com que as crianças estavam brincando mais cedo balançando no vento, no meio da rua.

Tinha ficado tão escuro. Muito, muito escuro.

Corri mais e mais rápido, minha barriga começava a doer devido ao esforço e ao pânico. A casa dos meus avós ainda parecia tão longe.

Parei de repente, sem fôlego, pressionando os ouvidos com mais força quando o alarme de tornado começou a tocar.

VINTE E SEIS

Minha avó estava de pé na varanda da frente, uma mão no topo da cabeça como se estivesse com medo do cabelo sair voando. Seu rosto estava marcado por rugas profundas de preocupação enquanto fitava o céu, os olhos movendo-se de um lado para outro da rua em seguida. Ela chamou meu nome duas vezes antes de me ver surgir na calçada, meio correndo, meio cambaleando, as mãos nos ouvidos, a respiração irregular arrancando lágrimas secas de mim.

Não queria que ela fosse meu porto seguro. Não queria sentir que estava correndo para casa enquanto corria para ela. Mas meu coração pulou no peito quando a vi.

– Jersey! Aí está você – ela disse, e mal pude ouvi-la sob a sirene. – Estava preocupada.

A chuva começou a cair forte ao meu redor enquanto atravessava o quintal da frente, minhas pernas exaustas e bambas tentando mover um pé depois do outro. Por um momento aterrorizante, quase vertiginoso, tive medo de não conseguir dar os últimos passos. Tinha certeza de que minhas pernas iriam ceder, que eu iria cair de cara na grama e que minha avó seria incapaz de me levantar. Imaginei o céu se abrindo em um tornado raivoso, que descia para me pegar e me carregar para seu olho, em meio a destroços e pessoas mortas. Pessoas como a minha mãe e a minha irmã.

Mas de alguma forma eu consegui, e apesar da minha avó ter tentado me alcançar, passei correndo por ela e entrei na casa. Cheguei ao corredor e desci os degraus do porão sem parar nem mesmo para procurar o interruptor, minha mente voltando, por um breve momento, para o dia em que Meg e Lexi apagaram a luz, me assustando. A lembrança só serviu para me agitar ainda mais, e pude sentir a fúria percorrendo meu corpo.

No porão, tudo era mais silencioso. Não se ouvia as sirenes, o vento não zunia mais nos meus ouvidos e a chuva caía longe, no telhado. Mesmo assim, minha mente estava a mil. Minha cabeça disparava seu próprio barulho de sirene. Meus ouvidos zumbiam e eu perdia o fôlego enquanto andava, gemendo, chorando e murmurando. Não sabia o que havia de errado comigo. Nunca havia me sentido ou agido dessa maneira durante uma tempestade antes. Mas não conseguia parar. Não conseguia afastar a sensação de ardor no meu peito nem impedir meu corpo de reagir a ela.

– Jersey? – minha avó chamou, e segundos depois o porão se encheu de luz. Vi os pés dela descendo pelos degraus com carpete. – Jersey? Está me ouvindo?

Não sei se foi o jeito como ela ficava dizendo meu nome – sempre, constantemente, dizendo o meu nome –, ou se o medo e a sirene haviam entrado na minha cabeça. Ou talvez tivessem sido aquelas palavras: "Está me ouvindo?". As mesmas que eu havia dito para a minha mãe semanas antes. Palavras que ficaram sem resposta.

Talvez tenha sido todas essas coisas, porque entrei em pânico. Senti meu peito apertar e caí de joelhos, surpreendida por esse sentimento. Minhas mãos, trêmulas, agarraram meu peito, e eu ofeguei e engasguei. Podia sentir meus olhos arregalados, mas não conseguia mais ver minha avó ou os degraus com carpete do porão.

Tudo que eu podia ver era o fundo da mesa de sinuca do Ronnie, os papéis voando à minha volta, um cinzeiro rolando. Tudo que eu podia ouvir era o som da minha cozinha cedendo e caindo no porão, o rugido do vento mais poderoso de que se teve notícia em quarenta anos, o presságio de morte e destruição girando dentro dele. Podia ouvir o som de vidro quebrando, de tijolos batendo no concreto, de madeira se despedaçando. De mim mesma gritando.

Gritando, gritando e gritando, meus olhos fechados, apertados com tanta força que eu não tinha mais certeza de onde estava. Me sentia paralisada pelo medo, o medo que começou no dia em que minha mãe levou a Marin para a aula de dança e nunca mais voltou. O medo que eu vinha mantendo a distância, que vinha empurrando para dentro de mim durante todos os dias que se seguiram ao tornado, durante os dias na pousada com Ronnie e durante as noites assustadoras em que me perguntava o que Lexi e Meg fariam comigo. O medo se apoderou de mim, me aprisionou, me fez sentir como se eu fosse morrer. Como se fosse me juntar a minha mãe e minha irmã.

Não sei por quanto tempo permaneci assim. Mas em algum momento, como se emergisse de uma piscina e tomasse o primeiro fôlego, comecei a perceber as coisas. A voz da minha avó dizendo meu nome várias vezes, suas mãos segurando meus ombros, me sacudindo.

– Jersey! – ela gritava. – Meu Deus, Jersey! Pare de gritar. Vai ficar tudo bem. Jersey!

Ela me sacudiu mais e mais forte. Senti minha cabeça se movendo para a frente e para trás, até que finalmente os gritos... apenas pararam. Pisquei entre as lágrimas, minhas pálpebras inchadas, e vi minha avó ajoelhada diante de mim, me olhando séria.

– Pare com isso – pediu ela. – Pare de gritar. Eles desligaram as sirenes.

Minha boca se fechou. Senti meus lábios úmidos e tentei recuperar o fôlego.

– Está tudo bem – ela disse, sua voz ainda alta, embora mais suave.

Minha avó me balançou suavemente ao dizer as palavras "tudo" e "bem", mas deve ter percebido logo que eu havia voltado à realidade, porque balançou a cabeça brevemente, me soltou e se levantou. Ela cruzou os braços e me encarou com firmeza.

– Você não pode desaparecer assim – disse, e me perguntei se aquela mulher de rosto anguloso era a mesma Patty que minha mãe havia odiado tanto. – Estávamos preocupados com a tempestade. Você poderia estar em qualquer lugar. Vovô Barry está na rua nesse momento, dirigindo por aí procurando por você.

– Eu não pedi a ele para me procurar – respondi, meus lábios entorpecidos mal se abrindo para deixar as palavras saírem.

– Você poderia ter se machucado. Ou pior.

– Pior – repeti em seguida, soltando uma risada irônica e sem alegria. Sentia como se estivesse morrendo. Ou como se nunca fosse terminar de morrer. Como se fosse ficar presa àquela dor para sempre. Rolei os olhos para cima para encará-la, furiosa, assustada; as palavras saindo desesperadamente trêmulas da minha boca. – Está querendo dizer que eu poderia ter perdido tudo que amava? Bom, tenho más notícias: isso já aconteceu. Ou será que com "pior" você quer dizer que eu poderia ter morrido? Porque isso realmente teria sido melhor. Eu deveria ter morrido com elas. Eu queria ter morrido com elas. – De alguma forma, apesar do cansaço, consegui forças para ficar de pé. – A morte seria uma benção – falei, embora não quisesse dizer isso. Sabia que essas palavras machucariam e assustariam minha avó, mas não me importava. Nada mais me importava. Estava tão confusa, tão à flor da pele e tão cansada de tudo aquilo. Que importância tinha se eu a magoasse? Ela poderia se juntar a nós, o clube dos vivos-quase-mortos.

Sua expressão suavizou e ela tentou me tocar, mas me encolhi e recuei.

– Oh, Jersey, você não quer dizer isso. Sei que era muito próxima da sua mãe, mas...

– Não fale sobre a minha mãe – rosnei, minha voz mais alta novamente. – Ela te odiava. Ela fugiu de você antes de eu nascer, e nunca quis nada com você de novo. Na verdade, é bom que ela tenha morrido, porque certamente preferiria a morte a me ver sendo criada por você.

Minha avó enrijeceu e tenho quase certeza de que vi seus olhos ficarem vermelhos e cheios de lágrimas, mas ela se controlou.

– Infelizmente, somos sua única escolha – disse ela.

– Não dá para chamar de escolha quando há apenas uma opção – respondi. – Eu não escolhi isso. Não sei nada sobre vocês, porque a minha mãe não contava nada pra gente. Marin viveu e morreu sem avós, você tem noção disso? Ela nunca perguntou sobre você porque sequer sabia que você existia. Então obrigada pela "escolha", mas não quero.

Dessa vez, vi uma lágrima escorrer pela bochecha levemente enrugada da minha avó, e eu estava tão mal que fiquei satisfeita com isso. Até sorri, embora soubesse, no fundo, que era errado machucar outra pessoa daquela forma. Eu não era a única a sofrer, e minha dor não era culpa dela nem de ninguém. Ela era apenas a pessoa sendo culpada.

– Jersey, queremos te ajudar – ela disse suavemente. Tentou me tocar de novo, e dessa vez me desviei e andei até as escadas. – Podemos procurar uma terapia para pessoas de luto – ela gritou atrás de mim. – Podemos conseguir o que você precisar. Nós te amamos.

Subi as escadas. Terapia de luto. Como se isso fosse funcionar. Como se alguma bobagem hippie com "técnicas de superação" pudesse trazer minha mãe e minha irmã de volta.

– Bem, eu não te amo – respondi friamente por cima do ombro, sem me incomodar em diminuir o passo. – Nenhuma de nós nunca amou.

Apaguei luz ao chegar no topo da escada, deixando minha avó na escuridão. Exatamente o que Meg e Lexi haviam feito comigo.

VINTE E SETE

Choveu durante o resto do dia e à noite. Podia ouvir meus avós andando pela casa, portas abrindo e fechando suavemente, palavras ditas tão baixo que não consegui decifrá-las.

Me enrolei nos cobertores e olhei pela janela, fitando o céu cinzento e as gotas de chuva no vidro, que faziam sombras engraçadas no meu edredom.

Eu me sentia péssima. Não conseguia evitar. Agora que havia jogado tudo aquilo na cara da minha avó, estava sendo consumida pela culpa. Sentia culpa por tê-la magoado, mas também porque tinha começado a duvidar da minha mãe. E se meus avós não fossem os únicos culpados? E se ela também tivesse sido cabeça-dura e cruel? Sabia que isso era possível, pois mal havia me reconhecido naquele porão.

E o que isso importava, afinal? A briga entre mamãe e eles havia finalmente acabado. Tinha valido a pena para ela? Ela sabia que os pais tinham ido ao funeral? Sabia que eu estava com eles agora? Teria aprovado isso?

Queria tanto conversar com ela, perguntar essas coisas.

Debaixo das cobertas, fechei os olhos e pressionei uma mão contra a outra. Esperava que as palavras viessem até mim, mas era como se algo em meu íntimo estivesse com medo de se aproximar da minha mãe, mesmo em oração. Toda vez que eu tentava direcionar algum pensamento para ela, meu cérebro voltava atrás, meu coração se fechava e minhas palavras falhavam. Conversar daquele jeito era admitir que ela estava morta, e eu não conseguia aceitar isso.

Minha porta se abriu e a luz se acendeu, me ofuscando e me fazendo estremecer. Meu avô estava na porta, o que me surpreendeu. Geralmente era minha avó que ia até o meu quarto. Ele nunca chegou a entrar.

– Sua avó foi para a cama – disse ele, sem rodeios. – Estava chateada e com dor de cabeça. Então, se você quiser jantar, vai ter que fazer isso sozinha. A menos que queira um sanduíche de manteiga de amendoim e geleia. Isso eu sei fazer.

– Não, obrigada, não estou com fome – respondi, olhando os rastros de chuva na janela. Mas, depois que ele saiu, deixando a porta aberta, percebi que estava faminta.

Levei alguns minutos para criar coragem e ir à cozinha, onde sabia que ele estaria. Havia algo sobre o meu avô que não me incomodava tanto. Não sei se eram os jogos de baralho, mas eu quase sentia uma espécie de ligação com ele, mesmo que não quisesse admitir. Havia algo nele que me transmitia confiança, e parecia ter se passado tanto tempo desde a última vez em que tivera alguém em quem confiar.

Não fiquei surpresa ao encontrá-lo na mesa da cozinha, jogando Paciência. E perdendo, como de costume.

– Três de paus no dois lá em cima – murmurei ao passar por ele. Com o canto do olho, pude vê-lo pegar a carta e movê-la enquanto eu fuçava os armários, até que encontrei uma caixa de macarrão com queijo. Virei a embalagem para ler as instruções, mesmo sabendo praticamente de cor. Tinha tanto tempo que eu não fazia algo cotidiano como preparar macarrão com queijo. Me senti bem, como se retomasse uma rotina. Coloquei uma panela com água para aquecer no fogão e me encostei no balcão da cozinha, sem saber o que mais poderia fazer. – Tem um valete ali – eu disse.

Meu avô olhou para as cartas, as mãos suspensas acima delas. Dei um passo para a frente e apontei.

– Bem aqui.

Ele moveu as cartas.

– Por que você joga esse jogo? – perguntei. – Sempre deixa passar as cartas.

– Oh – disse ele, puxando três cartas do baralho em sua mão e virando a última. – Acho que é porque me mantém mentalmente ativo. – Ele olhou para cima e piscou para mim. – Imagine quantas eu deixaria passar se não jogasse.

Não consegui não rir.

– Não deixaria nenhuma passar, já que não estaria jogando.

– Hum – murmurou ele, como se estivesse refletindo. – Acho que você tem razão, não é? Ou talvez deixasse todas passarem. Quer se juntar a mim? Podemos jogar Spit.

Dei um sorriso largo. Spit era um jogo de velocidade. Ninguém nunca tinha ganhado de mim no Spit. Já havia feito até Marin chorar durante uma partida. Foi um massacre.

– Distribua minhas cartas.

A água começou a ferver e eu coloquei a massa na panela, dando uma rápida mexida. Em seguida, deslizei para a cadeira em frente ao meu avô enquanto ele distribuía vinte e seis cartas para cada um de nós.

– Uma tempestade e tanto a que tivemos essa tarde, não foi? – ele disse, distraído, enquanto dava as cartas.

Mordi o lábio. Não queria falar sobre aquilo. Ainda não estava pronta para confessar ele que me sentia culpada pela forma como havia perdido a cabeça no porão. Pela forma como havia atacado minha avó.

– Sabia que temos tempestades muito intensas por aqui durante todo o verão? Estraga nossa plantação de tomate, joga a churrasqueira do outro lado da varanda. Uma vez choveu granizo tão forte que quebrou as claraboias.

Peguei minhas cartas. Onde ele queria chegar?

Ele juntou suas cartas e olhou para mim. Não parecia bravo, mas sério.

– Nunca tivemos um tornado aqui. Em todos os meus 62 anos, nem um sequer.

Entendi o que ele estava tentando dizer. Eu precisava me livrar dos meus medos porque as chances de enfrentar outro tornado eram mínimas. Havia um motivo para a devastação em Elizabeth ter sido tão inesperada: era porque tornados tão grandes como aquele quase nunca acontecem. Foi horrível perder minha família. Isso não tornava as coisas mais fáceis, mas as chances de acontecer de novo eram quase nulas. E eu não podia continuar minha vida esperando uma tragédia a cada esquina.

– Você disse que aprendeu a jogar no exército – eu disse, tentando mudar de assunto. – Já esteve em uma guerra?

– Essa é uma longa história – respondeu ele. – Mas sim.

Não sei se era porque as cartas de baralho haviam me relaxado, porque me sentia culpada pelo que havia feito à minha avó ou porque eu finalmente me sentia tão solitária, tão cansada de viver apenas na companhia dos meus pensamentos, que, de repente, eu quis conversar.

– Tenho tempo – falei.

Então, meu avô começou a contar sobre a Guerra do Vietnã. Ele era um jovem recruta recém-saído do ensino médio e estava morrendo de medo de morrer. Sentia uma saudade imensa de casa, e, vendo os jovens morrerem ao seu redor todos os dias, pensava em cada palavra mal dita que já havia direcionado a alguém que amava, atormentando-se com essas memórias. Contou que ficava acordado à noite repassando todos os bons e maus momentos que vivera em família, esperando que, se morresse, eles se lembrassem apenas dos bons. Nunca tivera uma namorada antes de se alistar, e sentia medo de morrer sem saber como era se apaixonar.

– Essa foi a pior parte – disse ele. – Preferia ter encontrado alguém para amar, ainda que a deixasse muito cedo, do que morrer sem nunca saber o que é o amor. – Ele deixou que eu absorvesse suas palavras enquanto virávamos as cartas. – Mas – continuou ele, com vigor renovado – , no fim das contas, foi melhor não ter conhecido Patty antes de ir. Eu a conheci um dia depois de chegar em casa, você acredita? Um dia depois.

Organizei minhas cartas e selecionei um nove de que precisava, colocando-o na mesa.

– Por que não voltou a falar com a minha mãe? Quero dizer... depois que ela se separou do Clay.

Meu avô tirou uma carta e a analisou.

– Gostaria de ter feito isso – foi tudo o que ele disse.

Houve um estalo quando a panela de água ferveu. Pulei da cadeira e corri para diminuir o fogo, deixando minhas cartas na borda da mesa, distraída. Elas caíram suavemente, espalhando-se pelo chão de linóleo. Cuidei da panela transbordando e, em seguida, me ajoelhei para pegar as cartas, que tinham ido parar debaixo de uma mesa de canto.

Foi quando notei pela primeira vez um gatinho de porcelana escondido em uma prateleira. Peguei e o virei nas mãos, me esquecendo das cartas enquanto me levantava.

Ele era malhado, laranja e branco, tinha um número três no peito e segurava uma borboleta roxa. Mostrei para o meu avô, sentindo como se alguém tivesse me tirado o ar.

– Onde conseguiu isso? – perguntei.

Ele franziu a testa sobre os óculos, do mesmo jeito irritante e indiferente que sempre fazia.

– Isso? Acho que era da Christine. Patty comprava um todo ano para comemorar o aniversário dela. Christine amava gatos, e adorava essa coleção. Deixou tudo para trás. – Ele pegou o gatinho da minha mão e o analisou. – Sua avó embalou todos e os guardou. Quero dizer, todos exceto esse, que era o favorito da Chrissy. – Ele colocou o gatinho na mesa, entre nós. Fixei o olhar nele enquanto juntava as peças da minha vida. – É melhor você olhar aquela panela – disse ele. – Está quase fervendo de novo.

Tirei a panela do fogo e procurei até encontrar um escorredor de macarrão. Em seguida, adicionei o queijo, a manteiga e o leite, fazendo tudo automaticamente. Na minha cabeça, tudo que eu via eram os embrulhos de papel pardo que chegavam todo ano, sempre deixados sobre a nossa velha mesa de cozinha em Elizabeth.

É outro gatinho, aposto!, podia me ouvir dizendo, bem animada, no dia do meu aniversário, enquanto aguardava o bolo e os presentes.

Podia ver o olhar contrariado no rosto da minha mãe ao me assistir rasgar os embrulhos ano após ano. Sempre achei que esse rancor era porque eles vinham do Clay. Sempre achei que era por isso que a Marin nunca ganhava um.

Mas como a mamãe poderia me contar a verdade? Como poderia dizer que aqueles presentes vinham dos avós que ela havia me criado para acreditar que eram pessoas tão ruins? Como poderia admitir que eles não eram ausentes, afinal, e sim que estavam tentando entrar em contato comigo da única maneira que conseguiram?

Pensando bem, como ela pôde *não* me contar essas coisas? Como pôde ser tão cabeça-dura? Como *ela* pôde ser a vilã da história?

Era porque ela nunca, nem em um milhão de anos, pensou que eu descobriria. Porque nunca imaginou que um dia eu jogaria Spit com seu pai na cozinha em que fez suas refeições enquanto crescia. Qualquer que fosse o motivo do desentendimento entre eles, ela nunca pensou que eu ficaria sabendo.

Tirei uma tigela do armário e servi um pouco de macarrão.

– Sobrou um pouco? Sinceramente, não estou com nenhuma vontade de comer sanduíche de manteiga de amendoim com geleia – meu avô disse.

Ergui os olhos e vi que ele havia pegado minhas cartas do chão e distribuído na mesa.

– Trapaceiro! Não vi você distribuindo essas cartas – eu disse, ficando na ponta dos pés para alcançar outra tigela.

Ele estendeu as mãos sobre o peito, fingindo ingenuidade.

– Trapaceiro? Sou só um velhinho inocente.

– Aham – respondi, levando as tigelas para a mesa e colocando uma na frente dele. – Dê as cartas de novo, velhinho.

Ele juntou as cartas e as embaralhou, rindo, enquanto eu soprava o macarrão na tigela, mantendo um olho no gatinho o tempo todo.

Tinha tratado muito mal aquelas pessoas. Tinha me recusado a falar com elas, me recusado a ser agradável. Disse coisas horríveis para minha avó, e tudo que ela respondeu foi que me amava. Meu avô me convidava para jogar com ele. Eles eram compreensivos mesmo quando eu era injusta, egoísta e má.

Eles estavam agindo... como uma família. Como se tivessem guardado um lugar para mim. Eu só tinha que pegá-lo.

Meu avô distribuiu as cartas novamente.

– Como se eu precisasse roubar em uma partida – disse ele – contra uma garota de cabelo roxo.

VINTE E OITO

Apesar de terrível na noite anterior, no dia seguinte o céu amanheceu brilhante, como se o sol estivesse tentando compensar sua falta. Pela primeira vez desde que chegara à casa dos meus avós, despertei sem que um deles me chamasse, apenas com um raio de sol quente me acariciando o rosto.

Na noite anterior, depois que vovô Barry e eu jogamos Spit, seguido de três partidas de Mexe-mexe, fiz *brownies* com uma mistura que encontrei no fundo da despensa. Servi as fatias na mesa com dois copos de leite. Ensinei meu avô a jogar Bridge e ele ganhou a primeira partida, o que resultou em muitas gargalhadas da parte dele. Justifiquei minha derrota com a distração. Como poderia me concentrar nas cartas com aquele gatinho no centro do mesa?

Vovô Barry era bom em me distrair dos pensamentos tristes. Discutimos sobre quais lugares tinham o melhor sorvete, sobre futebol ser ou não um esporte chato, sobre livros que tínhamos lido e sobre a companhia de teatro de Waverly, que aparentemente tinha um programa de verão que eu poderia fazer, se quisesse.

Nenhuma palavra sobre tempestades, tornados ou meu surto, nem sobre a forma como eu estava agindo ou o sobre o ressentimento que minha mãe tinha guardado ao longo da vida. Apenas *brownies*, leite e cartas.

Por alguns minutos naquela noite, não pensei na mamãe ou na Marin.

Quando enfim percebi que havia me esquecido delas, me senti imediatamente culpada. Tentei desenhar seus rostos na minha mente. Estavam confusos, mas ainda estavam lá. Imaginei suas vozes enquanto falavam comigo. Estava certa de que poderia me lembrar delas. Disse a mim mesma que comer *brownies* e jogar cartas não faria delas mais mortas. Não era como se dividir uma tigela de macarrão com queijo com meu avô significasse que eu estava esquecendo que elas existiram.

Me forcei a sair da cama, tomei banho e me vesti. Segui para a cozinha, onde minha avó estava sentada com um jornal e uma caneta na mão. Pareceu surpresa ao me ver, mas não disse uma palavra quando passei. Tentei agir como se tudo estivesse completamente normal entre nós, passando por ela para pegar um iogurte que tinha visto na geladeira na noite anterior.

Me sentei de frente para ela e abri o iogurte.

– Onde está o vovô Barry?

– Foi até o centro comprar algumas coisas para o quintal. Precisamos adubar as plantas neste fim de semana – respondeu ela, inclinando-se para completar uma palavra-cruzada.

– Ele vai demorar? – Levei a colher com iogurte à boca, meu coração batendo rápido pelo que eu estava prestes a perguntar.

– Talvez, um pouco – disse ela. – Com ele, nunca se sabe. Encontra as pessoas e fica conversando. Por quê?

Engoli em seco.

– Pensei que talvez pudéssemos ir a Elizabeth hoje. Nunca visitei o túmulo da minha mãe. – Deixei as palavras caírem entre nós, meu estômago afundando mais e mais a cada segundo que passava sem resposta.

Ela ergueu o queixo, bateu a caneta na mesa algumas vezes e olhou para a janela.

– Bem, não sei se ele vai voltar a tempo de ir.

– Só nós duas – eu disse. – Você e eu.

Quando disse isso, a ponta do nariz da minha avó ficou vermelha. Só notei porque era algo que sempre acontecia com a minha mãe. Só de pensar em chorar, seu nariz já ficava vermelho, começando pela ponta.

– Preciso trocar de roupa – disse ela. – Posso fazer isso agora.

Dava para ver que ela estava fazendo um grande esforço para não parecer tão esperançosa e ansiosa quanto se sentia. Soltei a respiração, sem perceber que a estava segurando:

– Ok.

Ela se afastou da mesa, deixando as palavras-cruzadas exatamente onde estavam, e saiu da cozinha. Pude ouvi-la gritar da sala:

– Podemos almoçar no Orrie's. Era um dos favoritos da Chrissy.

– Claro – respondi após uma pausa. Mesmo que eu ainda tivesse todo tipo de incertezas, algo sobre aquele dia parecia certo.

Ela deixou um bilhete para o vovô Barry na mesa da cozinha e fomos para o carro. Olhei pela janela enquanto seguíamos pela cidade.

– Essa é a escola? – perguntei, apontando para uma construção de tijolos que devia ter metade do tamanho da minha antiga escola.

– É sim – ela respondeu –, mas seu avô e eu conversamos sobre isso. Se você quiser se formar na sua escola, nós vamos entender. Temos algum dinheiro guardado e estamos dispostos a usá-lo para alugar uma casa em Elizabeth durante o ano escolar. Não será como esta casa, e provavelmente precisaremos voltar para Waverly nos finais de semana para cuidar daqui, mas queremos que você seja feliz.

– Sério?

– Claro. Chrissy não iria querer que você saísse da escola justo no seu último ano. Estão dizendo que ela será reconstruída até agosto, dá para acreditar?

Neguei com a cabeça. Naquele momento, tudo me parecia inacreditável. Só a ideia de poder passar o último ano com os meus amigos, em nossos lugares favoritos, na cabine de iluminação e no palco, fez com que eu me sentisse completa novamente.

– Obrigada – suspirei. – Muito obrigada. Podemos voltar todo fim de semana, não me importo.

– Bem, talvez queira passar alguns deles com seus amigos em Elizabeth – disse ela. – Mas vamos dar um jeito.

Não fazia sentido. Como os avós que minha mãe havia descrito como tão terríveis podiam ser os mesmos que estavam dispostos a mudar de cidade para que a neta não tivesse que ir para uma escola nova? Como pessoas opressivas e preconceituosas poderiam me tratar com tanto carinho? Mesmo que eu não tivesse sido carinhosa com eles? Nunca duvidei da minha mãe. Nunca. Mas não fazia sentido. As coisas que ela havia dito sobre Barry e Patty eram... bem, pareciam erradas. E por que isso ainda importava? Mamãe havia morrido, meus avós eram tudo o que eu tinha.

Avançamos mais um pouco na estrada, até que não consegui mais segurar.

– O que aconteceu? – disparei quando alcançamos a rodovia.

Ela olhou para mim, depois trocou de pista.

– Do que está falando?

– O que aconteceu entre vocês e a mamãe? Por que ela os odiava tanto? Ela disse que vocês a deserdaram.

Minha avó apertou o volante com força, seus olhos fixos na estrada. Ela hesitou, e por um momento me preocupei que ninguém nunca me dissesse o que havia acontecido. Nunca saberia a verdade.

– É verdade – ela disse, por fim. – Ela estava envolvida com Clay, e a família dele inteira dele era bastante problemática. Um bando de bêbados irresponsáveis. Dissemos a ela que não aprovávamos aquilo e que não queríamos que ela o visse, mas Chrissy era tão determinada. Sempre foi, desde criancinha.

Pensei na minha mãe. Odiava discutir com ela, porque eu nunca ganhava. Quando mamãe decidia algo, fazia aquilo acontecer, você gostando ou não, não importando o quanto implorasse ou pedisse o contrário. Foi bom lembrar que algumas das coisas que eu sabia sobre ela eram verdades absolutas.

– Enfim – minha avó continuou –, ela começou a namorar com ele, e aí começou a se meter em confusão também. Foi parar na cadeia. Uma vez, ela foi presa por tirar a parte de cima do biquíni e jogá-lo no palco durante um show. Estava tão bêbada que nem ligou de ficar sem sutiã. Tentamos ser mais rígidos, mas ela se rebelava ainda mais. Arrumava um jeito de encontrar com ele, não importava o que a gente fizesse. Ele a conquistou de uma forma que nunca tínhamos visto antes.

– Então vocês a deserdaram porque ela não dava ouvidos a vocês?

– Não – minha avó respondeu. – Ela ficou grávida, mas continuou com o mesmo comportamento destrutivo. Ficamos preocupados com você, Jersey. Estávamos com medo de que ela pudesse te machucar. Tentamos levá-la para a terapia, mas ela ameaçou fugir de casa para se casar com Clay. Então dissemos que, se fizesse isso, não deveria voltar nunca mais. E foi o que aconteceu. Ela fugiu e nunca voltou.

– Mas você disse que ela não podia voltar.

Minha avó olhou para mim.

– Se existe uma coisa que desejamos nunca ter dito, é isso. Começamos a procurar por ela imediatamente, mas ela havia saído de Waverly e não tínhamos ideia de para onde tinha ido. Quando finalmente a encontramos em Elizabeth, ela já tinha você. Estávamos muito animados e prontos para deixar tudo no passado. Mas ele ainda tinha tanta influência sobre ela... Ela não queria voltar e ligou para a polícia nos tirar da casa. Então, fomos embora. Nós nos preocupávamos muito com você, mas Chrissy não cedia. Ela o amava e nos via como inimigos.

Aquelas coisas não soavam como algo que a mamãe faria, e tive dificuldade de imaginá-la cortando os laços com os próprios pais para ficar com aquele homem repugnante que eu conheci em Caster City.

– Mas eles se separaram depois – eu disse. – Por que ela não voltou quando ele foi embora?

– Eu não sei – respondeu minha avó. – Realmente não sei. Nós enviamos algumas... correspondências... alguns pacotes ao longo dos anos, mas nunca tivemos resposta. Sempre penso que talvez tenhamos desistido muito rápido. Como eu disse, se pudéssemos, teríamos feito tudo diferente.

– Os gatinhos vieram de você.

Ela fez uma pausa, depois assentiu.

– Sim. Você os recebeu?

Abri a bolsa da Marin e estendi o gatinho preto e branco. Ela o fitou várias vezes, tentando manter o olhar no trânsito.

– Este foi o único que sobreviveu ao tornado. Eu pensava que tinham vindo do Clay.

– Fomos nós. Chrissy tinha uma coleção. Ela os amava, então achamos que seria a melhor forma de chegar até você e de mostrar a ela que ainda a amávamos também. Eram o nosso jeito de dizer que estávamos pensando em vocês duas o tempo todo – ela disse. – E rezando para que você estivesse bem.

Durante todos aqueles anos, mamãe e eu ficamos sozinhas. Eu cresci acreditando que a nossa solidão era algo que havia acontecido com a gente, algo que tínhamos que superar, quando, na verdade, era algo que tinha acontecido comigo. Mamãe quis desse jeito e não me deu a chance de escolher.

E, durante todo aquele tempo, aquela família esteve por perto, querendo saber sobre mim. Se importando comigo. Desejando que eu estivesse segura, imaginando como era a minha vida e me dando um lugar em seus corações, ainda que eu nunca aparecesse por lá.

Mas lá estava eu agora. E dependia de mim reivindicar o meu lugar.

– Como a minha mãe era quando tinha a minha idade? – perguntei. Quer dizer, antes de conhecer o Clay?

Minha avó sorriu, melancólica.

– Era uma garota intensa, independente e extrovertida. Sua mãe foi líder de torcida no ensino médio, sabia?

Eu pisquei, incrédula. Minha mãe, líder de torcida? Tentei imaginá-la pulando em um vestido curto e balançando pompons. Não consegui.

– Ela sempre achou que seria cabeleireira – minha avó continuou. – Mas uma vez, quando estava na escola primária, ela cortou a própria franja tão curta que as outras crianças debocharam dela sem dó. Foi chamada de "franjinha" por meses. Mas Chrissy não se importava. Era o tipo de pessoa que fazia o que queria sem ligar para o mundo.

– Ela continuou assim – eu disse. Então, lembrei da confiança inabalável da Marin de que um dia eu dançaria com ela, e acrescentei: – Minha irmã era assim também.

Minha avó olhou para mim, os cantos de sua boca virados para baixo.

– Queria tê-la conhecido – disse ela.

Não pude evitar pensar que Marin teria gostado dos nossos avós.

– Sim – eu disse suavemente.

Viajamos por um bom tempo. Eu levava o gatinho no colo, acariciando-o com o polegar.

– Tenho outros parentes? – perguntei, quebrando o silêncio. – Tipo, primos e tal?

– Sim – ela disse. – Tenho uma irmã e um irmão, e Barry tem dois irmãos. Mas todos eles vivem em St. Louis, onde nós dois crescemos. Talvez a gente possa ir lá algum dia – ela disse, emendando quase timidamente – se você quiser.

Por enquanto, eu não sabia se queria fazer aquilo. Estava curiosa, mas parecia que tudo estava acontecendo rápido demais. Dei de ombros.

– Algum dia – respondi. – Se você cresceu em St. Louis, por que veio pra cá? – Para mim, St. Louis parecia bem mais empolgante que Waverly.

Enquanto seguíamos pela estrada em direção a Elizabeth, minha avó me contou histórias sobre minha família. Falou de como havia conhecido meu avô e de sua mudança de St. Louis para Waverly, chegando até o nascimento da minha mãe.

Ela me contou outras coisas sobre a minha mãe: que ela odiava ser filha única e pedia ao Papai Noel por uma irmãzinha todo ano, que nadava como um peixe e fazia abertura dos dois jeitos, e que, antes de começar a fumar, nadava mais rápido do que todas as meninas da turma, e do que a maioria dos meninos também.

Também contou sobre a família do Clay, sobre como eles eram conhecidos em toda Waverly por serem um fardo. Sobre como sempre havia tantos bebês que era impossível saber de onde todos tinham vindo, embora não houvesse como negar que se tratassem de crianças da família Cameron, já que todos pareciam iguais. Nós todos parecíamos iguais.

Antes que eu percebesse, estávamos dirigindo pela entrada de Elizabeth. Os arredores começaram a parecer conhecidos e desconhecidos ao mesmo tempo, como se eu tivesse ido embora há muito, muito tempo.

Aquela parte da cidade havia sido intocada pelo tornado, e, apesar de algumas árvores derrubadas, era difícil imaginar que algo tão surreal tivesse acontecido ali.

Paramos em uma mercearia e compramos flores para colocar nas sepulturas. Escolhi cravos cor-de-rosa para Marin, porque o florista havia espalhado *glitter* sobre eles e porque eu sabia o quanto ela amava a cor rosa e coisas brilhantes. Minha avó comprou rosas vermelhas, porque representavam o amor.

Compartilhamos nossas lembranças enquanto escolhíamos as flores perfeitas. Quando chegamos ao cemitério, minha mãe e minha irmã estavam, de várias formas, mais vivas do que nunca.

VINTE E NOVE

Eu e minha avó ficamos em silêncio enquanto atravessávamos o cemitério. Havia algo sombrio em estar ali, tão sombrio que quase podia sentir um zumbido nos ouvidos. Alguém estava sendo enterrado perto da entrada, as roupas dos enlutados tremulando na brisa enquanto velavam o corpo, as cabeças abaixadas.

Parecia que em todos os lugares havia novos montes de terra. Novas sepulturas. Minha avó me disse que a contagem final das mortes causadas pelo tornado era de 129 pessoas. Todas aquelas vidas roubadas, apenas duas de mim. Era tão estranho imaginar tantas famílias lutando contra a mesma tristeza que eu. Aquele era o único cemitério em Elizabeth, então a maioria das vítimas provavelmente estava sendo enterrada ali.

– Deixe-me ver... – minha avó disse, virando à direita e descendo uma das pequenas estradas laterais que adentravam o cemitério. – Acho que é perto daquela cerca lá atrás.

Olhei pela janela, tentando encontrar dois montes frescos próximos à cerca, sentindo um nó se formar na minha garganta. Era ali que elas estavam, minha mãe e minha irmã. Era ali que ficariam para sempre. A forma como a morte delas se tornou algo definitivo naquele momento me atingiu de um jeito diferente. Aquilo não era temporário. Elas realmente tinham partido. Nunca mais voltariam. Ao final daquele pesadelo, não haveria um reencontro feliz.

Minha avó finalmente parou o carro, deixando as mãos descansarem no colo e encarando-as por alguns minutos. O único som ali dentro era o do plástico ao redor das flores sendo pressionado com força por mim.

– Está pronta? – ela perguntou.

Me virei novamente para a janela. As duas sepulturas pareciam evidentes agora que estávamos perto.

– Nunca estive tão pronta – respondi.

Saímos e andamos até a cerca. Li alguns nomes nas lápides ao redor sem reconhecer nenhum, desejando que houvesse pelo menos uma pessoa por perto que mamãe conhecesse. Alguém para lhe fazer companhia. Então lembrei que havia Marin para isso. Agarrava as flores tão forte que meus dedos doíam, a bolsa da Marin balançando ao meu lado.

– Elas ainda não têm lápides – minha avó disse quando nos aproximamos, mais para si mesma do que para mim. – Espero que ele tenha comprado uma para ela, pelo menos.

Não conseguia imaginar Ronnie deixando de comprar lápides para elas. Mas quem poderia saber o que ele faria ou deixaria de fazer naquelas circunstâncias? Afinal, também nunca imaginei que ele pudesse me abandonar. Caramba, como Ronnie havia me surpreendido.

Paramos de andar, e embora de repente eu não quisesse mais fazer aquilo, embora estivesse aterrorizada, eu não tinha escolha a não ser encarar os lugares onde elas descansariam pela eternidade.

Olhei para a frente esperando ser atingida por uma onda de tristeza, ou mesmo de fraqueza, a dor me fazendo cair de joelhos.

Mas era apenas terra.

Dois montes de terra em um campo gramado. Um bem mais comprido do que o outro. Minha mãe e Marin estavam ali embaixo em algum lugar, mas aqueles montes de terra não eram elas. Agora que eu finalmente estava ali, nem sabia por que havia esperado que fossem.

Minha avó fungou levemente, e vi, pelo canto do olho, o que parecia ser ela enxugando os olhos, mas eu estava muito ocupada com os montes de terra para prestar atenção.

– Elas se foram – eu disse o óbvio. – Ronnie me mandou embora antes dos funerais. Não consegui dizer adeus, e agora é tarde demais porque elas se foram.

– Eu também não consegui. – Ela ficou em silêncio por um longo tempo. Então, finalmente disse: – Mas gosto de pensar que elas sabiam que eu as amava, mesmo que Marin não me conhecesse.

– Mas eu nunca consegui dizer. Nunca disse isso a elas.

Ela fungou novamente, falando com a voz firme em seguida:

– Você pode dizer agora.

Eu me virei para ela.

– Eu não consigo. Não sei como.

Minha avó parecia estar se desfazendo lentamente. Tentou se conter, mas seu rosto tremeu e seu corpo vacilou até se curvar por completo. Ela balançou a cabeça, deixando escapar um soluço.

– Eu sei – disse. – Mas não sei como te ajudar. Acho que a única coisa que posso fazer pela minha filha depois de todos esses anos é te ajudar a deixá-la partir, e não consigo fazer isso. E como poderia, se eu mesma não estou pronta para deixá-la ir?

Fiquei parada na frente dela, sem jeito. Me cortava o coração vê-la chorando, mas toda essa história de avó e neta era tão nova para mim, e eu era um vulcão de sentimentos tão conflitantes, sempre tão perto de entrar em erupção, que mal conseguia me mover.

Me ajoelhei e coloquei as flores no chão, levantando em seguida. Devagar, abri a bolsa da Marin, depois o pequeno compartimento dentro dela. Os papeizinhos brilharam para mim como se fossem iluminados por dentro, como se emanassem luz em vez de refletirem a do sol. Eu os peguei e os ofereci para a minha avó.

Ela fungou mais um pouco, piscando e se acalmando enquanto tentava entender do que se tratava aquilo.

– O que é isso? – ela perguntou, puxando um lenço amarrotado do bolso da calça e enxugando o rosto.

– Esta é a Marin – respondi.

Lentamente, com os dedos trêmulos, ela estendeu a mão e pegou um papelzinho. Então o desdobrou, parecendo confusa.

– "Marin ama escorpiões" – ela leu, me dirigindo um olhar curioso. Depois, estendeu a mão e pegou mais um. – "Marin é uma macaquinha."

Ainda que meus desenhos não fizessem sentido para ela, minha avó pegou outro papel, e depois outro, lendo todos em voz alta, rindo algumas vezes em meio às lágrimas, outras vezes incapaz de terminar a frase por conta do choro, que embargava sua voz. Ela conheceu sua outra neta daquele jeito, uma lembrança mascada de cada vez.

Juntas, nos sentamos no chão aos pés da minha mãe, a bolsa da Marin aberta entre nós para que minha avó pudesse guardar os papéis sem que voassem para longe. Eu expliquei alguns deles. Da mesma maneira que ela havia me contado sobre a franja da minha mãe e suas proezas na natação, contei a ela sobre o *collant* cor-de-pêssego da Marin e sobre o *swing*. Mexi nas pétalas de uma das rosas da minha mãe enquanto falava e minha avó chorou, riu, fez perguntas, interveio e chorou um pouco mais.

Finalmente, quando terminamos de conversar e chorar, eu me virei de joelhos e coloquei os buquês de flores em cada sepultura, limpando na blusa a terra que havia ficado nas minhas mãos. Avaliei como as flores ficaram e, tomada por uma coragem repentina, decidi que, já que eu estava ali de joelhos, podia muito bem tentar conversar com a minha mãe.

Finalmente.

TRINTA

Meu avô me disse que rezar é falar com o coração, então foi isso o que eu fiz. Juntei as palmas das mãos e fechei os olhos, me sentindo trêmula, nervosa e constrangida. Falei em silêncio, na minha cabeça, para que minha avó não ouvisse o que eu tinha a dizer. Estávamos começando a nos conhecer, mas isso não significava que eu queria que ela soubesse de tudo. Ainda queria manter algumas coisas só para mim.

Ei, Deus, eu disse. *Sei que você está mantendo a mamãe e a Marin seguras aí em cima e tudo mais, e estou muito feliz com isso. Tenho certeza de que elas estavam assustadas quando chegaram até você. Então, obrigada por cuidar delas.* Respirei fundo e apertei minhas palmas mais forte. *Eu, bem... não tenho certeza de como fazer isso, mas realmente gosto de conversar com a minha mãe, se não tiver problema. Eu não consegui dizer nada a ela desde a sua morte.*

Meus joelhos pressionaram o chão macio e me deixei sentar lentamente sobre meus pés, descansando a parte de trás das pernas. Apertei meus olhos bem forte, como havia feito antes, e tentei enxergar o rosto da minha mãe na minha cabeça.

Então, quando pensei que a imagem nunca viria, aconteceu.

Ela estava sorrindo para mim. Rindo, talvez. A luz do sol iluminava o topo da sua cabeça e ela estava com aqueles óculos de sol ridículos, os mesmos dos quais eu sempre tirava sarro por serem grandes demais.

Ao sentir o amor irradiando dela, as palavras saíram do meu coração.

Oi, mãe, eu disse, na minha cabeça. Desculpe por não ter falado nada até agora. Não sabia como conversar com você e estava com medo porque, se eu começasse a falar, teria que aceitar a sua morte. O que é uma bobagem, claro, porque você esteve morta esse tempo todo. Só foi difícil acreditar nisso.

Acho que você já sabe tudo o que aconteceu desde a sua morte. Tudo sobre Ronnie, Clay, Lexi e Meg. Não vou mentir, mãe, tem sido difícil. E assustador. Não houve um dia em que não desejei ter morrido com você. Não que eu esteja pensando em suicídio ou coisa assim, então não precisa se preocupar com isso, mas eu gostaria de não ter sido deixada para trás, de não ter ficado sozinha. Essa parte é realmente uma porcaria.

Mas aprendi algumas coisas, como o fato de que Ronnie te amava tanto que não consegue viver sem você. E que, apesar de ter me magoado, ele é legal, de certa forma.

Também aprendi que Clay provavelmente é o pior homem do mundo, e eu nunca, nunca mais vou ficar presa no mesmo lugar com ele. No início eu não entendi porque você mentiu para mim sobre ele ter nos abandonado, e realmente me senti traída. Pensei que tudo o que eu sabia sobre você talvez fosse mentira, mas, desde que me encontrei com ele e com os seus pais, percebi que as partes de você que eu conhecia não eram mentiras; eram apenas meias verdades. Tem muitas coisas sobre você que eu não sabia, e conhecê-las agora tem sido um consolo, de certa forma. Elas me aproximam de você. Também descobri uma grande verdade: que você me amava tanto que foi capaz de tudo para me proteger. Acho que isso é algo que eu soube a minha vida inteira, e te agradeço por isso.

Sobre vovó Patty e vovô Barry, bem, eles não são tão ruins, mamãe. Talvez eu ainda não tenha visto esse lado deles, e talvez um dia o veja e entenda todas as coisas que você disse sobre os dois. Mas, por enquanto, não sinto que preciso prender a respiração quando estou perto deles – o que é bom, porque eles são a minha única opção.

Penso em você o tempo todo. Em você e na Marin, mas principalmente em você. Me lembro de todas as coisas que fizemos juntas, dos momentos em que você fez coisas incríveis por nós, como nos tirar da cama para ir tomar sorvete ou nos comprar pranchas de snowboard, ou aquela vez em que você leu toda a série do Harry Potter em voz alta. Levou uns seis meses, mas você nunca reclamou.

Lembra daquela vez em que me levou ao parque aquático? Só eu, porque a Marin ainda não tinha nascido e você nem tinha conhecido o Ronnie. Acho que eu estava na terceira série. Você usou seu maiô vermelho de poá, e eu, aquele biquíni listrado que eu odiava porque fazia com que me sentisse gorda.

Enfim, nós fomos ao parque aquático e escorregamos naquele tobogã enorme. Acho que se chamava Ciclone Deslizante. Lembra como você levou um tempão para me convencer a ir? Eu estava com tanto medo. O tobogã era tão alto e a piscina lá embaixo parecia tão funda que eu não tinha certeza se dava pé. Tive medo de que algo acontecesse comigo se eu me sentasse e escorregasse. Pior do que isso, tive medo de algo acontecesse com você. Que voasse para a floresta e se espatifasse nas pedras lá embaixo, ou que o tobogã desmoronasse e te esmagasse, ou que você nunca descesse e eu ficasse te esperando no fundo da piscina para todo o sempre. Esperando que aquele maiô de poá surgisse naquela última curva.

É assim que me sinto agora, mãe. Como se eu estivesse andando na água, mas você não está descendo o tobogã. Não alcanço o fundo daqui, e estou com medo. Quero você de volta.

Há algumas coisas que nunca consegui te dizer. Me desculpe, mãe, por todas as vezes em que fiquei brava e agi mal com você. Sinto muito sobre aquela vez que eu disse que te odiava porque você não queria me deixar ir para a casa da Jane, no aniversário do Ronnie. Me desculpe por não ter dito que te amava quando você levou Marin para a aula de dança na noite do tornado. Se eu pudesse fazer tudo de novo, gostaria de acreditar que não faria tudo isso, mas não sei se seria assim. Nós éramos próximas, tão próximas que às vezes gritávamos uma com a outra, e eu tenho pensado que talvez essas coisas fossem apenas lados diferentes da mesma moeda. Quando gritávamos coisas ruins, era porque também sentíamos carinho uma pela outra, porque nos preocupávamos uma com a outra. Eu não sei, talvez isso pareça idiota, mas gosto de pensar assim porque me faz sentir que, ainda que eu não demonstrasse sempre, você sabia o quanto eu te amava.

Tenho pensado muito sobre a palavra "tudo". Sempre que alguma tragédia acontece, ouvimos as pessoas dizerem que "perderam tudo". Elas podem ter perdido a casa, o carro ou outros pertences, e para elas parece "tudo". Mas elas não têm ideia do que é realmente perder tudo. Eu pensei que soubesse, mas agora vejo que mesmo eu não perdi tudo, porque ainda tenho esse maiô de bolinhas na memória. Ainda tenho aquelas noites de sorvete, as pranchas de snowboard, o escorpião que assustou a Marin, o moletom dos Buldogues, o esmalte de cor azul-ovo-de-tordo. De certa forma, ter essas coisas faz com que as outras importem menos.

Fico pensando se é possível perder "tudo" ou se precisamos apenas continuar redefinindo o significado de "tudo". Porque eu não sabia disso antes, mas agora o vovô Barry e a vovó Patty se encaixam no meu "tudo". Embora eu ainda não entenda exatamente como, eles estão lá.

Acho que essa é apenas a minha maneira de dizer que você não precisa se preocupar comigo, porque não vou desistir. Vou continuar redefinindo "tudo" pelo tempo que for preciso, porque tenho certeza de que essa é a melhor maneira de continuar quando sentimos que perdemos tudo.

Aprendi muitas coisas novas sobre você com pessoas diferentes, mas uma coisa que todos concordam é que você era cabeça-dura. Você era durona. E você me ensinou a ser durona também. Me ensinou a boiar na água e a nadar para a superfície. Mas, provavelmente, ainda vou procurar aquele maiô vermelho por um bom tempo.

Eu te amo, mamãe, e sinto muito a sua falta. Diga a Marin que também a amo. E que sinto falta do jeito como ela canta.

TRINTA E UM

A primeira coisa que levei para o nosso duplex em Elizabeth foi uma caixa de areia. Eu a coloquei na lavanderia e a enchi de areia, esperando que, na casa nova, a Swing finalmente entendesse como funciona.

Ela era uma bolinha de pelos travessa rajada de cinza e branco, ou pelo menos foi assim que meu avô se referiu a ela depois da quarta ou quinta vez em que precisou arrancá-la do alto das cortinas, por onde estava sempre escalando. E a gatinha ainda tem os olhos azuis. Minha avó disse que eventualmente eles ficarão amarelos, como acontece com outros gatos, mas, por enquanto, a penugem acinzentada e os grandes olhos azuis a deixam tão incrivelmente fofa que eu mal consigo aguentar.

Marin ficaria louca com ela.

Nós adotamos a gatinha no dia em que meus avós encontraram o duplex onde moraríamos de agosto a maio. Ela foi nossa comemoração.

– Como ela vai se chamar? – minha avó havia perguntado quando entramos no carro para voltar pra casa, a gatinha miando alto no meu colo. Acariciei sua cabeça para acalmá-la.

Lembrei do quanto a Marin havia pedido por um gato, já que ela nunca ganhou nenhum dos gatinhos de porcelana que eu recebia todos os anos. Por isso, queria que o nome dela fosse algo importante para Marin.

– Swing – eu disse.

– Soa chique – meu avô disse, e eu sorri. Marin teria adorado um nome chique para uma gata chique.

Nos mudamos oficialmente uma semana antes de as aulas começarem. A maior parte de Elizabeth havia apenas terminado de ser limpa, ainda começando a ser reconstruída, e não sabíamos quem voltaria para o último ano. A biblioteca permaneceu sendo o lugar onde todos se encontravam, e à medida que o primeiro dia de aula se aproximava, mais e mais moradores apareciam por lá, enchendo o estacionamento. Os bibliotecários não pareciam se importar. Pareciam até gostar que aquele tivesse se tornado o lugar onde a comunidade arrasada se sentia confortável para se reunir novamente.

Fui até lá com Dani algumas vezes enquanto meus avós terminavam de se instalar no duplex. Jane ainda estava em Kansas City, e provavelmente a casa dela não seria reconstruída antes da volta às aulas. Isso significava que ela não voltaria para o último ano. Dani e eu seríamos uma dupla, e eu não tinha certeza do que faríamos sem Jane. Então a fizemos prometer que viria nos visitar com frequência.

Três dias antes do início das aulas, Kolby apareceu no estacionamento da biblioteca, o braço ainda enfaixado. Sua irmã, Tracy, que parecia ter crescido muito rápido, o acompanhava a cada passo. Primeiro, as pessoas apenas olharam e sussurraram, mas depois perguntaram a ele o que tinha acontecido. Quando Kolby contou a história, as garotas choraram e os garotos o chamaram de durão, e ele sorriu, relaxado.

Fui até ele.

– Sinto muito – eu disse.

– Sobre o quê?

Apontei para o machucado.

– Não limpei bem o suficiente.

Ele levantou o braço e deu de ombros.

– Não é culpa sua, Jersey – ele disse. – Não é culpa de ninguém. Essas coisas simplesmente acontecem.

– Doeu?

Ele deu de ombros novamente, balançando a cabeça, então sorriu e assentiu.

– Pra caramba – disse ele. – Não está tão ruim agora, mas no início foi horrível. E eu fiquei puto.

– Sim – falei. – Posso imaginar. – De certa forma, era como se Kolby e eu estivéssemos cuidando da mesma infecção, só que a minha era do lado de dentro. Nós dois estávamos nos recuperando, mas havia as cicatrizes para nos lembrar de que o corte, profundo e doloroso, tinha estado lá.

Quando algumas garotas foram dizer a ele que se sentiram inspiradas por sua história, Kolby ficou um pouco convencido. Era o bom e velho Kolby que eu conhecia. Depois que elas saíram, sua mãe estacionou perto do meio-fio e buzinou, chamando-o para irem até o grupo. Ele bateu seu ombro no meu.

– Então, admita. Tenho uma bunda linda, não é? – Ele brincou, balançando o braço na minha frente. Não consegui deixar de rir.

– Você é nojento – eu disse, mas fiquei feliz em ver que o que aconteceu com ele não afetou seu bom-humor, nem mudou as coisas entre nós.

– Vamos, Kolby, temos que ir – Tracy chamou, indo em direção ao carro. Ele começou a segui-la, então voltou.

– Estou feliz que você tenha voltado para Elizabeth – disse ele. – Porque tem uma coisa que quero te perguntar.

– O quê?

Ele estendeu o braço e apontou para o curativo.

– O que você acha de caras com cicatrizes? São muito sexy, certo?

Eu ri, sentindo uma pequena sensação de formigamento no peito, e concordei.

– Sexy, com certeza. – Toquei meu cabelo. – Isto é, se você se importa com o que garotas de cabelos roxos pensam.

– Torci para que você se sentisse assim. – Ele sorriu. – E eu gosto de roxo. Destaca os seus olhos. – Ele se inclinou rapidamente e me beijou na bochecha. Então, sem perder mais tempo, caminhou para o carro da mãe. – Vou te ligar – ele disse enquanto entrava.

Mais tarde naquela noite, quando a mãe da Dani me deixou no duplex, me deparei com minha avó empurrando o sofá para fora do caminho, encostando-o contra a parede da sala.

– Ah, que bom! Estou feliz que esteja em casa – disse ao me ver. Ela se curvou e mexeu no pequeno CD player que costumava ficar na garagem em Waverly.

– O que foi? – perguntei.

Uma música começou a sair pelos alto-falantes e minha avó aumentou o volume. Swing golpeou o fio, que estava pendurado na parte de trás de uma mesinha. Minha avó se virou e ergueu os braços quando os instrumentos de sopro começaram a tocar.

– O que foi? – perguntei de novo, e então me dei conta do que ela estava fazendo. Havia começado a se balançar, dobrando os joelhos para cima e para baixo no ritmo da música.

– Me concede esta dança? – ela perguntou, e eu ri alto.

– Claro, por que não? – respondi. Chutei meus sapatos, larguei a bolsa da Marin ao lado da porta e fui até ela.

Quando Marin nasceu, minha mãe me disse que família não tinha nada a ver com sangue, e sim com o que estava no nosso coração. Eu me sentia triste por ela ter cortado sua família, meus avós, para fora de seu coração. Me sentia triste por ter ficado com o coração vazio sem ela, que era minha família. Sem ela, eu havia ficado confusa e solitária, sem saber onde era o meu lugar.

Clay estava certo. Ele não era minha família porque eu não estava no seu coração.

Mas o coração dos meus avós estava aberto. Eu ainda não sabia quando ou até que ponto poderia abrir meu próprio coração, mas sabia que, se eu queria a família que nunca tive, tudo que precisava fazer era deixá-los entrar.

Minha avó me envolveu em seus braços, ajustando nossa postura, e começou a mover os pés lentamente, me guiando.

– Aposto que você não sabia de quem sua irmã havia herdado os genes dançarinos – disse ela.

Eu tropecei e franzi a testa.

– Acho que perdi esses genes.

Ela me girou de repente e eu caí no riso. Quando voltamos a ficar cara a cara, minha avó ergueu as sobrancelhas:

– É para isso que você tem a mim.

Ela me ensinou a dançar *swing* e o cantarolamos juntas, dançando alegremente.

AGRADECIMENTOS

Em primeiro lugar, como sempre, quero agradecer a minha agente, Cori Deyoe, da Agência Literária 3 Seas, pelas muitas horas gastas me impulsionando para a frente, me amparando e me fazendo sorrir.

Obrigada aos meus editores, Pam Garfinkel e Julie Scheina, por discutirem, sugerirem e se certificarem de que o que está dentro da minha cabeça condiz com o que está no papel. Obrigada a todos da Little, Brown, incluindo Barbara Bakowski, Erin McMahon, Victoria Stapleton e muitos outros que trabalharam incansavelmente em meu nome.

Obrigada a Daffny Atwell pela sugestão de nome, e a sua irmã, Jersey, por me emprestá-lo. Obrigada a Susan Vollenweider pelo apoio constante.

Obrigada a Paige, Weston e Rand, que deixaram suas férias de verão serem sobre revisão. E Scott, obrigada por... apenas por tudo.

Um agradecimento especial à Biblioteca Pública Joplin, que se recusou a cancelar meu evento marcado para apenas algumas semanas após a devastação do tornado, que destruiu grande parte da cidade. Obrigada aos vários membros da comunidade que vieram me ouvir falar, especialmente à bibliotecária Cari Boatright Rerat, que me guiou de carro pela área devastada após minha apresentação.

O espírito de Joplin me inspirou.

NOTA DA AUTORA

Em uma tarde de domingo, em maio de 2011, a cidade de Joplin, Missouri, foi atingida por um tornado mortal escala EF-5. O ciclone tinha quase 1,6 km de largura e cortou mais de 9 km pela cidade, os ventos a 320 km/h destruindo tudo em seu caminho. Casas foram levadas e empresas devastadas, causando bilhões de dólares em danos. Mais de 150 pessoas morreram. Muitas perderam todos os seus pertences.

Eu ia ministrar uma palestra na Biblioteca Pública de Joplin, evento que estava marcado há meses. O tornado passou apenas poucas semanas antes da minha visita, que aconteceria no final de julho. Claro, ao ver a cobertura de notícias sobre o ocorrido, tive certeza de que a palestra seria cancelada. Quem esperaria que os moradores de uma cidade devastada tivessem tempo para um evento literário? Enviei um e-mail para a bibliotecária dizendo que meus pensamentos e orações estavam com eles e que ficaria feliz em reagendar assim que estivessem prontos.

Fiquei em choque quando recebi uma resposta, apenas dias depois, informando que o espetáculo tinha que continuar. *Nossa comunidade precisa disso*, ela escreveu.

Joplin não fica longe da minha cidade, Liberty, apenas 265 km ou um pouco mais. Enquanto dirigia por duas horas e meia, não pude deixar de pensar em como seria curta a distância de 265 km para um tornado. Se o curso tivesse mudado apenas um pouco, se o tornado tivesse seguido para o norte apenas por mais algumas horas, poderia ter destruído a minha cidade. Eu poderia ter sido uma das pessoas que teve a vida devastada.

Um estudo da Administração Nacional Oceânica e Atmosférica revelou que muitos moradores de Joplin não deram atenção aos avisos sobre o tornado naquele dia porque estavam acostumados ao som das sirenes de emergência. Eu entendia. Vivi toda a minha vida no centro-oeste. Patrulhas de tornado e alertas são coisas cotidianas. Não estou dizendo que não os levamos a sério, mas, quando você escuta tantos deles, pode acabar se tornando indiferente, e a indiferença pode ser fatal.

Assim como Jersey, que não queria interromper seu jantar, às vezes ficamos céticos, preguiçosos ou simplesmente ocupados demais para nos incomodarmos com o que se imagina ser outro alarme falso. Às vezes apenas presumimos que o desastre nunca vai acontecer conosco. Como o povo de Joplin poderia prever o que os atingiria no dia 22 de maio?

Depois da palestra na biblioteca em Joplin, visitei as áreas devastadas pelo tornado. Mesmo após semanas de limpeza, os entulhos acumulados pela destruição ainda chegavam nos joelhos. Casas inteiras se foram. Placas de rua e outros marcos se foram. Árvores se foram. Tudo havia apenas... sumido. Fiquei sem palavras, e meu coração doeu pelas pessoas que perderam tanto.

Mas ainda mais chocante do que os rastros do tornado que vi do lado de fora naquele dia, foi o que vi dentro da biblioteca. Estava cheia, movimentada, e muitas pessoas compareceram ao meu evento. Não podia acreditar que, no meio de uma tragédia, as pessoas ainda encontrassem tempo para se dedicar aos seus compromissos. A bibliotecária estava certa: a comunidade precisava que o espetáculo continuasse – o que não significava necessariamente me ouvir falar, e sim fazer algo cotidiano. Algo planejado. Estar uns com os outros, rir e se distrair, mostrar que podiam até ter caído, mas definitivamente não se deram por vencidos. Longe disso.

Depois do que vi em Joplin, comecei a pensar sobre o que significa "perder tudo". Todo mundo tem sua própria versão de um tornado – incêndio, terremoto, furacão, tsunami, guerra, doença, ataque terrorista. Um desastre inesperado ocorre e alguém perde tudo.

Mas é realmente possível perder "tudo"? Podemos perder nosso espírito? Nossa vontade? Aquilo que nos faz continuar diante de uma adversidade avassaladora? Podemos realmente perder essa capacidade exclusivamente humana de ter esperança?

Ou é possível seguir em frente para a enorme tarefa de redefinir o "tudo"?

Estas foram as perguntas que eu quis colocar para Jersey Cameron. Quis tirar absolutamente tudo dela e ver o que ela faria com o que fora deixado. Acreditei que ela poderia responder ao chamado da adversidade com força e integridade. E, no fim, acho que ela o fez. Seu caminho não foi fácil ou direto, e ela não o percorreu sem soluçar e se indignar. Mas o que importa é que ela seguiu em frente, continuou lutando, continuou tentando relembrar o que era e onde estava o "tudo".

De vez em quando, penso nas pessoas de Joplin que foram me ouvir falar. Ainda consigo me lembrar de alguns rostos. Estavam melancólicos, mas abertos. Cansados, mas interessados. E se alguma vez houve uma centelha visível de esperança, estava naquela sala. Imaginei a Jersey sentada no meio daquelas pessoas, seu próprio rosto melancólico e cansado, sua própria faísca de esperança brilhando por trás de seus olhos, sua própria redefinição de "tudo" se inscrevendo, sozinha, em seu coração. Este livro é para todos aqueles em Joplin que me mostraram em primeira mão como é o espírito de um sobrevivente, e para outras incontáveis pessoas que sofreram com devastações e tragédias e ainda assim conseguiram seguir em frente. É para todos vocês que inesperadamente se viram obrigados a redefinir o que "tudo" significa. Para aqueles convocados a reconstruir uma vida que não planejaram viver. E fizeram isso mesmo assim.

Obrigada por ler a história de Jersey.

Jennifer Brown

Este livro foi composto com tipografia Electra LT Std e impresso
em papel Off-White 70 g/m² na Formato Artes Gráficas.